野いちご文庫

おやすみ、先輩。また明日

夏木エル

STARTS
スターツ出版株式会社

contents

★

三角ティームースジュレ

リンゴのフロランタンクッキー

カボチャのひと口パイ

片恋ベリーのザッハトルテ

書籍限定番外編　春風のワッフル

characters

桜沢《おうさわ》杏《あん》

お菓子作りが得意な高1女子。レシピブログも更新している。藤を好きになってしまい、気持ちを伝えない代わりに甘さひかえめのお菓子を藤に渡すようになるけど…？

須賀《すが》ちゃん

杏の友達で調理部。小さいことは気にしない、おおざっぱな性格。

山中《やまなか》さん

杏と同じクラスで同じ調理部。真面目な優等生だけど毒舌。

藤《ふじ》 大吾《だいご》

不良系のクールなイケメンで、彼女がいる。怖そうに見えるけど、本当は優しい。トイプードルのアンコちゃんをかわいがっている。

宇佐美《うさみ》 恵《けい》

藤の友達。女の子の扱いに慣れていてモテる。王子系イケメン。振る舞いがチャラいため藤から“ウザミ”と呼ばれることも。

麻美《あさみ》

藤先輩の彼女で他校生。女の子らしい性格で、スイーツデコの雑貨を作るのが得意。

眠《ねむ》る前にはいつも、今日のあなたを思い返した。
ベッドの中で、いま頃あなたはなにをしているだろうと想像した。
明日もあなたに会えますようにと願い、目を閉じた。
そして最後に「おやすみ、先輩《せんぱい》」とつぶやき眠りについた。
あなたに恋《こい》をして、これらが一日の終わりの日課になった。

ふんわり
レモンチーズ
シフォン

好きで好きでたまらないけれど
この人を好きになってはいけない
熱さと冷たさ
ふたつの気持ちに折り合いをつける
そんな甘酸《あまず》っぱい恋に落ちた

はじめまして、先輩。

車窓の外に流れるのは、見あきた変わらない街並み。座ったシートから伝わる振動《しんどう》に、頭がゆれる。同じ時間、同じ車両、同じアナウンス、同じような顔ぶれの乗客。毎日繰り返される私の一日のオープニングの映像だ。

電車の中って、どうしてこんなに眠くなるんだろう。この振動と音。それから横の男子高校生たちの騒《さわ》ぐ声が、私の眠りを誘《さそ》うちょうどいい材料になってるのかもしれない。うるさすぎず、静かすぎず、とっても心地いい。

『次は、東円寺《とうえんじ》……』

車掌《しゃしょう》の鼻にかかった声のアナウンスが、私の降りる駅名を告げている。

ああ、降りないと。乗り過ごしたら確実に遅刻《ちこく》だ。一限目の数学は小テストだから、ちゃんと受けなくちゃ。そのために昨日の夜、苦手な数学を遅《おそ》くまで勉強していたんだから。でも、眠い。とても眠い。

完全に閉じきったまぶた。どうしても持ち上げることができず、さらに深く眠りに落ちかけた時だった。私の頭に突然《とつぜん》、激痛が走ったのは。

「いっ……！」

上からぎょっとしたような声が降ってきたけれど、かまっていられない。

「は⁉」

だって、めちゃくちゃ痛い。誰《だれ》かが、なにかが、私の髪《かみ》を思いきり引っ張っている。

いま絶対、何本か抜《ぬ》けたと思う。

「痛いー！　引っ張らないで！」

眠気《ねむけ》なんか吹き飛んだ。頭皮ごと持っていかれそうな痛みに、必死に髪を押《お》さえる。

「藤《ふじ》ー？　なにやってんの。早く降りないと閉まるよ」

すぐ横の乗車口あたりから聞こえる男の人の声に、私の前に立つ人が身じろぎした。

あまりの痛みにじわりと涙がにじむ。誰だかわからないけど、お願いだから動かないで。ちょっとでも動かれると、髪が抜ける。ぶちぶちと音をたてながら、何十本と抜けてしまう。

「いや、なんか……あ」

その時、ぷしゅうと空気の抜けるような音が。そしてドアがゆっくりと閉じられる。

ああ、遅刻決定だ。でも、そんなことよりいまはとにかくこの痛みをなんとかしたい。

「あのう……私の髪は」

「あー……悪い。キーホルダーに絡《から》まったんだわ」

おそるおそる問いかけると、低くて少しハスキーな声が答えた。申し訳なさそうなその言い方に、文句が引っこむ。わざとじゃないならしょうがない。

「それ、取れますか？」

「やってみるから、ちょっと待って」

言われたとおり、おとなしく待つことにする。背中の真ん中らへんまである、長い髪を押さえながら短く息をついた。

うつむいていても、周りの視線を感じて居心地が悪い。さっき大きな声を出してしまったから、見られているのかもしれない。

視界に入る相手のズボンは黒。この電車に乗る黒の制服は、高校生だとうちの学校の学ランだけだ。とても大きな白いスニーカーを履《は》いてるから、きっと中学生じゃない。同じ高校の生徒だろう。

ふと、苦い香《かお》りが鼻をかすめた。これはたぶん、煙草《たばこ》のにおい。まさか目の前の人から香っているのだろうか。

「すげぇ絡まってる。取れそうにねぇわ」

「えっ。それは困りましたね……」

「なんでこんな髪くるくるなんだよ。パーマ？」

苛立《いらだ》った声で非難するように言われ、少しむっとする。

ちょっと待ってよ。どうして私が責められるの？　私の髪が、くるくるしているのがいけないわけ？　だったらそっちがキーホルダーをつけているのも、いけないんじゃない？

そう言ってやりたくなる。まあ実際にそれを口にする勇気はないのだけれど。絡まってしまったのは偶然《ぐうぜん》なんだから、仕方ないのに。しかも痛い思いをしているのはこっちだ。

「天パなんです。ストパーかけても矯正《きょうせい》しても、全然まっすぐにならなくて。……ごめんなさい」

天パなうえにもともと茶色っぽい髪のせいで、いじめられたこともあった。中学までは完全にコンプレックスだったこの髪。高校生になるんだからと、開き直って髪を伸《の》ばした。コンプレックスを、逆にチャームポイントにしようと試みたわけだ。

でもこんなふうに知らない人に責められるくらいなら、伸ばしたりするんじゃなかった。

「……そうだ。私のペンケースにハサミが入ってるんで、カバンから取ってもらえますか？」

「なんでハサミ？」

「絡まってる部分だけ、髪を切っちゃえばいいんじゃないかと思って」

自棄気味にそう言うと、少しの間のあと上からため息が降ってきた。

軽く頭に手がのせられたのがわかって、どきりとする。

「あー、と。気にしてたなら悪い」

「え……」

「金具のとこで絡まってるから、壊《こわ》すわ。動くなよ」

「え、え。壊すって、あの」

壊すって、キーホルダーを？　いいの？

髪ならまた伸びるけど、キーホルダーは直らない。と、思う。それなのに、壊してしまっていいんだろうか。

考えているうちに、耳元でパキンと小さな金属音がした。途端《とたん》に痛みから解放されて、ほっと息を吐《は》いた。

まだじんじんする髪の根元を押さえながらそっと顔を上げる。そこには少し残念そうに壊れたキーホルダーを見つめる、背の高い男の人がいた。

白いシャツに刺繍《ししゅう》された校章は、やっぱり私の通う東円寺高校のもの。長めの黒い前髪の隙間《すき》からのぞく奥二重《おくぶたえ》の目は、切れ長でちょっと怖《こわ》そうな印象だ。しかも耳にはシルバーと黒のピアスが三つも。軟骨の部分にもピアスがついていて、思わず痛そうだと顔をしかめてしまった。

そして着崩《きくず》した制服に、煙草のにおいとくれば。間違《まちが》いない、この人は不良だ。危険人物だ。

私はなんて人の私物を壊させてしまったんだろう。どうしよう、殴《なぐ》られる？　たかられる？　自分の行く末を想像して震《ふる》え上がった。

「あ、あの……っ」

「次、降りるぞ」

「へっ？」

「学校サボんのか？　俺《おれ》は行くけど」

意外なことを当然のように言う相手を、ぽかんと見つめてしまう。

不良なのに、遅刻確定でもちゃんと学校に行くんだ。この人はわりと真面目《まじめ》な不良なのかもしれない。いやいやいや、真面目な不良ってなんだ。矛盾《むじゅん》してるよ。

そんなふうに自分で自分にツッコミを入れていたら、次の駅に着いてしまった。不良な彼《かれ》が先に降りたので、慌《あわ》ててそれに続く。

あーあ。数学の小テストは受けられないな。先生になんて言い訳しよう。

高校生になって二ヶ月。はじめての遅刻に落ちこんでしまう。

「お前、一年？」

「は、はい、そうです。えっと、あなたは」

「俺は二年」

やっぱり先輩だった。大人っぽいから三年生かなと思ったけど、ひとつ上か。

反対のホームに移動すると他に人はいなくて、ベンチに並んで腰《こし》かける。すぐさま不良の先輩は煙草の箱を取り出すと、一本口にくわえた。

流れるようなその動きはとても手慣れている。しかもなんだか色っぽい。横目で見ていて、ちょっとドキドキしてしまった。

「あの……。キーホルダー、すみませんでした」

「んー。まあ、しょうがねぇよ。気にすんな」

そう言われても、さっき見た残念そうな顔が忘れられない。本当に申し訳ない気持ちになる。

とりあえず、先輩が怒《おこ》っていないことがわかって肩《かた》から力が抜けた。怖いという気持ちはもう薄《うす》らいでいる。彼はたぶん、いい人だ。

「ちょっと見せてもらえませんか？　もしかしたら、直せるかもしれないし」

「いや。完全に金具折っちまったから無理だろ」

くわえ煙草で、先輩はポケットからそれを取り出した。

彼の大きな手のひらにのせられたのは、びっくりするくらいファンシーなキーホルダー。イチゴののったカップケーキが大きな手のひらにちょこんと鎮座《ちんざ》している。

先輩のイメージとあまりにかけ離《はな》れていたので、まじまじとのぞきこんでしまった。

もちろんカップケーキは作り物だけど、本物のようによくできていた。

「かわいい……」

「言っとくけど、俺の趣味《しゅみ》じゃねぇぞ」

「なにこれめちゃくちゃかわいい！　どこで買ったんですか!?」

「俺が買うかよ。これはもらいもん。手作りだから売ってねぇよ」

早口で嫌そうにそう言った先輩。でもピアスだらけの耳は少し赤くなっていた。ごまかしているつもりかもしれないけど、照れているのが丸わかりだ。

「手作りですか。もしかして、彼女《かのじょ》からとか」

「まあな。こういうの作るの好きなヤツで、しょっちゅう押しつけられる」

彼女に押しつけられて、つけるのか。全然趣味じゃない、似合ってもいない、かわいいキーホルダーを素直《すなお》にカバンにつけちゃうのか。

その彼女のことを、大切にしているんだなあ。申し訳ない気持ちがあとからあとからわいてくる。

「彼女からの物なのに……本当にごめんなさい」

「いいって。お前が悪いんじゃねぇし。気にすんな」

「でも……」

「それより頭大丈夫《だいじょうぶ》か？　ハゲてねぇ？」

「は、ハゲてませんよ！　……ませんよね？」

まだ少しじんと痛む頭皮をさする。私の不安な顔を見て、先輩は思いきり笑った。

鋭《するど》い瞳《ひとみ》が細まって、くしゃっとした笑顔になる。その親しみの持てる表情に目が奪《うば》われた。

「ハゲてねぇよ、たぶん」

「たぶんって……」

「髪くるくるでボリュームあるし、多少ハゲても隠《かく》れるだろ」

またくるくるって言った。こっちは気にしているのに。

唇《くちびる》を尖らせてじとりと先輩を睨《にら》むと、苦笑いで返される。

「いいじゃん、くるくる。犬みたいで」

「い、犬？」

「そう。トイプードルみたいでかわいいだろ。ウチで飼ってんだよ、トイプードル」

「トイプードル!?　先輩がトイプードル……。散歩する姿とか、ちょっと想像つかないですね」

やっぱり犬の散歩らしい煙草でなんだろうか。でもそれってなんだか、あまり格好がつかないよね。だってリードの先には、かわいいくるくるのトイプードルがいるんでしょ？

ミスマッチすぎてちょっと笑ってしまう。想像したらなんだか癒やされた。

「おい、なに笑ってんだよ。失礼なヤツだな。俺だって散歩くらいするわ」

「だって、先輩不良なのに、犬の散歩なんてするんだなあって。しかもトイプードルって、かわいいですね」

「どうせ似合わねぇよ。つーか、俺はべつに不良じゃねぇし」

白い煙を吐き出しながら、そんなことを言ってのける先輩にあきれる。

「だって先輩、煙草吸ってるじゃないですか。ピアスもしてるし」

「煙草もピアスも、めずらしくもねぇだろ。むしろ普通《ふつう》だ」

私の中の普通の人は、未成年の身で煙草を吸ったりしないんだけどなあ。

私の普通と先輩の普通は、どうやらかなり違うらしい。

「じゃあ、煙草を吸わない私は、普通じゃないんですか？」

「そりゃあお前、あれだ。真面目っつーんだ」

「真面目……かなあ？　私の中の真面目のイメージは、眼鏡《めがね》をかけていて勉強ができる、学級委員長的な感じなんですけど」

「バカだなお前。そういうのはガリ勉っつーんだよ」

先輩はなぜか勝ち誇《ほこ》ったような顔でそう言いきった。なるほど。先輩の常識は偏見《へんけん》でできているらしい。私も人のこと言えないかもしれないけど。

そんなどうでもいい話をしていたら、ホームに電車がすべりこんできた。それに乗って、さっき通り過ぎた学校の最寄り駅へと向かう。

電車の中でも、座席に並んで世間話をした。先輩が飼っているトイプードルの画像を見せてもらったり、私が調理部に所属していて、お菓子《かし》作りを専門にしている話をしたり、甘い物が苦手らしい先輩にそれで顔をしかめられたり。

予想外に、先輩は気さくでとても話しやすい人だった。人は見かけによらない、というのは本当だったんだなあと、しみじみ思った。

駅を出て学校に着く頃には、私たちはすっかり打ち解けていた。それは別れるのが名残惜《なごりお》しく感じるほど。

「そんじゃ。遅刻させて悪かったな」

「いえ、こちらこそ」

そう言って生徒玄関《げんかん》で別れてから気づいた。先輩の名前を聞きそびれたことに。

そういえば、私も名乗っていない。まあいいか。同じ学校なわけだし、電車も同じようだから、またすぐに会えるはずだ。

そう考えて教室への階段をのぼりながら、ふと、

「私、なんでまた先輩に会いたいと思ってるんだろう?」

そうつぶやいて、ひとり首をかしげた。


ミキサーの回る音、パチパチと油のはじける音、卵の殻《から》を割る音。甘い匂《にお》い、香《こう》ばしい匂い、油の匂い。放課後の高円寺高校調理室は、いつもいろいろな音と匂いであふれている。

「桜沢《おうさわ》さん。メレンゲ、このくらいでいい?」

三つ編みおさげに銀縁《ぎんぶち》眼鏡。そして目にも鮮《あざ》やかな黄色のエプロン姿の山中《やまなか》さんに声をかけられた。私は小麦粉をふるっていた手を止めて、彼女を見る。

桜沢杏《あん》、東円寺高校一年生、調理部所属。それが私の肩書で、いまは調理室で部活動中。水色地に白い水玉模様のエプロンが、私の調理場での戦闘《せんとう》服だ。

調理部は学年ごとに班分けされていて、山中さんは私と同じ一年班。実を言うと私は少し、彼女のことが苦手だった。

「どれどれ? ……う〜ん。もうちょっと、かな」

山中さんの手元をのぞきこんで答える。途端に眼鏡の奥から冷めた目を向けられた。

まずい、またやってしまった。

「もうちょっとって、どのくらい? 具体的にあと何分ミキサーでかきまぜればいいわけ？　それとも泡立《あわだ》て器を使えばいいの？　抽象《ちゅうしょう》的な言い方はやめてって、もう何回も言ってるよね」

出た。山中女史の追及マシンガン。

山中さんは〝もうちょっと〟とか〝あと少し〟など、そういう曖昧《あいまい》な表現が嫌いなのだ。具体的に、誰にでも同じように伝わる言い回しじゃないと、彼女は納得してくれない。

悪いことではないのだ。計量は正確であった方が断然いいし、丁寧《ていねい》さも求められる。そう考えると、山中さんは料理にとても向いている性格なのかもしれない。ただ、協調性が少々足りないだけで。

「桜沢さんのそういうぼーっと適当にやってる感じ、よくないと思う」

「ええっ？　私そんなふうに見えるんだ……」

少なくはないショックを受けながらふと、朝に出会った不良な先輩を思い出した。先輩、わかりますか。彼女のような人のことを、真面目って言うんだと私は思うわけですよ。

「また言ってんの？　山中はさあ、頭固《かた》すぎ！　もうちょっとは、もうちょっとじゃん？」

山口さんの納得する答えを考えようとした時、横からいつものアバウトなフォローが入った。同じ一年班の、デニム生地のエプロンを身に着けた須賀《すが》ちゃんだ。

ショートカットでそばかすがかわいい、ちょっとボーイッシュな友人が、私はとても好きだった。おおらかで癒やされるのだ。

もっとも、山中さんにしたら須賀ちゃんのそれは、おおらかとは言わないみたいだけれど。私にとっては間違いなくおおらか。

「須賀さんの〝もうちょっと〟と、私の〝もうちょっと〟は、違うと思うんだけど」

「だーかーらー。そんなのフィーリングだって！」

「私はフィーリングじゃなくて、ちゃんとした数字が知りたいの」

「お菓子作りは数学とは違うじゃん！　愛があればいいの、愛が！」

須賀ちゃんは山中さんとは反対に、とっても大雑把《おおざっぱ》だ。だからお菓子作りでよく失敗し、残念な仕上がりになることも多い。

そして毎日のように、こうして山中さんと言い合いになるのでちょっと困る。なにが困るって、ふたりして手が止まって進まないというのもあるけど、うるさいと他の先輩方の迷惑《めいわく》になり睨まれてしまう。

そして部長に怒られるのがいつもの流れだ。今日はそうなる前におさめたい。

「まあまあ、ふたりともケンカしないで。それにしても、ちょっと泡立ちが悪い気がするね。ええと、山中さん砂糖は何回かに分けて入れた？」

私が尋ねると、山中さんは不満そうに睨んできた。

「入れたし。言われたとおりに私はやってる」

「そっかあ。じゃあなんでだろうね。卵白入れる前に、ボウルは洗ってよく拭いた？」

「あ、ごめーん桜沢！　あたしテキトーに拭いちゃったわ！」

悪びれる様子もなくしっかり挙手《きょしゅ》する須賀ちゃんに、私はまたかと苦笑い。なんとなく予想はしていた。須賀ちゃんは細かいことは気にしない性格だから、こんなことはしょっちゅうだ。

謝《あやま》るなら、私じゃなくて山中さんにね。そう言おうとして、山中さんを見て苦笑も引っこんだ。よく磨《みが》かれた眼鏡の奥の目が血走っている。真面目な彼女は沸点《ふってん》がとても低いのだ。

「また須賀さんが原因なの⁉　いい加減にしてほしいんだけど！」

「あっはっは。だからごめんって！」

「須賀さんのごめんは聞きあきた！　私もうあなたと組みたくない！」

「そう言わないで仲よくやろうよ、山中〜」

「ふ、ふたりとも。もうちょっと静かにしませんか……」

調理部員は、一年生は私たち三人、二年生も三人、三年生はふたりと少ないので、調理をする時はひとりひと品作れることになっている。

でも須賀ちゃんと山中さんは、料理をまったくしたことがない初心者だったから、いまのところ私が教えてふたりでひと品を作っていた。

毎回ひと悶着《もんちゃく》あるので、正直ふたりにはバラバラに作ってほしいんだけど、これは部長命令だから仕方ない。部長の言うことは絶対だ。文化部にだって、上下関係というものはある。

「こら一年！　調理中にケンカしなーい！」

離れた調理台でパイ生地を伸ばしていた部長から、とうとういつものお叱りが飛んできた。

その手元にはまっ赤なリンゴ。リンゴパイだ、きっと。私が先週リクエストしたの、覚えていてくれたんだ。

思わず頬《ほお》がゆるんだ私と違い、須賀ちゃんと山中さんは不満げな顔を見合わせて、しぶしぶ謝って調理を再開する。これもいつものことだ。ここまでがお約束の流れみたいなもので、調理部のありふれた日常の一部でもある。

「須賀さん。泡立ちは悪いけど、ちゃんとできるから大丈夫だよ。そうだなあ。あと二分くらい混ぜてみて？」

暗くなった雰囲気《ふんいき》を変えたくて、精いっぱい明るく言ってみると、山中さんは真剣《しんけん》な顔でうなずいた。ちょっと融通がきかないけど、真面目なのはいいことだと思う。そのぶん上達も早い。

もう少し肩の力を抜いてくれると助かるんだけどな。なんて、思っていても言えないんだけど。

「二分ね。わかった。須賀さん二分ちゃんと測ってよ」

「え〜、二分？　だいたいでいいじゃん！」

「だからあなたは……っ」

また言い争いを始めるふたり。部長がこっちを睨んでいること、気づいてないのかな。気づいてないんだろうなあ。

私のフォローはいつもあまり効果がない。むしろ逆効果なんじゃないかと最近は思っている。

早くふたりが慣れて、ひとり立ちしてくれるといいんだけど。私も集中してお菓子を作りたいし、もっと手の込んだものも考えたい。でも須賀ちゃんたちがひとりでレシピを考えられるようになるのは、たぶんまだまだ先だ。

ふるいから落ちていく小麦粉に、そっとため息をまぜた。

また会いましたね、先輩。

「お疲《つか》れ桜沢、また明日！」

そう言って手を振《ふ》った須賀ちゃんからは、お菓子の甘い香りがした。たぶん私も、同じ匂いをまとっているんだろう。

「うん。須賀ちゃん気をつけて帰ってね」

生徒玄関前で、軽く手を振り合って別れる。自転車置き場に向かう背中を少しの間見送って、ひとり薄暗くなってきた道を歩きだす。

部長のリンゴパイ。シナモンたっぷりでおいしかったな。さっき食べたばかりの、ほどよく焦《こ》げ目のついたパイを思い出し、うっとりした。

調理部では作った物を皆で食べ合って、品評会のようなことをしている。私が調理途中で思いついてクリームチーズを入れたレモンシフォンは好評だった。ただ、山中さんにはちくりと言われてしまったけれど。

「なんで桜沢さんだけ勝手にレシピを変えたの？　同じ班なのに」

「あー……えっと、ごめんね？　前回使ってあまってたチーズを見て、急に思いついちゃって。うまくいくかわからなかったから私のだけでやってみたんだけど……ダメだった？」

「相談もなしにやられると、不愉快《ふゆかい》なんだけど。私たちのことは、どうせ初心者だと思ってバカにしてるんでしょ？」

そんなことないと言ったけど、山中さんは怒ったまま先に帰ってしまった。須賀ちゃんや部長はほうっておいていいと言うけど、そういうわけにもいかない。同じ部活で、同じ班の仲間なわけだし。

でも調理のある日は、たいてい彼女は怒っている気がする。できる限り山中さんに合わせてやっているつもりだけど、なにがまずいんだろう。突《つ》っかかられてもなるべく笑って流しているし、須賀ちゃんとの間に立ってフォローもしている。調理だって彼女のやりやすいようにと、いろいろ考えてやっているんだけど、そういった努力はなかなか報われない。

私のやり方がいけないんだろうか。もっと彼女に任せて、私は口出ししないようにする方がいいのか。でも真面目な山中さんの方から、毎回細かく確認してくるしなあと、頭を悩《なや》ませる。

実は彼女とは同じ電車なのに、いまだに部活のあと一緒《いっしょ》に帰ったことがなかった。もしかしなくても、私は避《さ》けられている……というか、嫌われている。

須賀ちゃんは気にするなと笑っているけど、私は山中さんと同じクラスでもあるわけで。もう少し仲よくできればといつも思うんだけど、うまくいかない。

食欲もわかなくて、自分の分のシフォンケーキは持ち帰ることにした。味見したら甘さ控《ひか》えめにできていたから、たまにはお父さんにあげるのもいい。きっと喜んでくれる。

そうやって無理やり気分を上げて駅に向かうと、ホームのベンチに見覚えのある姿を見つけ、「あ」と声が漏《も》れた。

「先輩」

長い脚《あし》でとなりのお友だちを蹴《け》りながら笑っていた先輩は、私を見て鋭い目を丸くした。驚《おどろ》いたその表情が、なんだかかわいい。

「おー。くるくるか」

「ちょ、それっ。くるくるってあだ名にする気ですか?」

「だってお前、間違いなくくるくるだろ」

先輩の前に立ってむっと頬をふくらませていると、彼のとなりから強い視線を浴びてたじろいだ。

明るくてさらさらな、いたみと無縁そうな茶髪《ちゃぱつ》のこの人は、何度か電車で見たことがある。男の人にしては綺麗《きれい》な顔立ちで、混んでいる電車でも目立っていた。

はっきりとした二重の瞳は、不良な先輩とは違った意味で目力がある。肌《はだ》も私よりずっと綺麗で、まつ毛もうらやましいくらい長い。

「ああ、もしかしてこのコ？　藤のキーホルダー壊したっていう」

いきなり、悪意のなさそうな笑顔でばっさり切られる。一瞬《いっしゅん》うっと息が詰まったけれど、ずきずきと痛む胸《むね》を押さえ、なんとか頭を下げた。

「そ、そうです。今朝は本当にとんだご迷惑を……」

「宇佐美《うさみ》。しゃべんな、うぜぇ。あれはこいつが壊したんじゃなくて、俺が壊したんだよ。くるくるも謝んな。お前が悪いんじゃねぇだろうが」

先輩に睨まれても、宇佐美と呼ばれた人は気にした様子もなく肩をすくめて笑った。

「そうだっけ？　ごめんごめーん。でも藤もこのコかばうなら、もうちょっとソフトに言わないと。ただでさえお前、顔怖いんだから。ねぇ？」

整った、どこか品のある顔に同意を求められて、私は曖昧に笑っておいた。

この人、愛想はいいけど目が笑っていない気がする。だからか少し、身構えてしまう。先輩のように強面というわけじゃないのに、なんとなく怖かった。

髪は明るい色だけど、自然なほど似合っていて不良という印象はない。ゆるいしゃべり方が軽そうにも感じられるけれど、爽《さわ》やかな見た目だしきっととてもモテるんだろうなと思った。

「君さー、調理部の一年のコでしょ?」

「えっ。どうして知ってるんですか……?」

「どうしてって、かわいいから目立つんじゃない? よく言われるでしょ」

反射的にぶんぶん首を横に振る。よくなんて言われないし、むしろ言われたこともない。これはもしかして、社交辞令というやつだろうか。女の子になら誰にでもこういうことを言う人なのかもしれない。

「おいウザミ。後輩たぶらかすんじゃねーよ」

「ははは。ひどいなー藤。俺、べつにたぶらかさなくても、女の子の方から寄ってくるし」

「うぜぇ」

「藤は本当に口が悪いねぇ」

先輩は苛立たしげに舌打《したう》ちして、煙草を取り出した。その様子を横目に、私はそっと、心の中で『藤』という名前を繰り返す。

先輩の名前、藤っていうんだ。藤……名字かな。それとも名前? 聞いてみたいけど、なんとなく宇佐美という人の前では聞きにくい。

「それで、君の名前はなんだっけ。たしか桜沢……」

「あ、はい。一年B組、桜沢杏です」

「そうだ、杏ちゃんだ杏ちゃん。かわいい名前だよね。俺は宇佐美恵《けい》。言っておくけど、ウザミはあだ名じゃないから。口の悪い藤が勝手に呼んでくるだけだから。誤解しないでね」

「はあ。宇佐美先輩、ですね」

「恵でいいよー」と不満げに言われたけれど、さすがに親しくもない先輩を下の名前では呼べない。そして宇佐美先輩は、もしかして私を下の名前で呼ぶつもりだろうか。

まあいいか。この流れで藤先輩の下の名前が聞ける。そう思って先輩を見ると……なぜか笑っていた。いや、口元を押さえて笑いをこらえていた。

「えっと、藤先輩……？」

「お前の名前……っ」

「名前？　私の名前、なにかおかしいですか？」

「いや、おかしくはないけど……うちの犬と同じ名前」

言われた意味がすぐに理解できず、きょとんとしてしまう。うちの犬と同じ名前。

「ええと……先輩の犬って、確かトイプードルの？」

「そう。アンコっつー名前で、みんなアンって呼んでんだよ」

やっぱりくるくるは犬なんだなと、からかうように笑われ、「ひどい」と怒ってみせたけど。なぜだか妙《みょう》に、うれしかった。

なにがうれしいのかは、よくわからない。胸のあたりがぽっと温かくなって、そして少し気恥ずかしくて、こそばゆい。そんな不思議な感覚だった。

「もういいですよー、犬で！　あ。じゃあ、犬の私から飼い主様に捧げ物です」

いいことを思いついたと、意気揚々とカバンからシフォンケーキを取り出した。

さっきまでお父さんにあげようと思っていたけど、それはまた今度にしよう。

ラッピング用の透明《とうめい》な袋《ふくろ》に入れただけのそれを差し出してから、しまったと思う。リボンくらい結んでおけばよかった。お父さんにあげるつもりだったから、飾《かざ》る必要はないかなと手抜きをしてしまった。お父さん、ごめん。

「捧げ物？」

大きな手が、シンプルな袋に入ったシフォンケーキをつかむ。

「は、はい。キーホルダーのお詫《わ》びです。部活で作ったもので申し訳ないんですけど……。あ、甘さは控えめだから、先輩でも食べられるんじゃないかなあと。無理だったら、捨ててください」

「ふーん……」

「へぇ。杏ちゃんの手作り？」

宇佐美先輩が、藤先輩の手に渡ったシフォンケーキをのぞきこむ。やっぱり私のことは、下の名前で呼ぶらしい。

宇佐美先輩より、藤先輩が呼んでくれればいいのに。くるくるじゃなくて、下の名前で。そう、飼っている犬を呼ぶみたいに。

「それはもちろん！　調理部ですから」

「いいな〜。杏ちゃん、俺の分は？」

「え。えーと、ごめんなさい。ひとつしかなくて」

「残念。藤〜。俺にもひと口ちょうだい」

「顔近づけんなウザミ。やらねぇよ」

藤先輩は宇佐美先輩の綺麗な顔を乱暴に押しのけると、シフォンケーキを守るようにカバンにしまった。大事にしてくれているようで、なんだかうれしい。

「藤のケチ。じゃあ杏ちゃん。今度俺にもなにか作ってね」

「えっ。はあ……まあ、いいですけど」

「やった。俺、レーズン嫌いだからよろしく」

作ってね、なんて。それこそ社交辞令だろうと思ってうなずいておいた。宇佐美先輩はモテそうだし、女子の扱《あつか》いには慣れていて、誰にでもこんな感じなんだろう。

彼ならわざわざ頼《たの》まなくたって、手作りのお菓子を差しいれてくれる人がたくさんいそうだ。

「くるくる。ウザミのことは無視しとけ。じゃないと、どんどんウザくなるぞ」

「だからひどいって、藤。俺のことウザいとか言うの、藤くらいだから」

そう言いながらも、宇佐美先輩は気にした様子もなく笑っている。

たぶんこの人たちは、いつもこんなふうに軽口を言い合ってるんだろう。仲がいいんだなあ。

言いたいことを言い合える関係をうらやましく思う。私はどうしても、嫌われないように、傷つかないようにと考えてしまう。言いたいこともぐっとのみ込むことが多い。信頼《しんらい》して気持ちを隠すことなく伝えられる関係は、私にとって憧《あこが》れだった。

「先輩たちも部活だったんですか？」

「あはは、杏ちゃんそれ本気で言ってる？　この藤が部活とかするように見えるわけ？」

「そりゃてめーもだろうが」

「宇佐美先輩はテニスとかやってそうに見えるけど、藤先輩は帰宅部以外の何者でもないって感じですよね」

「……おい」

「杏ちゃん言うね〜！　実際そのとおりだし！」

大笑いする宇佐美先輩の足を蹴ってから、藤先輩は指でちょいちょいと私を呼んだ。

首をかしげて体をかがめると、おでこに容赦《ようしゃ》ないデコピンが飛んできて思わずよろめく。

「いたぁっ!?」

「くるくるのくせに生意気だ」

「かわいい冗談《じょうだん》じゃないですか！」

「いや。あれ本気で言ってただろ」

バレたか。舌を出した私に藤先輩は苦笑する。その笑い方が「しょうがねぇな」と言いたげな、優しくてあったかい感じでどきっとした。

朝も思ったけど、どうしてこの人、こんなにかっこいいんだろう。藤先輩の表情や仕草のひとつひとつに、いちいち心臓《しんぞう》が跳《は》ねてしまう。

ふと気づくと、さっきまで大笑いしていた宇佐美先輩が、笑みをニヤニヤしたものに変えて、私たちを見ていた。

「なーるほどねぇ」

「なんだよ宇佐美。その顔うぜぇぞ」

「藤、浮気《うわき》はよくないんじゃないの？　麻美ちゃんに言いつけちゃおうかなー？」

突然出てきた名前にぎくりとした。麻美って、もしかして。藤先輩の彼女のことだろうか。かわいいキーホルダーを作って先輩に渡した、あの。

麻美さんて名前なのか。先輩の彼女って、どんな人なんだろう。年上？　年下？

同い年？　同じ学校かな。でも一緒に帰っていないなら他校の人か。

あんなかわいいキーホルダーを手作りしちゃうくらいだから、きっと女子力の高いかわいい人なんだろう。

「麻美ちゃん、藤が後輩と浮気してるなんて知ったら泣いちゃうかもなー」

「アホか。そんなんじゃねぇよ」

宇佐美先輩をこづいて、面倒《めんどう》そうに吐きすてた藤先輩。

そんな先輩にどうしてか、胸がちくりとした。不思議な気持ちで自分の胸を押さえる。なんだかとても、嫌な感じがした。

「てめーは本当にウザいことしか言わねぇな」

「え～？　俺だってたまにはイイコト言うよ？」

「……宇佐美先輩、ウザいです」

「うわっ。杏ちゃんまでひどくない？」

さすがに傷つくなんて言いながらも、宇佐美先輩は笑っている。だから私も冗談ぽく笑っておいた。少しでも傷ついたことを知られてはいけない気がして。

タイミングよく電車がホームに到着し、ほっとしてシャツの胸元を握《にぎ》りしめる。

先輩ふたりに続いて電車に乗ろうとした時、離れた前の方の車両に山中さんが乗りこむところが視界に入った。

なぜか、彼女は私を強く睨みつけていた。

夕食でふくれたお腹《なか》をさすりながら、自分の部屋のパソコン画面と向き合う。白いラグマットの上に座り、小さなローテーブルの上でブログを更新《こうしん》するのが、私の息抜きのひとつだ。

二日ぶりのブログ更新作業。部活でお菓子を作った日は、できあがったお菓子の画像をブログにUPするようにしている。

家で個人的に作ったものもあるけれど、部活で作ったものの方が多い。

誰かに見てもらうためというよりも、自分メモに利用している。なので詳《くわ》しいレシピは載せていなかった。ただ画像と材料名とその分量だけ記してある。他には味見の感想や、次はもっとこうした方がいいかもという改善点なんかも書いたりしていた。

コメントでたまにレシピを聞かれることがあるけど、そういう時には詳しく答えたりする。それも書きこむのはコメント欄《らん》だから、料理ブログって感じじゃないかもしれない。

前の記事についたコメントに返事をして、今日作ったレモンチーズのシフォンの記事をさっそくアップする。なかなかおいしくできたけど、もう少しレモンの風味が強くてもよかったかもしれない。そのこともメモとして残しておいた。

「……せっかくだから。えい」

少し考えて、最後にひとこと追記する。

『甘いものが苦手な男の先輩にプレゼントしてみた』

少し気恥ずかしいけれど、一応日記でもあるのでこれくらいかまわないだろう。

これで作業は終了《しゅうりょう》だ。なんだかはじめて日記らしくなった気がする。これまでは本当にただの自分メモブログだったから。

藤先輩、あのシフォン食べてくれたかな。明日の朝また電車で会えたら、先輩にシフォンケーキの感想を聞けるかな。おいしく食べてもらえていたらいいな。

この夜は、遠足前の子どもみたいに、いつもより少しうきうきしながら眠りについた。

ほろ苦
ティラミス

深い苦みと濃《こ》い甘さ
それを重ね重ねて形にした
そんな私の恋は
もろく崩れやすいけれど
ひと口で虜になっていた

どうでしたか、先輩。

いままで朝の電車は、どちらかというと憂鬱《ゆううつ》な気分で乗ることが多かった。眠いし、混んでいるし、空調がきいていてもどうにも生温い空気が充満《じゅうまん》している気がして。だから座席に座れればほっとして、すぐに体が寝《ね》る準備に入るし、座れなければひたすら眠気と不快感に耐えなくちゃならない。

でも、今朝はいままでと少し違う。ホームで電車を待つ列のいちばん前で、そわそわしながら線路の奥を見つめる私がいた。意味もなく、くるくるとカールする自分の髪をなで、落ち着きなくいまかいまかと電車を待っている。

まるで朝の満員電車に乗るのが、楽しみで仕方ないみたい。

やっと電車がホームに到着《とうちゃく》し、いつもの車両に乗りこんだ。すぐに東円寺の男子生徒を探《さが》す。

相手はすぐに見つかって、乗りこむ乗客の波に押されながら彼の元に向かった。

「ふ、藤先輩！　おはようございます！」

シートに座りながらスマホを見ていた先輩が、私の声に顔を上げる。そして笑った。

おかしそうに頬をゆるめて。それに変にドキドキしながら、つり革をつかんだ。

「くるくるか。朝から元気いいな」

「私は元気だけが取り柄《え》なんです！」

「自分で言うか、それ」

強面の先輩が笑うと、印象ががらりと変わって親しみやすさがにじみ出る。もっと笑ってほしい。そんな欲が出てきてしまう。

先輩が横に置いていたカバンをどけてくれたから、遠慮《えんりょ》なくとなりに座らせてもらう。ふわりと苦い香りがした。これは、先輩の香り。そう思うとちっとも嫌じゃない。

きょろきょろ周りを見回していると、藤先輩がどうした？　と聞いてきた。

「あ……えっと。今日は宇佐美先輩はいないんだなーと思って」

「あいつは一限サボるって、さっき連絡《れんらく》きた」

「そうですか。じゃあ寝坊《ねぼう》ですかね」

ほっとして、肩から力が抜ける。よかった、藤先輩とふたりきりだ。

いや、べつに深い意味はないんだけど。宇佐美先輩はちょっと軽いし、なんとなく苦手というか、そんなに仲よくしたいタイプではないというか……。

ひとり目をつむり、心の中で言い訳をしていると、不意に軽く髪を引かれた気がして目を開けた。

　藤先輩の骨ばった長い指が、私のカールする髪をひとふさくるりと絡めとっている。

　びっくりして、体がカチコチに固まってしまう。

「……なに。くるくる、宇佐美が気になんの？　やめとけ。あいつ女癖《おんなぐせ》悪いから」

「へ？　あっ。そ、そうじゃないです！　そういうんじゃなくて……。違いますからね？　全然そんなんじゃないですから！」

「あ……そう。そんな必死になって否定しなくても」

　苦笑いした藤先輩に、顔が熱くなる。不自然なくらい、焦《あせ》りすぎたかもしれない。

　でも、先輩に変に誤解されるのは困る。

　あれ……困るの？　なんで困るんだろう？

「あー、そうだ。くるくる。昨日のあれ、うまかったぞ」

「え？　シフォンケーキ、食べてくれたんですか！」

「おー。ああいうのならイケるみたいだわ。そんな甘くなかったし」

「そうですか！　よかったあ」

　先輩の口に合ったのもうれしいけど、私が作ったものを食べてくれたことがとてもうれしい。誰かに食べてもらって、おいしいと感想をもらえるのは、私にとってご褒《ほう》美《び》みたいなものだ。

　藤先輩からもらった「おいしい」は、特別キラキラ輝《かがや》いている気がした。

「か、彼女に作ってもらったりはしないんですか？」

「あー……前に砂糖の塊みたいな甘ったるいもの作ってこられて、もうこういうのいらねぇって言ったら作ってこなくなった」

「そんなこと言っちゃったんですか？　ひどいなあ」

無意識に声が弾《はず》んだ。全然ひどいなんて思っていなかったけど、冗談のようにそう言って笑う自分がいた。

なんだかいまの私、性格が悪い。藤先輩の彼女に対して、優越《ゆうえつ》感みたいなものを感じている。どうしてこんなふうに感じるのか、自分でもわからなかった。

「苦手なもんは苦手だからな。くるくるは、部活でいつもああいうの作ってんのか？」

「ああいうのって、お菓子ですか？　学校で作るのは週二回くらいかなあ。次にどんなものを作るかとかも考えたり話し合ったりするんで。あと買い出しもあるし」

「ふーん。甘くないの作ったら教えろよ。食いに行くから」

「え……」

食べに来るって、調理室に？　藤先輩がうちの部活に来るってこと？　あの甘い匂いが充満して、女子がキャッキャと楽しく過ごしている空間に？

失礼な話、すごく似合わない気がするけど……うれしいから黙《だま》っておこう。

「じゃ、じゃあ、ＩＤ交換《こうかん》しませんか？　調理する日は連絡するんで！」

「そうだな」

なけなしの勇気を振りしぼって言ったのに、藤先輩はあっさりとスマホを出してＳＮＳアプリのＩＤを交換してくれた。緊張《きんちょう》していたぶん拍子《ひょうし》抜けではあったけど、それよりも喜びの方が勝った。

新しく加わった〝お友だち〟の欄に【藤　大悟《だいご》】と表示されている。藤は苗字だったんだ。下の名前は大悟。藤大悟、藤大悟、藤大悟。音にせず何度も繰り返し呼び、ひとりうなずく。よし。しっかり覚えた。

藤先輩のアイコンが私のスマホ画面に表示されている。彼女とのツーショット画像とかだったらどうしようと思ったけれど、丸く切り取られたそれは濃い茶色の毛のトイプードルだった。

「これが先輩の飼ってるアンコちゃん？」

「そうそう。似てるだろ？　お前と」

「うーん、たしかにくるくるですけど……。つまり、アンコちゃんと同じくらい私がかわいいってことですか？」

「こら。調子に乗んなよ」

私の冗談に、藤先輩はスマホをしまいながら笑うと、もう片方の手で私の額《ひたい》を軽くこづいた。全然嫌じゃない、優しい仕草にまた心臓が跳ねる。

どうしちゃたんだろう。こんなに顔がにやけるなんて、私どこかおかしくなったのかもしれない。

「宇佐美には教えるなよ」

「へ？　宇佐美先輩、ですか？　どうして？」

「どうしても」

教えるつもりも、予定もないけどなあと、首をかしげる。まず交換する場面がくるとも思えなかった。

勝手なイメージで失礼かもしれないけど、宇佐美先輩のスマホは女の子の連絡先でいっぱいな気がする。あ行から、それこそアルファベットの行まで。

ありえなくはないと苦笑いしながら、ふと藤先輩のカバンを見て気づいた。

キーホルダーがついている。

私の髪に絡まったせいで、壊すことになってしまったあのかわいいスイーツデコのキーホルダー。それとよく似たものが、先輩のカバンにぶら下がって揺《ゆ》れていた。

今度はマカロンだ。パステルグリーンのマカロンに、クリームやフルーツがトッピングされたそれは、ピエのもさもさした質感がとてもリアルで一瞬本物と見間違えたほど。

「藤先輩、それ……」

「ん？　ああ、これ。昨日壊れたって話したら、今朝駅で会った時渡された。あいつ、こういうのたくさん作ってるから、お前ももう気にすんなよ」

「そう、ですか……。よかったです！」

先輩の気づかいに、無理やり口角を上げてにこりと笑ってみせた。

その完璧《かんぺき》なまでにかわいいキーホルダーは、まるで彼女の所有宣言《せんげん》みたいだ。藤先輩のカバンにぶら下がって、常に周りを牽制《けんせい》しているよう。この人は彼女持ちですよ、私の彼氏ですよって。学校が別で会えない時間もそうやって、キーホルダーを通して目を光らせている。きっと藤先輩はそんなふうに思ったことなんてないんだろうけれど。

こんなにかわいいキーホルダーを怖いと感じてしまうのは……。

そこまで考えた時、気づいてしまった。ああ、そうか。

電車が来るのが待ちどおしかったのも、煙草の匂いが嫌じゃないのも、別の人を好きと勘《かん》違いされると困るのも。すべて藤先輩のことが、そういう意味で気になっているからだったんだ。

そうだったのかと納得した直後、血の気が引いた。

待って、それはまずい。すごくまずい。

だって藤先輩には彼女がいる。先輩のキャラじゃないかわいいキーホルダーをもらっても、カバンにつけて持ち歩いちゃうくらい大切にしている彼女が。

すでに彼女がいる人好きになるなんて、そんなバカみたいなことが自分の身に起こるなんて、想像もしていなかった。しかもまだ出会ったばかりなのに。

偶然落ちてきた種が、水やりもする間もなく芽吹いたような唐突《とうとつ》さに、心がついていけない。

けれど自覚した途端、肩の触《ふ》れ合うこの距離《きょり》に緊張しだした。

ぴしりと足をそろえて固まり、動けなくなる。ほんの少し香る、煙草の匂いにキュンとくる。先輩の息づかいに、鼓膜《こまく》が敏感に反応する。

なにもしていないのに、自分の気持ちを自覚しただけで顔に熱が集まっていく。

困った。本当に困ったことになった。

どうしよう。この人は、私ではない誰かの彼氏なのに。

報われないとはじめからわかっているのに、どうして私は。

「ほんとバカ……」

「なんか言ったか？」

「い、いいえ！　なんでもないです！」

軍隊ばりのきっちりとした返事をして、不自然にならないよう気をつけながら笑顔をつくる。

降ってわいた恋は、ときめきと同時に痛みを連れてきた。

この瞬間から、私の一方通行で罪深い片想いがスタートした。


いつもはまな板や包丁、食材が置かれている調理台にノートを広げ、私は頭を悩ませていた。料理の音がしない調理室は普段よりも静かで、みんな同じようにそれぞれの班で顔を突き合わせている。

今日は調理計画日。次の調理でなにを作るのか、班ごとに話し合いをする日だ。この日が実は、私にとってはいちばん大変だったりする。普段からチームワークがいいとは言えない私たちなので、意見をすり合わせるのに本当に時間がかかるのだ。

「やっぱりさあ、食べごたえのあるやつがいいなあ。あんみつとかどう？」

「あなたさっき、洋菓子の気分だとか言ってなかった？」

「気分は気分だからさ。いまはあんこな気分！」

「あきれた……。付き合ってられないわ」

須賀ちゃんはあれがいい、やっぱりこんなのがいいと意見がころころ変わる。これはいつものことだ。それに山中さんがあきれるのもいつもの流れで、彼女は「もう任せる」と言って、数学の教科書を開きだしてしまった。

さすがに部活中にそれは怒られると思う。部長に見つかったら廊下《ろうか》に立たされそうだ。しかも連帯責任で私と須賀ちゃんも一緒に。

それを言ったところで態度をあらためるような人じゃないこともわかっているので、ため息をぐっとこらえペンを握り直した。

さて、なにがいいだろう。前回作ったのはシフォンケーキ。その前はクレープ。その前はフルーツロールケーキ。あんみつも悪くないけど、それは季節的に夏休みに作る方がいい気がする。

ふと、シフォンをおいしいって言ってくれた藤先輩の顔が浮《う》かんで、ひとりで焦った。心拍数《しんぱくすう》が跳ね上がるのを感じながら、シャツの上から胸を押さえる。

藤先輩、食べに来てくれるって言ってたなあ。それなら、いいよね。彼へのものを作っても。作るだけで、期待とかはしないから。食べてもらう以上のことは望まないから。

せっかくだから先輩に合わせて、次も甘さ控えめにしたい。チョコレートとかはどうだろう。好きじゃないかな。それとも、セサミやジンジャーを使ったものにしようか。悩むなあ。

「む～……」

藤先輩が好きそうなものってなんだろう。出会ったばかりで、私はまだ先輩のことをほとんど知らない。ピアスをつけていて、顔は怖いけど笑うとかわいくて、そして……彼女がいる。それくらいしか、知らない。

ツキリと胸が痛む。それに気づかないふりをして、藤先輩のことだけを考えた。その時苦い煙草の香りが、鼻の奥の方によみがえる。

苦い……そうだ。コーヒー風味のものはどうだろう。コーヒーのロールケーキとか。ああでも、ロールケーキは前に作ってる。じゃあティラミスならどうだろう。甘さ控えめの大人な味に作れるデザートだ。透明なカップに入れて渡すとかわいいかもしれない。

「ねえ！　ふたりとも。ティラミスはどうかな？」

「ティラミス？　いいじゃんいいじゃん！　ティラミス大好き～」

「ああ、あれ。いいけど私、あの洋酒っぽいのが苦手なんだよね」

「そっか。じゃあ洋酒は使わないで、代わりに濃いコーヒーを入れて作ってみようか」

そうと決まれば、さっそく材料を書き出そう。ティラミスは前に作ったことがあるからだいたいわかる。インスタントコーヒーと、生クリームとマスカルポーネチーズに……。わりと簡単にできるから、残った時間は冷やすのに回せばちょうどいい。

私の手元をのぞきこんでいた山中さんが、しばらくして「それはそうと」と口を開いた。温度の低い声に、なにを言われるのかと身構える。

いつものマシンガンが炸裂《さくれつ》するのか。

「昨日桜沢さん、駅で男子生徒にシフォンケーキを渡してたでしょ」

「え？」

予想していなかったセリフに、拍子抜けする。またなにか文句を言われるのかと思ったけれど、どうも違うらしい。

そういえば昨日、駅に山中さんもいたんだっけ。なぜかきつく睨まれたことをすっかり忘れていた。

「渡してたけど……」

「えっ。なになに桜沢、彼氏できたの⁉」

「ち、違うよ！　全然そんなんじゃなくて。ただ、その、電車が一緒の先輩で」

「相手なんかどうでもいいけど、ああいうのはよくないんじゃないの？」

「え。ああいうのって？」

あの時、なにか問題になるようなことをしただろうか。普通に先輩たちと話していた記憶《きおく》しかない。

私が首をかしげると、山中さんはイラついたようにしかめた顔を上げた。眼鏡の奥の瞳の冷え冷えとした様子にぎくりとする。

ああ、この表情。昨日駅で私を睨んでいた時と同じだ。

須賀ちゃんと言い合いをしている時も、彼女はよく怒っているけど、あれとは違う。私に向けてくるこの表情の方が、ずっと怖いのはなぜだろう。

「わかんないの？　男にあげるために部活利用してんじゃないのかって言ってるの」

「ちょ、ちょっと待って！　昨日はただ、朝迷惑をかけちゃった先輩に、お詫びの印として渡しただけで……」

語尾《ごび》が自然と小さくなった。たしかに昨日はお詫びにと思って、深く考えず藤先輩にシフォンを渡した。

でもいまは？　いままさに私は、藤先輩に食べてもらうためのお菓子を考えていなかっただろうか。先輩の好みのものを、必死に考えていたんじゃないのか。

それは……いけないことだったのかな。

先輩に恋人がいると知ったら、山中さんはきっともっと私を軽蔑《けいべつ》するんだろうと思った。

「なーんで山中は、そんなに桜沢につっかかんのかねぇ？」

不意に須賀ちゃんが、不思議そうにそう言った。ぐっと身を乗り出し、テーブルの向こう側にいる山中さんの顔をのぞきこむ。

迷惑そうに顔をゆがめる山中さんに気づいているはずなのに、おかまいなしだ。

「べつに、つっかかってるんじゃないけど」

「いーや。山中は必要以上に桜沢に対して厳しい。誰も気にしないようなところまでチェックして、難癖つけてるみたいなさあ」

「難癖⁉　私は常識的なことしか言ってない！」

「あっはっは！　山中の常識が、世の中の常識とは限らないじゃん」

「須賀さんあなた、ふざけてんの⁉」

山中さん、須賀ちゃんはそれが普通なんです。本人にふざけてるつもりなんか微塵《みじん》もないんです。

ただそれが伝わりにくいから、山中さんはイライラするんだろう。

「ふ、ふたりともちょっと声を抑《おさ》えて。他の先輩方の迷惑になるから……」

「桜沢も言ってやんなよ。言いがかりはやめろーって」

「難癖とか言いがかりとか、冗談じゃない！　桜沢さんもそんなふうに思ってたわけ⁉」

眼鏡の奥からぎろりと睨まれ、頬が引きつる。

難癖とはまったく思ってなかった、というと嘘《うそ》になる。でもいまそれを言ったら火に油をそそぐようなものだ。それくらいは私にもわかる。だから言えない。言わない。

私はいつもそうやって、平和に向かう答えを探し、本音はのみ込んでいた。誰も嫌な思いをしないよう、誰にも嫌われないよう。そういう自分を情けないと思いながらも、いつまでも変われずにいる。

「いや、私はそんな……。それよりケンカはやめて、落ち着こうよふたりとも」

ほうっておいたらいつまでも言い合いを続けるふたりだ。どう止めようとオロオロしていたら、ついに「うるさいよ一年！」と離れた席にいた部長が立ち上がった。

「あんたらは本当にケンカばっかりだね！　たまには静かに話し合いなさい！」

叱りとばされ、さすがに須賀ちゃんも山中さんも身を縮めてうつむく。〝一年〟とひとくくりにされた私も、一緒になって怒られた。連帯責任だそうだ。なんて損な立ち位置だろう。

「ペナルティが必要かな？」なんて笑顔の部長に言われ、この時ばかりは私たちも同じタイミングでぶんぶんと首を振り、声をそろえ「すみませんでした」と謝った。部長は怒るととても怖い。料理の腕《うで》も人柄《ひとがら》もとても尊敬しているけど、怖いものは怖い。

二年生の先輩たちは、叱られる私たちをあきれたように笑っている。また先輩方に迷惑をかけてしまったことに、内心でひとり落ちこんだ。

ケンカばかりのふたりに「いい加減にして！」と私が怒れば、毎回こうはならないかもしれない。でも私にはそれが言えない。迷惑だとはっきり言えない、弱い自分が情けなくて仕方なかった。

「まあまあ、部長。彼女たちはこれがコミュニケーションになってうまくやってるんだよ。ねぇ？」

そう柔和な笑顔で間に入ってくれたのは、うちの顧問《こもん》の神林《かんばやし》先生だ。

三十代前半の、細身で気のよさそうな笑顔をいつも浮かべている神林先生は、この学校の家庭科教諭《きょうゆ》。男の家庭科の先生っているんだなあと、はじめて授業を受けた時はびっくりした。

でも神林先生はフライパンを振る姿も、裁縫《さいほう》をする姿もまったく違和《いわ》感がない。それどころか女子生徒の誰よりも似合っていた。こんなに家庭科の先生としてぴったりな人は他にいないと、いまは思っている。

優しいから女子からの人気も高くて、私ももちろん神林先生が大好きだ。特別な意味はなく、穏《おだ》やかな先生を尊敬していた。

「山中さんも須賀さんも、ケンカするほど仲がいいと言うけど、ほどほどにね。できれば部長の耳には届かないくらいの声でやってくれると助かるなあ」

「神林先生、聞こえてますよ！」

部長の厳しい声に、先生は冗談だと笑う。一気に場がなごみ、そっと息をついた。

こんな簡単に人の心を落ち着かせてしまうなんて、さすが神林先生。

「ふたりとも、桜沢さんの話をしっかり聞いてがんばって」

「は〜い！　もちろん！」

「……わかってます」

　ふたりの返事に満足したようにうなずいて、神林先生は私を見た。無意識に背筋がぴんと伸びる。

「じゃあ桜沢さん、頼むね。ひとりだけ経験者で大変かもしれないけど」

「ありがとうございます。大丈夫です！」

「うん。いつでも僕《ぼく》か部長に頼《たよ》ってね」

　優しくそう言った神林先生に後光が差して見えた。本当に、なんていい先生なんだろう。生徒想いだし、たまに料理のアドバイスもくれるし。部活の顧問が神林先生でよかったと、しみじみ思う。

　山中さんはまだ怒っているふうだったけれど、それ以上なにかを言ってくることはなかった。それにほっとしながら内心ため息をつく。

　山中さんはたぶん、私のことが嫌いなんだろう。嫌われるようなことをした覚えはないけれど、そうとしか思えない。

　そしてそういう私も、彼女のことが苦手だ。嫌いとまではいかないけれど、好きとはとても思えない。彼女に睨まれるとビクビクしてしまう。次はなにを言われるかと身構えてしまう。

そういう関係は疲れるし、自分が弱い人間だと何度も自覚させられてつらかった。そろそろ料理を個別に作ることを、部長と神林先生に相談してみようか。部活のためにも、彼女のためにも。そして私のためにも。

ＰＣの電源ボタンを押し、後ろのベッドに寄りかかる。小さく膝《ひざ》を抱《かか》え、自分の部屋の天井《てんじょう》を仰《あお》いだ。

今日は帰り、藤先輩に会えなかったなあ。先輩は帰宅部だし、放課後の予定はまちまちなんだろう。会えないかなと期待していたので、残念な気持ちでひとり帰った。放課後、先輩はなにをしていたのかな。彼女とデートでもしていたのかな。

ため息をつき、ブログの管理ページを開く。いつものように記事についたコメントに返信しようとして驚いた。

「コメント八件……？」

自分の目を疑った。いままでは、ひとつの記事にだいたい一、二件コメントがつくくらいだった。多くても四件ほどだったのに、それが突然八件も。いったいどうして。なにがあったのかとドキドキしながら、コメントのひとつひとつに目を通していく。するとすぐに、いつもコメントをくれる人以外は、最後の追記に対して反応していることに気がついた。

『甘いものが苦手な男の先輩にプレゼントしてみた』というあの一文だ。レシピにはまったく関係のない一行に対して、みんなコメントを書いてくれたらしい。

【それって好きな人ですか？】

【きゃー！　同じ学校の先輩ですか？】

【感想がどうだったのか気になる！】

などなど。まるで友だちに恋バナをした時のようなその反応に、思わず笑ってしまった。

いいなあ、こういうの。女子は恋バナが好きだから、おもしろ半分でコメントをくれたのかもしれない。それでもなんだか、応援《おうえん》されているような気持ちになった。

彼女がいる人を好きになってしまったから、学校の友だちには話しにくい。叶《かな》うはずもない恋だし、秘密のまま自分の中だけでこっそり味わっていくつもりだった。

だってやっぱり、他人《ひと》の彼氏を好きになるなんて褒《ほ》められたことじゃない。奪うとか、そんなつもりはないけれど、それでも人に堂々と言えるようなことでもなかった。

でも本当は、誰かに聞いてほしい。誰かにこのドキドキを話したい。片想いのつらさも含め、恋をするって素敵なことだ。恋をする前とは、世界がまるで変わってしまう。毎日がキラキラ輝いて、わくわくして、楽しい。

多くは望まないから、ひっそりこの恋を楽しみたい。だからせめて、本名を伏《ふ》せているブログだけでも、私の正直な気持ちを書きたかった。

コメントにそれぞれ返信をしてから、昨日の記事の最後にさらに追記を加えた。

『先輩がおいしかったって言ってくれた。ああいうのならイケるって。かなりうれしかった。次も甘さ控えめなものをうまく作れたら、また先輩に食べてもらいたいな』

記事を更新してPCを閉じ、ごろりとベッドに転がった。

枕《まくら》を抱えてふと息を吐く。なんだか不思議な感じがした。私はお菓子を作るのも食べるのも好きで、自分のためにたくさんお菓子を作ってきた。将来はパティシエになりたいなと、ぼんやりと考えたりもする。

自分のために作ったものを家族や友だちにお裾《すそ》分けすることはあっても、特定の人、しかも男の人のために作ることなんていままでなかった。それがいまは、調理している時もひとりの人のことで頭がいっぱいだなんて。

お菓子作り以外に夢中になることなんてなかったのに。これが恋か……。

「藤先輩、いまなにしてるかな……」

お風呂《ふろ》かな。それとももう寝ているのかな。もしかしたら、宿題に取り組んでいたりするのかも。ああ見えて、先輩はとても真面目みたいだから。

目を閉じると、まぶたの裏に浮かぶのは藤先輩の笑った顔。

一瞬苦い香りに包まれるような錯覚《さっかく》におちいって、ぎゅうと力いっぱい枕を抱《だ》きしめた。

「先輩……おやすみなさい」

切ないけれど、楽しい。それが私の初恋。そして片想いの感想だった。

いらっしゃい、先輩。

お弁当の匂いが充満する教室。私は自分の机の上で、スマホと睨めっこをしていた。

今日は部活で調理をする。そうなるとやっぱり、藤先輩に食べてもらいたくなってくる。正直純粋《じゅんすい》に食べてもらいたいのか、お菓子を理由に先輩に会いたいのか、自分でもよくわからない。不純だよなあと思う。

でもどっちの気持ちも本物だった。

朝は藤先輩と同じ電車に乗れなかったので、昼休みにSNSでメッセージを送ることにした。

【今日、部活でお菓子を作ります】

そう送ろうとしたけど、教室の窓際《まどぎわ》で静かにひとりお弁当を食べている山中さんの姿が目に入って手を止める。

藤先輩が部活に現れたら、またなにか言われるかもしれない。そうしたら他の部員に迷惑がかかるし、藤先輩にも悪い。

少し考えてから、文章を付け足す。

【もし先輩も帰る時間が遅いなら、また駅で渡したいので連絡ください。無理だったら朝電車で渡すので、楽しみにしててくださいね！】

何度か読み返し、満足して送信した。これでたぶん、藤先輩もわざわざ調理室に顔を出したりはしないだろう。

これが彼女だったら「待ってて」なんてわがままも言えるのかな。なんて、欲張っちゃダメだ。私は彼の彼女でもなんでもない、ただの後輩なんだから。

スマホを置いて食事を再開する。今日のお弁当は自分で作った。だし巻き卵が綺麗に巻けた、自信作。それを食べようとして、ふと周りが静かなことに気づいて顔を上げる。

机をくっつけてお弁当を一緒に食べていた友人たちが、なぜかみんなこっちを向いていた。

「え……。な、なに？」

「なんかさー。杏、機嫌《きげん》よくない？」

「えっ」

「そうそう。ニヤニヤしてるよねぇ」

「いつも、ぼ〜っとしてるだけの杏がね！」

やっぱり私ってぼうっとしていると思われているのか。ちょっと朝が弱いだけなんだけど。いや、それよりもニヤニヤなんてしてたかな。自分の頬をなでながら、へらりとごまかすように笑った。

仲のいい友だちでも、彼女がいる人に恋をしたなんて、なかなか打ちあけられない。きっとみんなに止められる。それか、人の男を取る気かって怒られる。

そんなつもりはなくても、改めて言われるとけっこうつらいと思うんだ。

「今日ね、部活でティラミス作るんだ。だから楽しみでさ！」

「えー！　ティラミス？　いいなあ」

「うちらの分はー？」

「たまにはごちそうしてよ〜」

「部活じゃそんなにたくさん作れないからなあ。今度家でなにか作ったら持ってくるよ」

みんな甘いものが好きだから、調理部に勧誘《かんゆう》したことがあるんだけど、作るのは面倒だとあっさり断られた。女子というのはわがままだ。食べたいけど、作りたくはない。自分で作ると二倍も三倍もおいしいのになと、もったいなく思う。

これが、私が山中さんを嫌いになれない理由かもしれない。作る楽しみを知っている人だから、仲間という意識があるのだ。

ひとり黙々《もくもく》と、教室の隅《すみ》でお弁当を食べている山中さんに目をやった。

お菓子を作る人に悪い人はいない。きっと私は、そう信じたいんだ。

いつもの水玉のエプロンをつけて、メレンゲとマスカルポーネチーズを混ぜ合わせる私の頭の中は、料理中だというのに藤先輩のことでいっぱいだった。

調理室の各テーブルでは、それぞれが好きな料理を作っている。餃子《ぎょうざ》を作っているとなりのテーブルからは、にんにくの香りがもわんと香っていた。非常に食欲をそそられる匂いだ。

うちの部は、全員同じものを作るんじゃなく、それぞれが好きなものを作ることができるのが魅力《みりょく》だ。学校の部活でこの自由さは、なかなかないと思う。

袖《そで》をまくり直し気合を入れる。いつも以上に丁寧に、気持ちをこめて作ろう。おいしくできますように。おいしく食べてもらえますように。できたら目の前で食べてもらえますように。

なんて考えている時点で、実はすでにけっこう欲張りになっているかもしれない。

そんな私の目に、不意に映ったもの。調理室のドアからひょっこりと宇佐美先輩の顔が現れ、思わずボウルを落としそうになった。どうしてここに宇佐美先輩が？

目の前に立つ山中さんは、彼女の後ろのドアからのぞきこんでいる宇佐美先輩にまだ気づいていない。彼女に気づかれないうちに、宇佐美先輩にはドアを閉めてもらわないと。

その時、宇佐美先輩と目が合った。宇佐美先輩、ドアを閉めてください！　目線と表情だけで、なんとかそう伝えようとする。けれど宇佐美先輩はなぜかうれしそうに、パッと笑顔になって、軽く手を上げてきた。

「いたいた、杏ちゃーん」

と、のんきに間延びした声でそう呼んだ彼に、思わず「ウザいです、宇佐美先輩」と言ってしまいそうになった。本当に、いったいなにをしに来たんだこの人は。

ギョッとしたようにホイッパーを落とした山中さんを横目に、仕方なくドアの前に立つ。

「もう。なにしに来たんですか、宇佐美先輩」

「なにって、約束したじゃない」

宇佐美先輩は調理室を眺《なが》めながら「いい匂い」と上機嫌に笑う。

「約束？」

「杏ちゃん意外と薄情だね。俺にもお菓子、作ってくれるって約束だったでしょ」

そんな約束しただろうか。思わず首をひねる。

ああ、そういえば、駅でそんなようなことを言っていたような……。

「だからって、いまは部活中ですよ」

「えー？　部外者は入っちゃいけない？　見学とかもダメ？」

見学はいいかもしれないけど、あきらかに宇佐美先輩は別の目的があるじゃないか。

あきれていると、急に大きな手が現れて、宇佐美先輩の頭にげんこつを落とした。

「痛いっ！」

「おい、ウザミ。いい加減にしろ。くるくるも困ってんだろーが」

「え……あ！　藤先輩！　先輩も来てたんですか」

「悪い。このバカ、止められなかった」

全然いいんです。藤先輩を連れてきてくれた宇佐美先輩に、むしろ感謝します。

心の中でバンザイしていたら「桜沢さんっ」と震える声で呼ばれた。この声は……。

振り返ると予想どおり、鬼《おに》の形相をした山中さんがこっちを睨んでいた。なんだか嫌な予感が。あと寒気が。

「信じられない！　なに考えてるの⁉　男子を部活に呼ぶなんて！」

「ええと、山中さん。これは……」

「やっぱり男子に貢ぐ目的で部活に参加してたわけ⁉　こんな人と一緒の班で気分が悪いわ！」

「ちょっとちょっと〜。山中、それは言いがかりってやつじゃないの？」

あきれたように言って須賀ちゃんが間に入ろうとしてくれる。けれど山中さんは須賀ちゃんを押しのけて、私に迫《せま》ってきた。

「須賀さんは黙ってて！　桜沢さん。あなたが男子に渡すために考えたレシピを私たちに教えてたんなら、吐き気がする！」

「そんな……」

吐き気がするなんて、そこまで言う？　いくらなんでもひどくない？

そう思うのに、私はなにも言えない。傷ついているのに、腹《はら》も立っているのに、文句のひとつも口にできない弱虫な自分。

山中さんに言い返すよりも、周りが気になってしまうのは私が弱いからだ。みんなに迷惑がかかる。藤先輩も宇佐美先輩も、嫌な気分にさせてしまう。私のせいだという目で見られてしまう。嫌われてしまう。それが、怖い。

周りからの視線が痛くて震えそうになった時、頭上から低い声が降ってきた。

「なんだこいつ」

「……藤、先輩？」

むっとした顔で、藤先輩が山中さんを睨んだ。

睨まれた山中さんの顔が一気に青ざめる。それはしょうがない。藤先輩の鋭い目で睨まれたら、きっと誰だってそうなる。私はならないけれど、だいたいの人は怖がるだろう。

「こらこら、藤。お前、見た目が凶悪なんだから、そんな怖い顔で女の子にガン飛ばしちゃダメじゃん」

「ああ？　俺のどこが凶悪だよ」

「いやいや。完全にヤのつくお仕事の人じゃん。ねぇ？」

ねぇ？　は私に向けられたものだ。ここで同意を求められても困るんだけどなあ。

曖昧に笑って首をかしげておいた。私も最初は藤先輩を怖い人だと思ってビクビクした。でもそうじゃないことはすぐにわかったし、いまなんて恋をしてしまっているくらいだ。

宇佐美先輩は私の反応が不満だったのか、つまらなそうに唇を尖らせる。けれどすぐににんまりと笑って、山中さんの方を見た。

「でもさあ。俺もいまのはちょっと気に入らないよね」

どうしてだろう。笑っているのに、なんだか宇佐美先輩が怖い。

悪寒《おかん》みたいなものを感じて、鳥肌の立った腕を思わずさする。藤先輩に睨まれるより、もしかしたら怖いかもしれない。

「俺べつに、杏ちゃんにお呼ばれされたわけじゃないんだよね。俺がおいしいものを食べたくて、勝手に来たの。わかるかな、ジミーちゃん」

「じ、ジミー？」

山中さんが困惑したように眉《まゆ》を寄せる。まさかジミーというのは、山中さんのことを言っているんだろうか。

「そ。見た目が地味だから、ジミーちゃん。真面目ちゃんとかの方がよかった？　それとも僻《ひが》みちゃんの方がぴったりかな？」

悪意なんて微塵もありません、という笑顔でさらりと毒を吐く宇佐美先輩。

さすがの山中さんも口をあんぐり開けて、固まっていた。私も同じような顔で固まってしまう。宇佐美先輩が怖い。さわやかで害のなさそうな見た目なのに、その口から飛び出す言葉はひどく攻撃《こうげき》的だ。

「正論振りかざしてるつもりなのかもしれないけどさあ。俺にはジミーちゃんが、やっかんでるようにしか聞こえなかったね」

「な、な、な……っ」

「杏ちゃんに対して、劣等感みたいなもんがあるんじゃないの？　男、男って、自分がモテないから、かわいい杏ちゃんに嫉妬《しっと》してるんだ？　杏ちゃんばっかりモテてずるい。こんなバカ女より、私の方が真面目で頭もいいのにーって」

「え、ちょ、ちょっと。宇佐美先輩なに言って……」

それはない。絶対にない。たしかになぜか山中さんには目の敵にされている。でも彼女に限って男にモテたいと思っているなんてありえない。むしろ山中さんは男嫌いで、クラスでもほとんど男子と会話してないのだ。

というか、私のことバカ女ってさりげなく悪口をまぜてきているし。やっぱり宇佐美先輩って怖い。できれば敵に回したくない。

でもこのままにもしておけない。これ以上騒ぎになると部活に支障が出る。山中さんのことも宇佐美先輩のことも止めないと。

意を決してふたりを止めようと口を開いた時、腕をつかまれた。驚いて、つかまれた左腕を見る。

大きな骨ばった手は藤先輩のものだった。もう片方の手の人さし指を、そっと唇の前に持っていく先輩。こんな時なのに、その仕草にドキリとする。止めるなってこと？　でも、どうして。

「な、なんなの！　この失礼な人！　最低！」

「あはは。図星だから怒鳴《どな》るしかできないんでしょ。わっかりやすいなあ、ジミーちゃん」

「なに笑ってんのよ！　ふざけないで！」

「ふざけてないよ。そっちこそ、杏ちゃんが優しいからなにも言い返せないと思って、調子に乗ってるんでしょ。悪いけど俺は優しくないからね。バンバン言うよ、ジミーちゃん」

「その呼び方やめて！　バカにしてるの⁉」

よく見ると、山中さんの眼鏡の奥が涙目《なみだ》になっていて驚いた。まさか、あの気丈な山中さんが泣きそうになるなんて。

どうしようとあたふたしていたら、気まずそうに二年生の部の先輩が近づいてきた。

「ちょっと、なにやってんのよ宇佐美くん」

「あ。マイコちゃん、来ちゃったー」

「来ちゃったーじゃないわよ。まさか本当に来るなんて。どうするのこの騒ぎ」

「俺は騒ぎを起こすつもりなんてなかったんだけどねぇ」

悪びれない態度の宇佐美先輩の頭に、また藤先輩のげんこつが落ちた。痛そうだけど、宇佐美先輩は慣れたような顔して肩をすくめる。

そして私は、離れていった藤先輩の温もりに寂しさみたいなものを感じていた。つかまれていた腕に自分でそっと触れる。もう少し、あのままでいたかった。

マイコ先輩はため息をつくと、調理室を振り返り申し訳なさそうに頭を下げた。

「すみませーん！　私が今日調理の日だって教えたら、クラスメイトが来ちゃって！すぐに追い出しますからー！」

なんだ、そうか。マイコ先輩が宇佐美先輩を誘ったのか。じゃあ藤先輩も、私のメッセージで来てくれたわけじゃないのか。

その言葉に納得したのか、手を止めていた調理部の先輩たちは作業に戻《もど》っていった。山中さんだけは、顔をまっ赤にしてうつむいたままだけど。

もしかして泣いているんだろうか。なんて声をかけたらいいんだろう。

「ほら、宇佐美くん！　さっさと行った行った！」

「ひどいなあ、マイコちゃん。せっかくおいしいもの食べられると思ったのに」

「しつけーぞウザミ。……騒がせて悪かったな」

藤先輩が私を見て、優しく微笑《ほほえ》んでくれた。それを目にした瞬間、胸がキュウッと絞《しぼ》られて、唇が震えた。うれしいのに苦しくて、たまらなくなる。

気づけば、去っていく先輩たちを呼びとめていた。

「あ、あの！　もう帰っちゃいますか？」

「そのつもりだけど。どうかしたか？」

「その……もし、もしよければなんですけど。部活終わるの、待っててもらえませんか？　作ったティラミス、持っていきますから」

「ウザミのことなら、気にしなくていいんだぞ」

「ひどいって藤」

意味ありげに笑う宇佐美先輩に見られて、顔が熱くなった。

たぶん宇佐美先輩は、私の気持ちに気づいている。恥ずかしいし気まずいけれど、バレているならもうしょうがない。

「ちょっと言い方はあれだったけど、宇佐美先輩は私をかばってくれたし。お礼に、できれば今日食べてもらいたいなと思って。……ダメですか？」

「全然ダメじゃないよー。じゃあ遠慮なく、待たせてもらおうかな。駅前でいい？」

「は、はい！　よかった。持っていきますね！」

やった！　これで今日ティラミスを食べてもらえる上に、一緒の電車で帰れる！　いろいろ言われはしたけどこれで全部帳消しになるくらいうれしかった。一日のうちの、ほんの少しの時間でも。藤先輩と一緒にいられるなら。私はそれだけで幸せだ。

「俺ら暇人《ひまじん》だし、時間とか気にしなくていいよ。じゃあ藤、行こうか」

「あ？　ああ……俺はべつに暇人じゃねぇぞ」

なぜか、藤先輩は不機嫌そうに声を低くして言った。その様子に首をかしげる。どうしたんだろう。さっきまで機嫌よさそうだったのに。笑顔ももう引っこんでしまっている。私の誘い方が、強引だったのかもしれない。うっとうしいなと思われたかな。

つい数秒前までは天にも昇る気持ちだったのに、一気に不安におちいった。

「まあね。藤は彼女持ちだし、そりゃあ俺より暇じゃないだろうけど。今日は予定ないんだから暇人じゃないの」

「るせ」

「それじゃ、あとでね杏ちゃん」

「はい。またあとで……」

藤先輩とは逆に機嫌よさそうに手を振る宇佐美先輩。藤先輩の背中を押しながらあっさりと去っていった。

本当に食べてほしいのは藤先輩の方なんだけど、さっき宇佐美先輩がかばってくれたのはとてもうれしかったから、感謝の気持ちとして彼にも渡そう。

それより、藤先輩大丈夫かな。ちゃんと待っていてくれるだろうか。先輩のことを考えると、気持ちが上がったり下がったりと大忙《おおいそが》しだ。

落ち着かない気持ちで調理室へ戻ると、山中さんが口をへの字にしてうつむき加減で立っていた。そうだ、泣きそうになっていたんだ。けれどいまの彼女の目に、涙は浮かんでいないようで少しほっとした。

「あー……えっと、山中さん」

「……なに」

「その……ごめん、ね？」

少しびくびくしながら謝ると、思いきり睨まれてしまった。

どうしてだろう。余計に怒《いか》りが増したように見える。私の謝り方が悪かったのかな。

「なに謝ってるの⁉　桜沢さんに謝られる意味がわからないんだけど！」

そう怒鳴ると、山中さんは三角巾《さんかくきん》をむしり取り、調理台に叩きつけた。そしてトイレに行くと言って調理室を出ていってしまう。同時に三角巾が台の端《はし》からぱさりと床《ゆか》に落ちた。

残された私と須賀ちゃんは、目を合わせてため息をつく。

「まあ、いまのは桜沢が悪いよ」

「え？　私、まずいこと言った……？」

「だってさ、桜沢が謝るようなことあった？」

須賀ちゃんに言われて気づく。山中さんが傷ついたようだから、なんとなく自分が悪いような気がして謝った。けれどたしかに、私自身は悪いことはしていない。ような気がする。

「でも、山中さん泣きそうだったし……」

「だからって、なんで桜沢が謝んなきゃなんないの？　いまのはどっちかっつーと、山中が謝るとこだったじゃん。先にひどいこと言われたのは桜沢だし」

「それは、そうかもしれないけど」

でも宇佐美先輩は、私をかばって山中さんにきついことを言ったのだ。それは間接的に私にも責任がある、と思ったんだけど……。

「たぶんさー。さっき山中は謝ろうとしてたんだと思うよ」

あの山中さんが、私に謝る？　すぐに「ありえない」と否定しそうになる。

だって、そんなことあるわけがない。いつも私を敵視している彼女が、私に頭を下げるなんて想像できなかった。

「謝ろうとしてた相手に先に謝られたら、なんでだよ！って思うのもしょうがないっしょ」

肩をすくめて、須賀ちゃんは作業を再開した。

須賀ちゃんはよく山中さんに、空気が読めないと言われている。他にも、なにも考えていないんだろうとか、散々な言われようだけど、それは違う。須賀ちゃんは人一倍回りのことをよく見ている。そのうえで冷静に相手のことを考えられる、すごい子なのだ。

それに私と違って、遠慮せずに思ったことを口にできる。相手にとっていいことも、悪いことも、須賀ちゃんはごまかさずに伝える。私にはできないことをさらりとこなす彼女を、尊敬しながらもうらやましく思っていた。

「……須賀ちゃん」

「んー？」

「須賀ちゃんも、私のこと感じ悪いって思った？」

「えー？　思わないよ？　だって私がなにか言われたわけじゃないし！」

にひっと歯《は》を見せて笑う須賀ちゃんに、がくりとくる。そりゃそうだけど、身も蓋《ふた》もない。でもいつもどおりの元気のいい笑顔で言われて、私も笑ってしまった。

強くてかっこいい須賀ちゃんは、私にはまぶしすぎる存在だ。たぶんそれは、自分に自信がないから。

私は、友だちの数はきっと人と比べて多い方だ。高校に入って友だちとケンカもしたことはないし、敵をつくったこともないと思ってる。それは私に人を惹きつける魅力があるとか、そういうことじゃない。「杏は話しやすい」とか「杏といると自分を出せる」とか、よく言われていることが理由なんだろう。

私は無意識のうちに、自分を隠してしまう。「杏は誰にでも好かれるタイプだよね」なんてよく言われるけど、そんなタイプなんてあるのだろうか。

ことが原因だと、自分でもわかっている。中学の時に、髪を理由にいじめられた
人とぶつからないよう、面倒なことがあっても、笑顔でごまかして逃《に》げてしまう。友だちと話していて「それは違うんじゃないかな」と思うことがあっても、思うだけで口にはしない。自分の意見も、やっぱり笑顔の下に隠してしまう。

ぼ〜っとしているのは、いろいろ頭の中で考えている時。でも考えてもうまく言葉になって出てはこない。途中で、まあいいかとのみこんでしまう。嫌われたくないか

ら。誰かの悪意を受けるのが、怖いから。

三人兄弟の真ん中だというのも、理由のひとつかもしれない。上に気を使って、下の面倒を見ていろいろ我慢《がまん》してきた。親の扱いもわりと雑だった。兄弟に挟《はさ》まれる私は、親の目にあまり映らないことが多かったのだ。それを寂しく思うことも、不満に思うこともあるけれど、いまはもうあきらめている。私が我慢すればすべて丸くおさまるのなら。物事がスムーズに進むのなら、それでいいと。

だから私は、須賀ちゃんや山中さんがうらやましい。自分の意見をしっかり持っていて、それをはっきり口にできる人が本当にうらやましい。

私がもうちょっと強くなれたら、山中さんとも仲よくできるんだろうか。そんなことを考えた。

優しいですね、先輩。

走ると重い髪がふっさふっさと揺れる。片づけに時間がかかってしまった。まだ先輩はいるだろうか。

部活を終えて駆け足で駅前まで行くと、ファストフード店の窓ガラスの向こうに、藤先輩の姿を見つけた。カウンターに宇佐美先輩と並んで座って、ドリンクを飲んでいる。本当に待っていてくれたんだ。

こちらには気づかず話しこんでいる、その横顔に胸がきゅんとなる。藤先輩の周りだけ、まるでフィルターでもかかっているようにキラキラして見えた。

ふと、視線をこちらに向けた藤先輩と目が合う。私に気づいた先輩が、やわらかく笑ったのでドキドキしながら笑顔を返す。なんだかデートの待ち合わせみたいで舞《ま》い上がりそうだ。まあ、ふたりきりというわけじゃないのだけれど。

「お疲れ、杏ちゃーん」

店内に入ると、宇佐美先輩がひらひらと手を振って迎《むか》えてくれた。軽く頭を下げて応える。

この人も、思ったことをはっきりと言える人なんだよなあ。山中さんに言ったことは少しきつすぎたけれど、私を思って言ってくれたんだと思うとなにも言えない。

自分で文句のひとつも言えない私が悪いのだ。

「どうした、くるくる」

「え……？」

「元気ねぇな」

心配げに「熱でもあるのか」と言われ、うれしくてぶんぶんと首を横に振る。

先輩が私のことを気にかけてくれたと思うと、悩みも吹き飛びそうだ。

「大丈夫です。私はめちゃくちゃ元気です！」

迷うことなく、空いている藤先輩のとなりに座る。持ってきた紙袋から、ティラミスの入ったプラスチックカップをふたつ取り出した。使い捨てのスプーンも抜かりなく用意してある。

「お待たせしました。桜沢杏の力作、ほろ苦ティラミスです！」

ふたりの前に差し出すと、「おおー」と拍手され頭をかく。ちょっと照れくさい。

家族以外の男性に作ったものを振るまうことなんて、そうないから。

「すごいじゃん。お店で売ってるティラミスみたいだよ。君、なかなかやるねぇ」

「あは。見た目だけです。お口に合うといいんですけど」

「くるくる。お前の分は？」

「私は部活でちょっと味見してきたんで、いいんです。先輩たちで食べちゃってください」

私は作ろうと思えば家でいつでも作って食べられる。今日は先輩に食べてもらいたくて作ったから、自分で食べられなくても全然かまわない。

でも藤先輩は気にしたようで、財布を持って席を立った。

「んじゃ、なんかおごる。食いたいモンある？」

「ええっ？　せ、先輩。私本当にいいですから」

「この間もうまいもん食わせてもらったし、礼くらいさせろ。高い店じゃねぇんだから遠慮すんな」

先輩……かっこいい。ときめきを顔に出さないようにするのに苦労した。

おごりなんて、彼氏みたいなことをしてもらっちゃっていいんだろうか。彼女でもない、ただの後輩なのに。でも、今日だけ。今日だけいいよね。今日だけ、特別。

顔が熱くなるのを感じながら、小さくうなずいた。

「じゃあ……キャラメルラテお願いしてもいいですか？」

「了解。ついでにお前、敬語もいらねーから」

「えっ？　それって……」

どういう意味ですか、と聞こうとしたのに、藤先輩はさっさとレジに向かっていってしまった。

敬語もいらないって、同級生みたいに話してもいいってこと？　私、後輩なのに？

それって……なんだかとっても特別な感じがするのは私だけかな。まるで先輩にとびきり素敵な優先席を用意してもらったような、そんな気持ちになった。

藤先輩の背中を見送りながら、ほうとため息をつく。するとそれまで黙っていた宇佐美先輩が、喉《のど》の奥で笑いだした。

「藤ってば、かっこつけちゃって。らしくなくて笑っちゃうよ」

「かっこつけてる……？　藤先輩はもともとかっこいいじゃないですか」

「まあね。でも、彼女がいる男だよ？」

意味ありげに流し目をよこされて、動揺《どうよう》する。

「べ、べつに私はかっこいいって言っただけで、好きとかそういうことを言ってるんじゃ……」

やっぱり宇佐美先輩のこと、苦手かもしれない。色素の薄い瞳を向けられると、なにもかもを見すかされてしまうような気がする。

「ま、いいけどね。……おお。これおいしいじゃん。なんかパリッとしたのがのってる」

「あっ！　宇佐美先輩、ここお店だから……」

「大丈夫大丈夫。誰も見てないって。こっそり食べるし。それよりこれ、ほんとおいしいよ」

ぱくりとティラミスを食べた宇佐美先輩は、にっこりと綺麗な笑顔でほめてくれた。その笑顔に他意はないように見える。

怖い人だけど、悪い人ではないんだろう。なんて、ちょっとほめられただけで単純すぎかな。でも、はっきりものを言う人が怖いのは、私に自信がないからで、彼らが悪いんじゃない。

「お口に合ってよかったです。いちばん上と真ん中に、薄くチョコを敷いてみたんですよ。宇佐美先輩、気づくなんてすごい」

「俺、味にうるさいからね。料理は愛情とは、よく言ったもんだよ」

「そう、ですね。手間暇かければ、そのぶんおいしくなりますから」

このティラミスの場合は、藤先輩への愛がこめられている。暗に宇佐美先輩もそう言ってるんだろう。ほんの少し、からかうような、非難するような響《ひび》きがあった。

「でも俺、正直手作りって苦手なんだよね。よく女の子からもらうんだけどさ。なんか重たい念がこめられてそうで怖くない？」

同意を求められ、頬が引きつる。だったらどうして私に、なにか作ってなんてお願いしてきたんだ。

いや、違う。これは私のことを言ってるんだ。私の藤先輩への気持ちを責めた嫌みか、牽制なんだ。それがわかっても、私はやっぱりなにも言えない。この片想いが褒められたものではことは、自覚しているから。

答えられずに黙りこむ私に、宇佐美先輩は軽く肩をすくめると話題を変えた。

「そういえば、あのあとどうだった？」

「え。あのあと……？」

「ほらー。あのコンプレックスの塊みたいなジミーちゃん」

山中さんのことか。まだジミーちゃんなんて言ってる。

山中さんは、あのあとトイレから戻ってきてもまだ怒っていて、結局ひとことも口をきいてくれなかった。

私って、どんどん彼女に嫌われていっている気がする。

「またひどいこと言われたりしなかった？」

「言われてないです。……でも、謝ったら怒られました」

「は？　謝る？　杏ちゃんが謝ったの？　なんで？」

「なんでって……」

理解できないという表情の宇佐美先輩に、顔をのぞきこまれる。その近さに思わず体を引いた時、藤先輩が戻ってきた。

「なにやってんだよ、ウザミ」

「べっつにー。ただの世間話？」

藤先輩は舌打ちをすると、身を乗り出していた宇佐美先輩を乱暴に押しのけて、私のとなりに座る。

「ほら、くるくる」

「……え。ポテトにナゲットまで買ってくれたんですか？　ありがとうございます、藤先輩」

お礼を言うと、なぜか不機嫌そうに睨まれた。どうして。もしかしてこれ、私の分じゃなかったのかな。

「敬語」

「あっ。えっと……ありがとう？」

そういえば、さっき敬語はいらないと言われたんだっけ。

言い直すと、満足そうな表情に変わった先輩。頭をわしゃわしゃなでられて、笑ってしまう。犬みたいな扱いだけど、うれしくて頬がゆるむのを止められない。

「で？　なんの話してたんだ」

「杏ちゃんに突っかかってきた、ジミーちゃんの話だよ」

「ああ……あのガリ勉か」

　ガリ勉て。たしかに山中さんは勉強のできる人だけど。そういえば最初に会った時、そんなことを言っていたっけ。藤先輩ってば、眼鏡かけた真面目そうな人はガリ勉だと本気で思ってるんだ。

「くるくる。お前あのガリ勉と仲悪いのか」

「あの子の名前、山中さんっていうんです。仲が悪いっていうか、うまくいってないっていうか。たぶん、私がはっきり物を言わないから、彼女を苛立たせてるんだと思います。……じゃなくて、思う」

　いきなり敬語をなくすのって、意外と難しい。

　透明なプラスチックカップにストローを差して、意味もなく中身をぐるぐるかきまぜた。このカップみたいに、山中さんの心もすけて見えたら楽なのに。

「そうか。……うん。うまい」

　さっきの宇佐美先輩みたいに、藤先輩は堂々とティラミスの袋を開けると、ひと口食べて私に笑顔を向けてきた。それはカップの中の氷も、一気に溶《と》けそうなくらい優しいもので。胸がドキドキして、幸せな気分で満たされた。

　先輩の「うまい」もその笑顔も、とても好き。甘酸っぱいご褒美は、私を苦しいくらいときめかせてくれる。

「うまいよ、くるくる」

「よかった！」

「こういうの、分量とかも自分で考えて作ってんのか？」

「本を参考にしたりもする、よ。これは自分で考えて、甘さ控えめにしてコーヒーを濃くしたりしたの」

　感心したようにうなずく藤先輩。

　あなたのことを想って作りました。いちばんのトッピングは愛です。なんて、心の中でつぶやいた。

　そんなことを知ったら、先輩は困るよね。宇佐美先輩が言ってたように、きっと重くて食べてもらえない。

「お前、将来ケーキ屋とかなれば？　向いてるよ。俺なら買いに行く」

「藤先輩、甘い物苦手なのにケーキ屋さん行くの？」

「お前の作ったのなら、イケるっつったろ？」

「えへへ。うれしい。先輩、私ね。パティシエになるのが夢なんだ」

「へぇ。ケーキ作るヤツだろ？　お前ならなれるな」

　ああ、優しいな。なんて優しい人なんだろう。ますます好きになってしまう。これ以上好きにさせないでほしいのに。そのうち私の手を飛び越《こ》えて、あふれ出した想いが先輩に向かっていってしまう気がした。

「ほら」

「……え？」

ティラミスをすくったスプーンが、目の前に差し出される。戸惑《とまど》っていると、スプーンが口元まで迫ってきた。

「早く口開けろ」

「えっ!?　で、でも」

「いいから」

これってあれか。噂《うわさ》のあれだろうか。彼氏彼女がしたりする〝あーん〟ってやつ。私、彼女でもなんでもないのに。こんなことしてもらっちゃっていいの？

おそるおそる口を開くと、そっと差しこまれたスプーン。ぱりぱりとふんわり。異なる食感が舌を楽しませる。部活でも食べたけど、なかなか上手《じょうず》にできたと思う。

私にはちょっと苦い、大人の味。

「うまいだろ」

「……うまいだろって、私が作ったのに」

照れ隠しに頬をふくらませると、藤先輩は笑いながらまたひと口食べた。

わ。間接キスだ……！

なんて、思わず考えてしまって自分にあきれる。私ってば乙女《おとめ》すぎる。でも心臓は正直で、さっきからドキドキうるさくて、止まらない。

なんとなく恥ずかしくて、彼から目をそらしてガラスの向こうに目をやる。すると、ガラス越しに宇佐美先輩と目が合った。またニヤニヤした笑いを浮かべるのかと思って身構えたけれど、予想外に彼は真面目な顔をしていた。おかげで私の興奮《こうふん》も、急速にしぼんでいく。

調子に乗るなと、視線で言われた気がした。

「なんかさー。ふたりとも、俺の存在忘れてない?」

不意に表情をがらりと変える宇佐美先輩。人のよさそうな笑顔で冗談を言う姿に、詰めていた息をそっと吐き出した。

「忘れてんじゃなくて、ないものとして扱ってんだよ」

「それ、もっとひどいよね?　さすがに俺もそろそろ泣くよ?」

「好きなだけ泣け」

藤先輩の宇佐美先輩に対する扱いは雑だ。でもそれは仲がいいからできることなんだろう。

藤先輩は宇佐美先輩の怖いところ、わかってるのかな。わかっていて仲よくしているのかな。そんなふうに考えて、違うと内心首を振る。

私が怖いと感じているのは、結局自分に自信がないからだ。自分の恋心を、後ろめたく思っているからだ。

「どうして私って、こうなんだろ……」

「なんか言ったか？　くるくる」

藤先輩が、煙草を取り出しながら顔をのぞきこんできた。意外と長いまつ毛と綺麗な唇に、視線が吸いよせられる。宇佐美先輩が見ているのに。

ダメだ。全然ダメ。自信がなくても、後ろめたくても、この人を好きだという気持ちは止められそうにない。

好き。好きです。あなたのことが、好きなんです。

「な、なんでもない。っていうか藤先輩、こんなとこで制服で煙草はないでしょう！」

「あ？　固いこと言うなよ」

「あはは。だから藤は不良って言われるんだよ」

三人で暗くなるまでそうやって笑い合って、同じ電車で帰った。

藤先輩の友だちである宇佐美先輩。その人の前で、胸を張って藤先輩に話しかけられない自分が嫌だと思う。

ごっちつかずで、逃げてばかりいた自分。傷つくのが怖くて、周りの目ばかり気にして。角が立たないように、誰かと衝突《しょうとつ》しないように、周りに合わせて笑ってきた。まるで息を殺すように。

それでいい、それが正解だって思ってきた。自分が意見を言ったところで、誰かとぶつかるだけだし。もしかしたら誰かを傷つけるかもしれない、誰かに嫌われるのかもしれない。そして中学の時のように、また孤立《こりつ》するかもしれない。

それなら我慢して周りに同調していた方がいい。

でも、それじゃあ藤先輩に恋もできないのなら。私はもっと、強くなりたい。藤先輩のことが好きだと、胸を張れるくらいに。

先輩には彼女がいる。実るどころか、言葉にすらできない恋だ。それでも、好きなんだ。後ろ指差されるような恋でも、私はあなたを好きでいたい。

片想いでもいい。それ以上は望まない。だからこのまま、せめてこのまま、好きでいさせてください。


その日の夜。ブログを更新しようとして驚いた。追記したあと、またコメントがついている。読者数も急激に増えていた。こんなにたくさんの人にブログを読んでもらったことはいままでない。

レシピについてよりも、私の恋のことが気になっているのはあきらかだ。けれど、それでもうれしい。誰にも言えない恋を、名前も知らない誰かが応援してくれている。

そう思うと、ちょっぴり心が軽くなるから不思議だ。

さっそくコメントに返事を書く。それから今日部活で作ったティラミスの記事に取りかかった。今日のは写真も綺麗に撮《と》れた。ティラミスの画像には〝an〟という私のハンドルネームと、それからブログのURLを入れる加工を施して記事に貼《は》る。

我ながら、かわいくおいしそうに映ってるじゃないか。スイーツの写真って、見てるだけで幸せな気持ちになるからすごい。

記事の最後には、藤先輩にすぐに食べてもらえたことを書く。またおいしいと言ってもらえたこと。それから〝あーん〟してもらったこと。間接キスをしたことまで調子に乗って書いてしまった。

だって、本当にうれしくて。誰かに聞いてもらいたくて、うずうずしていたんだ。でも簡単には話せないから、ブログでくらい正直に書くのを許してほしい。

「よし。完成、と」

更新ボタンを押して終了。

次の調理は来週か……。調理がない日は、家でお菓子を作ろうか。そうすれば、山中さんに気を使うことなく藤先輩好みのお菓子を作れる。

でも、先輩食べてくれるかな。部活で作ったっていう気軽さがあるから、私も渡しやすかったし、先輩も食べることをためらわなかったんだろう。個人的に作ったものは、重いと断られるかもしれない。

「そうだ！　最初は友だちにあげる物のついでってことにしよう」

それなら藤先輩も気にせず受け取ってくれるはず。さっそく明日、家で作ろう。

お風呂でもベッドの中でも、なにを作ろうとうきうきしながら考えた。

永遠の片想いでも、報われないと決まってる恋でも。先輩のことを考えるだけで私の心は満たされる。

目をつむり、まぶたの裏に映るのは藤先輩の笑顔。いまごろ先輩も、ベッドの中かな。おやすみなさい、先輩。

マーブル
チョコレート

あなたがくれるたくさんの感情
喜び、悲しみ
期待、後悔《こうかい》
憧れ、虚《むな》しさ
幸福、罪悪感
それは色とりどりのチョコのように
甘く私をなぐさめた

大丈夫だよ、先輩。

しつこいと引かれるかもしれない。そんな心配をしていたけれど、先輩はいつも優しい笑顔で受け取ってくれる。おまけに「うまい」と絶対にほめてくれるから、完全に調子に乗っている自分がいた。

あれから二週間。私は部活動以外でもお菓子を作って、藤先輩に食べてもらっている。しかももう四度も。さすがに多いかなとも思ったけれど、作るとやっぱり先輩に食べてほしくなってしまって止められないのだ。

おいしいって言ってくれる時の笑顔が本当にかっこよくて、かわいくて。何度でもあの笑顔を見たくなってしまう。

先輩が素敵すぎるのがいけない。そんなふうに恋を先輩のせいにした。

もうすぐ七月。今日も二十八度と、だんだん暑くなってきた。七月といえば夏休み。いつもなら友だちを誘ってなにをしようと、うきうきわくわくしているところだ。楽しみなはずなのに、今年は夏休みなんてなければいいのにとため息ばかりついている。

だって、夏休みってことは一ヶ月以上先輩に会えなくなる。毎朝電車で先輩の姿を捜《さが》すのが日課なのに。昼休みだって用事もないのに、教室を出てぶらぶら歩いたりしている。先輩に会えないかなと、期待しながら。

それなのに一ヶ月以上会えないなんて。きっと私、干からびてしまう。


生徒であふれる廊下を、深々とため息をつきながら歩いていた。窓から見える木には葉が生い茂《おしげ》り、真昼の太陽は夏が来ると騒いでいる。でも自販機《じはん》の前に見覚えのある背中を見つけ、一気に暗い気持ちが吹き飛んだ。

「藤先輩！」

「ぶっ！」

「ぎゃっ」

小走りで近づいて、せっかくだから脅《おど》かしちゃえと、先輩の背中に体当たりするように強く押した。

そしてほぼ同時に聞こえてきた、ふたつの声に固まる。いまの声って。

「あ、あれ？　先輩……？」

おそるおそる、先輩の背中から前の方に移動する。先輩は口元から液体をぽたぽたこぼしていた。そして右手にはジュースの紙コップ。衝撃でこぼれたのか手もとも濡《ぬ》れていた。サーッと血の気が引く音がする。

「わー！　ご、ごめんね先輩！　飲んでるの気づかなくて！」

「くるくるか……。ったく、思いっきり噴き出しちまったじゃねーか」

あきれたように言う先輩に、髪をぐしゃぐしゃとかきまぜられた。よかった。先輩怒ってない。嫌われていないことにほっとしながら、調子に乗りすぎたと反省した。慌ててハンカチを出して先輩の口元を拭こうと手を伸ばす。その時ようやくもうひとりの存在に気づいて、今度こそ動けなくなった。

「う、宇佐美先輩!?」

「……君って、本当に藤しか見えてないみたいだねぇ？」

そこに立っていたのは、まっ白なシャツを茶色に濡らした宇佐美先輩。いつもの張りつけたような笑顔も引きつっていて、いっそう恐《おそ》ろしい。

「意外とそそっかしいよね、桜沢杏ちゃん？」

「す、すみませんでしたっ！」

涙目で土下座する勢いで謝る。ハンカチを差し出したけれど、いらないと断られてしまった。

宇佐美先輩の背後に、はんにゃが見える。これは完全に私が悪い。調子に乗るから失敗するんだ。

「水も滴る……って言うけどさあ。滴るのがコーラじゃ、かっこつかないよねぇ」

ぶつぶつ文句を言いながら、宇佐美先輩はおもむろにシャツを脱《ぬ》いだ。中に着ていたTシャツも濡れてしまったらしい。それもためらいなく脱ぐと、色白だけど引き締まった体があらわになる。

周りの女子から「きゃあ！」と黄色い悲鳴が上がる。私も目のやり場に困って慌ててうつむいた。だって男の人のハダカなんて見る機会ないし。見ていいものなのかどうなのか。

「う、宇佐美先輩！　胸が見えちゃってます！　早く服を着てくださいっ」

「おい、宇佐美。こんなとこで脱ぐんじゃねーよ」

「だって濡れて気持ち悪いんだもん。藤さ、教室から俺の着替え持ってきてくんない？　ジャージと一緒にTシャツ入ってるから」

「いいけど、お前はどうすんだよ」

「あっちの水道で服洗う」

そう言ってすたすたと歩き出す宇佐美先輩。藤先輩はやれやれといった感じで肩をすくめて、教室へと戻っていった。

着替え、取ってきてあげるんだ。普段あんなに宇佐美先輩を粗雑《そざつ》に扱っているのになんだかんだ優しい。

「って、ときめいてる場合じゃなかった」

　藤先輩の背中を見送ってから、慌てて宇佐美先輩を追いかける。

「あの、宇佐美先輩！　私に洗わせてください！」

「いいよ、自分でやるから。べつに怒ってないし、杏ちゃんは気にせず自分の教室に戻っていいよ」

「そういうわけにはいかないです。洗わせてください」

「いいって言ってんのに。ま、好きにしたらいいよ」

　そっけなく言って、水道の前まで来ると、宇佐美先輩は濡れた服を投げて寄こした。シャツからはコーラの匂いと、それから宇佐美先輩のつけている柑橘《かんきつ》系の香水《こうすい》の匂いがする。

「本当にごめんなさい……」

　濡れた部分を水で洗いながら、もう一度謝る。コーラは水で流せても、この申し訳ない気持ちは流しきれない。

「シミになっちゃったらどうしよう……」

　宇佐美先輩は水飲み場の縁に腰かけて、鼻で笑った。

「シャツ一枚くらいべつにいいけど。舞い上がってるって感じだよねぇ。そんなに藤が好き？」

　顔をのぞきこまれ、ぎくりとする。私が藤先輩を好きだということを、前提にした問いかけだった。

べつにそういうわけじゃない。そう答えようとした。ただ後輩として、先輩を慕っているだけだと。好きとかそういう、特別な感情はないと。

流れ続ける水はどんどん冷たくなっていく。両手がその冷たさにじんと痺《しび》れはじめた時、私はようやく答えた。

「……好き、です」

こぼれ出たのは、さっきまで考えていたごまかしの答えじゃなかった。それは紛れもない本音。嘘偽《いつわ》りのない、私の心の声だった。

言った。言ってしまった。自分の気持ちを。口にした途端、ますます気持ちがふくらんだ気がした。もともと強かった藤先輩への想い。それがもう隠しきれないくらい大きく育ってしまっていた。

「忘れてるのかもしれないけど、藤には麻美ちゃんていうかわいい彼女がいるんだよ。中学の時から付き合ってて仲もいい。君が作ったケーキを食べたあと、藤は彼女と会ったりもしてるんだけど。そういうの全部わかってて言ってる?」

あきれたような宇佐美先輩の声。伝えられる事実のひとつひとつが、ぐさぐさと心に突きささる。

そんなことわかっていた。わかっていたけど、いざ聞かされると想像以上にショックが大きい。

「休みの日にはだいたいデートしてるし、彼女の前では煙草を我慢したりもしてる。あんな顔して彼女を大事にしてるんだよ、藤は」

「そんなに……」

そんなに彼女のことを、大切にしているんだ。当たり前か。藤先輩は見かけによらず、とても優しい人だから。

もう耳をふさいでしまいたい。でも、シャツを洗っていちゃそれもできない。宇佐美先輩はひどい人だ。

「君のこともかわいがってるようだけど、だからってなにになるの？　横恋慕してて虚しくならない？　麻美ちゃんからしたら、君は彼氏に手を出す性悪女だしね」

それだって、わかっている。この恋が非難されるものだということは。

……いや、本当の意味ではわかっていなかったかもしれない。わかったつもりで、見て見ぬふりをしていた。言葉にはしないからと、言い訳をして。

どうして宇佐美先輩は、こんなにも私を責めてくるんだろう。どうしてこんなことを、わざわざきつい言葉を選んでぶつけてくるんだろう。彼は藤先輩の同級生で、友人ではある。でもだからと言って、それが私を牽制してくる理由になるだろうか。

だとしたら、もしかして……。

「宇佐美先輩は麻美さんて人のことが、好き、とか……？」

「はあ～？　なんでそうなるわけ。冗談でしょ。俺あのコみたいな、女子～って感じの女子がいちばん嫌いなんだよね。君もけっこうそういう感じだけど」

そう言われて、ちょっと嫌な気分になる。宇佐美先輩がなにを言いたいのかわからない。私のことが嫌いだと言いたいのか、私が麻美さんて人と似てるって言いたいのか。それとも、その両方なのか。

「俺はさ、麻美ちゃんじゃなくて藤が心配なわけ。杏ちゃんの存在が、藤を困らせることになるんじゃないかってね」

「私は……藤先輩を困らせるつもりは、全然ないです。好きだけど、告白なんてしないし……。もちろん、彼女から奪おうとも思ってません」

「君がどんなつもりでも、やってるのはそういうことだと思うけどね」

手が止まった。宇佐美先輩の言うとおりかもしれない。私がどんな気持ちでいようと、周りから見れば、略奪行為《りゃくだつこうい》以外のなんでもないんだろう。

私は思ってる以上に、悪いことをしてるのかな。誰も傷つけるつもりなんかない。彼女から藤先輩を奪おうなんて思っていない。それでも……私が藤先輩を好きという気持ちは、それだけで罪なのか。

やっぱり、好きになっちゃいけなかったんだ。ただ見ているだけでいられないなら、好きになんてなっちゃダメだったんだ。

「……すぐ泣く女子ってほんと迷惑だよねぇ。俺嫌いだわー」

あきれたように言いながら、宇佐美先輩が手を伸ばす。開きっぱなしだった水道の蛇口をひねった。水が止まっても、私は手を戻すことができない。濡れてずしりと重くなったシャツを、強く握りしめて耐える。情けない声を出してしまわないように。

自分でもびっくりした。こんなふうに思わず泣いてしまうなんて。いつの間にか私、藤先輩にここまで本気になっていたんだ。泣くくらい、好きになっていたんだ。

濡れたシャツを持ったまま、腕で涙をぬぐう。私だって、宇佐美先輩なんか嫌いだ。泣きたくて泣いてるんじゃない。

悔《くや》しい。恥ずかしい。せめて声が漏れないように、唇を噛《か》みしめた。

「べつにさ、俺は杏ちゃんが憎《にく》くて言ってるわけじゃないんだよ」

わかっていますよ。藤先輩のことが心配だから言ってるんでしょ。さっき聞きました。心の中で、そう返す。思いきりかわいくない言い方をしてやった。

藤先輩のためなんて、それじゃあ私に文句なんて言えるわけがない。

宇佐美先輩は友だちとして、彼なりに藤先輩のことを守ろうとしているだけだ。そんな宇佐美先輩から見ると、私は害でしかないらしい。それが悲しかった。

「……なにやってんだ」

不意に、低くてかすれた声が横から聞こえた。そして次の瞬間には、すぐ横にあったはずの宇佐美先輩の体が視界から消える。

「宇佐美てめぇ、こいつになにした⁉　ああ⁉」

「藤先輩⁉」

シャツを落として振り返る。藤先輩が宇佐美先輩を壁《かべ》に押しつけていた。全身で体重をかけ、喉を片腕で圧迫《あっぱく》するように。宇佐美先輩の顔が苦しそうにゆがむ。私は慌てて「先輩、やめて！」とふたりの間に入ろうとした。

見上げた藤先輩の目が、すわっている。これまでいちばん、先輩が不良っぽいところを見たかもしれない。

「いったぁ。なにすんの藤。頭打ったじゃん」

宇佐美先輩が、後頭部に手をやって迷惑そうに文句を口にする。藤先輩にすごまれてるのに、全然動じていない。友だちだからか、慣れているのか。

「てめぇがこいつになんかしたからだろうが！」

「べつになにもしてないけど？　ちょっとしゃべってただけー」

「じゃあ、なんでこいつが泣いてんだよ⁉」

「さあね。俺の口が悪いからじゃない？　俺って正直者だからさ」

「ふざけてんのか！」

「全然？　ねぇ、杏ちゃん。俺、君にひどいことした？」

宇佐美先輩は藤先輩の腕を払《はら》うと、私を見た。小首をかしげ、悪気のない顔で聞いてくる彼に、黙って首を振る。実際、きついことは言われたけど、ひどいことなんてされていない。

さっきの涙はたぶん、自分のために流れ出た涙だ。これ以上ためこんでいたら、体にも心にも悪いからって。だから涙を出すきっかけを作ってくれた宇佐美先輩には、感謝するべきなのかもしれない。

「藤先輩。宇佐美先輩になにかされたわけじゃないよ」

「ほら、杏ちゃんも違うって」

「……ほんとかよ」

「藤しつこーい。あ、着替えありがと。これ以上ハダカでいたら、またファンが増えちゃうとこだった」

カラカラと笑いながら、宇佐美先輩は藤先輩から着替えをもぎとる。Tシャツを着る時にも、なぜか離れた場所から黄色い声が上がった。

「大丈夫か？　くるくる。あいつになに言われた？」

藤先輩が真剣な目で見降ろしてくる。鋭さのある黒い瞳が、心配だと訴《うった》えている。

そんなに優しく見つめないで。甘えてしまいたくなる。

そんな弱い心を振りきって、私は無理やり笑ってみせた。

「大丈夫。全然たいしたことじゃないから、先輩は気にしないで」

「たいしたことじゃないなら、泣くこともねーだろ」

「そう、だよね。でも本当に大丈夫だから」

心配してもらえるのはうれしい。でも藤先輩に、本当のことを話せるわけがなかった。正直に話しても、先輩が困るだけだ。

私があなたを好きなんて、きっとあなたは知りたくない。

私に言うつもりがないとわかったのか、先輩が眉を寄せる。そして不満そうな顔で、そばにいた宇佐美先輩の背中を思いきり蹴り飛ばした。

「いったぁ⁉　なにすんの藤！」

「うるせぇウザミ」

「暴力反対！」

「うぜぇ」

蹴り合うふたりを横目に、ため息をそっとのみ込む。水飲み場に落としたままだった、宇佐美先輩のシャツを絞った。

ついたばかりのシミは、こうして洗えば綺麗に落とせる。でも、とっくににじみ広がった恋心は、どうやって洗い流せばいいの？

そもそも洗い流したいなんて思っていないくせに、そんなことを考えた。

はじめての恋を、大切に抱えこんでいたい。簡単に手放《てばな》したくはない。でもきっと、長くは続かない。続けられない。

恋に浮かれていた自分自身を、静かに見つめ直した。


いつか見てしまうかもしれない。そんな予感はあった。

その日の放課後。委員会に出ていて遅くなった私は、調理室へと続く廊下を駆けていた。そして見てしまう。廊下の窓から見える校門。そこに並んで立つ、一組のカップルを。

小柄な彼女の方は他校の制服だった。赤のチェック柄のスカートがとてもかわいい。そして長身の彼氏の方は……。遠目でもわかる、私の好きな人。

思わず足を止め、窓に手をあてていた。

「彼女……迎えに来たんだ」

この時はじめて、本当の意味で理解した。藤先輩には、彼女がいるということを。わかっているつもりだった。でも本当は、わかった気になっていただけだ。実際に目にすると重みが全然違う。暗い感情に押しつぶされそうになる。

ふたりは仲よさげに手をつないで、校門前から去っていく。私はそれを、こんな離れた場所からただ見つめることしかできない。当たり前だ。私はただの、傍観者《ぼうかん》。先輩に片想いしているからといって、恋の舞台《ぶだい》に上がることもできない。

宇佐美先輩の言葉がよみがえる。あれは私を気づかっての言葉でもあったんだ。いまになって理解した。あの人は私が傷つかないように、先に釘《くぎ》を刺してくれたんだ。

覚悟《かくご》はしていたつもりだ。けれど正直、覚悟がまったく意味をなさないくらい、つらい。でも現実から目をそらしていちゃ、いけない。逃げていちゃ、ラクを選んでいちゃいけないいんだ。

私は自分の気持ちと、しっかり向き合わなくちゃ。藤先輩を、好きでいるために。

重たい足を引きずるように調理室へと向かうと。扉《とびら》の前で山中さんと鉢合わせた。

「山中さんも、委員会？　なに委員だっけ？」

「保健委員。いいから、早く開けてよ」

すがすがしいまでの冷たさとそっけなさ。こうなるとわかっているのに、どうして私は話しかけてしまうんだろう。この期に及《およ》んでまだ、仲よくなりたい、なれるはずだ、なんて考えているのか。こんなところでも私はあきらめが悪い。

自分にあきれながらドアに手をかけた時、中から聞こえてきた声に固まった。

「正直、桜沢ちゃんは調子乗ってるよね～」

私……？

廊下にまで響いた声は、二年生の先輩のものだった。山中さんも聞こえたみたいで、黙ったまま動かない。

「今日友だちにさぁ、桜沢杏は藤くんと宇佐美くんのどっちを狙《ねら》ってんの？　って聞かれたんだよね～」

「あー。けっこう噂になってるよね。電車の中でもべったりらしいじゃん」

斜《なな》め後ろから、視線を感じる。それでも山中さんは黙ったままだ。

どうしよう。いま、このドアを開けるべきか。でも体は固まったように動かない。

目の前でドアを開ける勇気は、私にはなかった。

「この間もふたり、ここに来たしね～。なんて返していいかわかんなかったよ」

「藤くん狙いっぽいって聞いたよ。でも彼って他校に彼女いたよね？」

「だからヤバいんじゃん。藤くんも宇佐美くんも人気高いからさ～。二、三年の女子に、桜沢ちゃん目つけられてんだよ」

「うわー。呼び出しとかされたりしてね」

先輩たちの声は楽しげで、軽い調子だった。笑い声さえ聞こえてきそうなほど。

ただ、にじむ悪意はひどく冷たい。いつも優しく話しかけてくれる先輩たちの会話だとは、とても信じられない。信じたくなかった。

「べつに桜沢ちゃんは自業自得だけどさ。部活の先輩であるうちらにまで飛び火してきたら困るよね〜」

ほんと迷惑、と吐きすてられた言葉。うんざりとしたその声に、頭が冷えた。

宇佐美先輩にいろいろ言われた時は、動揺して考えがぐちゃぐちゃになって涙が出てきた。でもいまは客観的になれている。

知らないうちに、たくさんの人に憎まれていたのか。知っている人にも、知らない人にも。ただ、人を好きになっただけで。初恋に少し浮かれただけで、こんな悪意を向けられるのか。

中学の頃、いじめられていた時の状況《じょうきょう》がフラッシュバックする。聞きあきるほどの悪口、あざ笑う声、さげすむ視線。人の悪意に浸食《しんしょく》されて、立っているので精いっぱいなほどゆがんでいた世界。

私はやっぱり、あの頃となにも変わっていない。

「ほら、結局こうなんだよ」

「……え？」

それまで黙っていた山中さんが、私の真横に立って眼鏡を押し上げた。ひどく冷たい横顔にぎくりとする。

「恋愛《れんあい》なんかに没頭《ぼっとう》してると、周りにそういう目で見られるんだよ。バカ女ってね」

鼻で笑うと、山中さんは調理室のドアを開けて先に入っていった。すぐにピシャリと閉められたドアの前で、立ちつくす。

そうか。私はバカ女なのか。他人の彼に手を出す、愚かで哀《あわ》れなバカ女……。

しばらくそうしていたら、不意に肩を叩かれて、不思議そうな顔をした部長に顔をのぞきこまれた。

「どうしたの、桜沢」

「部長……」

部長は知っているんだろうか。私の噂のこと。知っていて、心の中では軽蔑しているんだろうか。

想像するだけで泣きたくなる。尊敬している部長に軽蔑されたら、きっと立ち直れない。部活にだって出られなくなるかもしれない。

黙りこむ私に、部長は首をかしげる。なにか知っている様子はない。そのことに少しほっとした。

「元気ないじゃん。ま、もうすぐテストで調理日がないしね。でも、学生の本分は勉強だから。好きなことしたいなら、我慢だってしないとね」

励ますように、ばしんと強く背中を叩いてきた手。全然見当違いのことで励まされてしまった。でも叩かれた背中から、じわじわと元気がわいてくる気がする。

やっぱり部長のこと好きだな。厳しいけど、正しくて、優しい。料理も上手で、後輩思いだ。この人が部長でよかった。部長に出会えて、本当によかった。

「私、部長みたいになりたいです」

「えー？　うれしいこと言ってくれんじゃん」

少し照れたように笑う部長に続き、私も部室に入る。

逃げちゃいけないと、中にいた先輩たちの視線をしっかりと受け止めた。好きでいたいから、我慢できる。ここで逃げてしまったら、私は藤先輩を好きでいる資格さえなくすことになるのだ。

両手を強く握りしめ、唇を噛み足を踏《ふ》んばる。逃げるもんか。

すると、先輩たちの方から気まずげに視線をそらした。こんなことで先輩たちの私への印象がよくなるわけじゃない。けれど逃げず耐えられた自分にほっとした。

山中さんは私のことなんて見もしなかったし、その後の先輩たちの態度はそっけないものだったけれど。それでも顔は上げていようと思った。

ありがとう、先輩。


知らなかった。第一印象はあきらかに不良で、怖い。落ち着いて見れば、スタイルはいいし目つきは鋭いけれど整った顔立ちをしている。おまけに顔は怖いけれど優しいというギャップ付き。でもそれを知っているのは、私だけだと思いこんでいた。

だから藤先輩が実はモテるだなんて、知らなかったのだ。

次の日の朝。いつもの電車の車両。その真ん中あたりのシートに座る藤先輩が、他校の制服を着た女子三人に囲まれている。三人のうちのひとりは顔を真っ赤にしながらもじもじとしていて、横のふたりがそれをニヤニヤしながらも楽しそうに見守っている。あれは告白だ。そうに違いない。というか絶対にそう。

「嘘。やだ……どうしよう」

先輩には彼女がちゃんといるとわかっていても、一気に不安になった。

藤先輩がどうするのかと、少し離れた手すりにつかまり観察する。やっぱり告白だったようで、先輩はちょっと困ったような、疲れた顔をして彼女たちになにか返事をしていた。

そばに宇佐美先輩の姿はない。また寝坊したのかな。こんな時に限って、どうしてそばで藤先輩をガードしていないのかと、勝手に恨《うら》めしく思ってしまう。

そしてこんなにハラハラしている自分にあきれた。私が焦ったところでなんになるんだろう。私はただの後輩で、言ってしまえばなんの関係もない人間なのに。

それでもあの他校の女の子に嫉妬してしまう。私にできない告白をする、あの子に。彼女は知っているんだろうか。藤先輩には、特別に想っている人がいることを。

そのまま盗《ぬす》み見していると、先輩が私に気づいた。そして、ほっとしたような顔で手招きしてくる。

いやいや、行けるわけないよ。さすがにそこまで空気が読めないわけじゃない。

そう思い首を振ったのに、藤先輩はしつこく手招きを繰り返す。「いいから、来い」と飼い犬を呼ぶように。

先輩を囲む女子たちも私に気づいてこっちを見てきたので、仕方なく、そちらに近づいた。電車の揺れで他の乗客にぶつかっては謝りながら、なんとか藤先輩のもとにたどり着く。

「お、おはよう。先輩」

「おう」

「わっ」

突然先輩に手を引かれ、空いていたとなりの席に座らされた。急だったからバランスが取れず、先輩に抱きつくような形になってしまう。

近い。先輩の煙草の匂いを、体温を、息づかいを、直に感じる。

ひとり固まりながら興奮していると、藤先輩が小さく笑うのが伝わってきた。

「ま、こういうことだから。悪いけど」

「……わかりました」

残念そうにつぶやくと、他校の女子たちはあっさりと別の車両へと去っていった。

それを見送り、体を離して首をかしげる。

どうなったの？　もう告白は終わったの？

「えっと、藤先輩？」

「ああ、悪いなくるくる。お前を利用させてもらったわ」

「利用って……」

「なんで女って集団で動きたがるんだろうな。俺、女の団体って苦手だわ。群れて同じことしてないと生きていけないのかよ」

うんざりしたように言う藤先輩に、そういうことかと納得する。

「私を彼女だと思わせて、あの子をフッたんだね……」

「すまん。気ぃ悪くしたか？」

「ううん。そんなことないよ。役に立てたならよかった」

笑顔を作ってそう答えた。でも本当は、なんとも言えない微妙《びみょう》な気分。

ふりでも先輩の彼女になれたことを喜ぶべきか。本物の彼女がいるのにと、虚しく思うべきか。どっちの気持ちも、同じ分だけ私の中に生まれた。

少し前の私ならたぶん、もっと喜んだろうと思う。でも、昨日先輩と彼女が手をつないでいる姿を見てしまった。それは想像していた以上に、私の心を抉る光景だった。

まだ私の手をつかんでいた、先輩のゴツゴツと骨ばった大きな手。それがゆっくりと離れていく。寂しく思っていると、その手がわしゃわしゃと私の髪をかきまぜた。

「せ、先輩。髪乱れちゃうよ」

「……やっぱ、元気ねぇな」

「え？」

藤先輩はごそごそと通学カバンをあさって、中から筒状《つつじょう》の物を取り出した。白地にカラフルな模様が印刷されたそれは、小さな頃からなじみのあるものだ。

「ん。これやる」

「マーブルチョコ……？　先輩が買ったの？」

「さっきコンビニでな。お前こういう駄菓子系も好きって言ってただろ。これ食って元気だせ」

そう言ってまた、飼い犬にするように私の頭をなでる先輩にきゅんとした。

ああ、ダメだ。悩んだって、自分を責めたって、どうしたって藤先輩が好きだ。好きなんだ。

シートに置かれた先輩の左手を見た。昨日この手で彼女の手を握っていたのか。

彼女と並ぶ藤先輩の姿を思い出し、わざと自分の胸を苦しめてみる。それでもやっぱり、先輩が好き。これはきっともう、どうしようもない。

「ありがと、藤先輩。元気でた！」

好きで好きで、好きすぎて。

どうにかなってしまいそうだと思った。

「それで、話というのはなにかな？　桜沢さん」

その日の部活終わり。私は部長と神林先生を呼びとめた。

いまは一年のふたりも合わせて、五人で調理台を囲んでいる。

「はい。須賀さんも山中さんも調理に慣れてきたと思うので、夏休み明けからはふたりにも、それぞれ別のものを調理してもらったらどうかと思って」

私の言葉に、須賀ちゃんと山中さんは目を丸くした。そして、そろって戸惑ったような表情になる。

「待ってよ桜沢〜。私まだレシピとかは考えらんないよ〜」

「こういう物が作りたいって決めたら、レシピを考える時は私も手伝うよ。って言っても、私はお菓子しか詳しくないんだけどね」

「それならいいけど、ちょっと不安だな〜」

「大丈夫だって。やってみよう？」

須賀ちゃんは大雑把で失敗も多いから、自分でも不安らしい。でも彼女の場合、私や山中さんがいるから、大雑把でもなんとかなると思ってるふしがある。ひとり立ちした方が慎重になってうまくいくんじゃないかと、ずっと感じていた。

「そうだね。もう七月だし、夏休み明けてからなら、ちょうどいいかもしれないね。僕はいいと思うけど、部長はどうかな？」

神林先生に話を振られた部長は、腕を組んで私たちの顔を順に見ながら、しばらく考えているようだった。沈黙《ちんもく》が緊張をふくらませていく。

でも、ふっと息を吐いたあと、部長は笑顔でうなずいてくれた。

「うん。それがいいかもね。いつまでも桜沢にべったりじゃ上達するものもしないし。料理でもなんでも、人間失敗してうまくなるんだから、じゃんじゃん挑戦《ちょうせん》してやってみな！」

部長のＯＫに、ほっとして肩の力を抜く。よかった、神林先生と部長にそう言ってもらえて。

私だってお菓子作りが趣味なだけで、素人《しろうと》だし、教えられることにも限界がある。あとはもう自分で本を読んで勉強したり、失敗を繰り返して経験していくのがいいと思っていた。皆そうやって少しずつ、上達していくのだ。

山中さんもその方が調理に集中できるだろうし、それは私も同じだった。

いや、本当は私がひとりになりたいんだ。

でもそれだけじゃない。逃げるというより、これは私からの挑戦状みたいなものだ。ひとりで料理を考えて作るというのが、どれだけ大変なことなのか。そしてどれだけ楽しいことなのかを山中さんに知ってほしい。それからその料理を誰かに食べてもらい、おいしいという言葉を聞いた時の喜びも。

部長と神林先生がいなくなると、それまでずっと黙っていた山中さんが、私を睨みつけてきた。来るか、と身構える。心の準備はできていた。

「勝手だよね。うるさい私がいない方が、あの不良みたいな先輩に好きな物作れるからでしょ!?　信じらんない。男にこび売るために部活を利用するなんて」

須賀ちゃんがなにか言おうとしたけど、私は前に出てそれを制した。こんなふうに言われることくらい、覚悟していたから大丈夫だ。

でも、まったく傷つかないわけじゃない。それに言われっぱなしはちょっと悔しい。

気合をいれてまっすぐに、山中さんを見返した。

「好きな人にお菓子を作るって、そんなにいけないことかな……」

「はぁ？」

「私はいままで、自分のためにお菓子を作ってきたの。作るのが好きだし、食べるのも好きだし、考えるのも好きだから。その対象が自分から好きな人に代わっただけだよ。それって山中さんが言うほど悪いことかな」

山中さんは顔を赤くして目尻《めじり》をつり上げた。怖い。でも、逃げたくない。大好きなお菓子作りと大好きな人のことで、弱腰になるなんて情けない。周りに合わせて我慢するなんて、ばかばかしい。私は胸を張っていたい。本当はずっとずっと、そう思っていた。

もっと強くなりたかった。いまがそのチャンスなんじゃないだろうか。

「自分に作るのと男に作るのじゃ、全然違うじゃん！」

「それはまあ、そうかもしれないけど。でも……」

「『でも』も『だって』もない！　私をあなたみたいな人と一緒にしないでよねっ」

吐きすてるように言うと、山中さんは肩を怒らせながら廊下を去っていってしまった。その背を見送り、がっかりする。最後まで言えなかった。

『誰かに食べてもらいたいって気持ちは、自分で食べたいって気持ちより強いよ。私ね、将来パティシエになりたいんだ。おいしいお菓子を作って、たくさんの人に食べてもらいたいの。人に食べてもらうって、幸せなことでしょ。食べてくれた人が笑顔になったら、それはもっと幸せなことだから』

胸を張って、そう言いたかった。でも結局、十分の一も伝えられなかったな。

山中さんは、誰かに食べてもらいたいと思ったことはないのかな。なかったとしても、いつかそう思う日が来るかもしれない。好きな人じゃなくても、家族や友だちのような、大切な人に食べてもらいたいと思う日が。

それはきっと、料理の大変さ以上の楽しさにつながる。料理をがんばれば誰かに食べてもらいたくなって。そして誰かに喜んでもらえたら、料理がきっと楽しくなる。山中さんはいま、楽しいと思っているだろうか。

どうして彼女は調理部に入ったのだろう。そういえば、聞いたことがなかった。

須賀ちゃんに聞いてみたけれど「おいしいもんが食べられるからじゃん？」と自分の入部理由みたいなことを言うので、笑ってしまった。

今度山中さんに聞いてみよう。答えてくれるかはわからないけれど、そう思った。

生温い風が、私の髪をなでるように吹く。湿度《しつど》が高い日の夕方は、私のくるんくるんの髪が、余計にカールし大変なことになる。少しでもボリュームを抑えようと髪を手ぐしで整えながら、駅までの道を歩いていた。

山中さんはあのまま先に帰っていってしまったらしい。彼女の靴箱《くつ》には上靴がきちんとそろえられていた。

よければ一緒に帰らない？　そう言うつもりだったのに、声をかける暇もなかった。いつか、この道を彼女と歩く日は来るのだろうか。いや、きっと来る。大丈夫。あきらめずにいこう。

駅に着き、ホームへの階段をのぼっていると、背中に声をかけられた。

「お疲れ、くるくる」

好きな人の声。好きな人だけが呼ぶ、私の名前。

反射的に勢いよく振り返った。その直後、笑顔が固まる。

「……なに、その顔。俺って嫌われてる～」

藤先輩はひとりではなく、宇佐美先輩も一緒だった。

今日はちょっと心が疲れているから、藤先輩に癒やしてもらいたかったのに。宇佐美先輩がいたんじゃプラマイゼロだ。そんな失礼なことを考えてしまう。

このふたりは本当にいつも一緒にいる。しょっちゅう言い合いをしているのに、なんだかんだ仲がいい。男同士の友情って、こういうものなのだろうか。

「お疲れさまです。先輩たちはなにしてたの？」

「ゲーセン。ウザミが格ゲー弱いくせにしつこくてな」

「はー？　藤だって麻雀弱いくせにあきらめ悪かったじゃん」

またくだらない言い合いを始める。本当に、どうしてこんなに仲良しなんだろう。

藤先輩は否定しそうだけれど、誰がどう見たって仲良しだ。ケンカするほどなんとやら、というやつなのかな。

あきれながら階段をのぼりはじめると、後ろからわしわしと頭をなでられた。優しくて温かい、大きな手に。

「ふ、藤先輩⁉」

思わず足が止まり、階段につまずきそうになる。

そんな私の様子に、先輩はおかしそうに鋭い目を細めた。

「なんだ。朝より元気だな。あの駄菓子が効いたか？」

先輩の微笑みに、朝と同じく胸がきゅんとした。

藤先輩に頭をなでてもらうのが好きだ。今日は二回もなでてもらってしまった。なんていい日だろう。

今日はなにも作ってないけど、この喜びをブログに書いて読者さんに報告したいくらいだ。朝はマーブルチョコももらえたし。浮かれてしまうのも仕方ないよな。

そういうわけで、宇佐美先輩にはしらけた目を向けられたけれど、気にしないことにした。もう私は、ブレたりしないのだ。

電車に乗りこむ前に、宇佐美先輩を振り返った。藤先輩は先に乗って、もう席へと向かってる。言うならいましかない。

「宇佐美先輩」

「なに？　早く乗んなよ」

「私はやっぱり、藤先輩のことが好きです」

「……へぇ。それは俺への宣戦布告？」

「え。どうして？　だって宇佐美先輩は藤先輩の味方でしょ？　じゃあ宇佐美先輩は私の敵なんかじゃないですよ」

私が笑ってそう言うと、宇佐美先輩はきょとんとした顔をしたあと、苦笑いで肩をすくめた。

「参ったね」というつぶやきが聞こえ、私はますます笑った。

軽くなったように感じる足で、藤先輩の元へと向かう。

「くるくる。なに笑ってんだよ」

「えへへ。秘密！」

好きという気持ちが止められない。

多くを望むことはしないから、せめて彼が迷惑だと言うまで、このまま好きでいさせてほしい。
許してね、藤先輩。

夏色
炭酸ゼリー

ゼリーに閉じこめた細かな泡
かすかにはじけ消えてゆく
口の中に残らないそれは
儚《はかな》い私の恋のようで
せめて綺麗に色をつけて
鮮やかな果物《くだもの》で飾りたてた

会いたかったよ、先輩。

さて困った。どうしたものか。

じりじりと肌を焼く太陽が、真上を過ぎたばかりの午後。クーラーのがんがんきいたリビングのソファで、私は頭を悩ませていた。

夏休みに入って三日目。私は早くも〝藤先輩欠乏症《けつぼうしょう》〟におちいっていた。

一日目は「まあ、夏休みが明けたら会えるし」なんて考える余裕《よゆう》があった。それが二日目の夜には「夏休みってあと何日……？」と絶望感でいっぱいになり。そして三日目の朝から、スマホを手にしては、藤先輩のＳＮＳのアイコンを見つめため息をつくことを繰り返している。

ソファに寝そべりながら、また小さくため息をついた。

どうしよう。いきなり電話はハードルが高すぎる。じゃあＳＮＳでメッセージ？でも、どんなメッセージを送る？　特別用事があるわけでもないのに、気軽に連絡してもいいのかな。

私と藤先輩の関係は、本当にただの、通ってる高校が同じというだけの先輩後輩で。

学校がなければ私たちはなんの接点もない。

休みに入ってそのこと痛感し、ものすごく寂しかった。

「ちょっと杏～。スマホばっかり見てないで、少しは手伝いなさいよ」

「はあい……」

キッチンからお母さんに呼ばれ、スマホを置いて手伝いに行く。それから昼食をとってあと片づけをしたついでに、今日の三時のおやつを作ることにした。

冷蔵庫をあさっていると、お母さんが「またか」という目で見てくる。「勉強もせずにお菓子ばかり作って」と、あきれているんだ。

でも、私が作ったものを食べるのもお母さんは好きだから、なにも言わない。まだ一年生だというのもあると思う。きっと受験生になれば、いまのように自由にお菓子作りはさせてもらえないだろう。

「あ。ゴールドキウイある。お母さん、これ使ってもいい？」

「いいけどなに作るの？　あ、お姉ちゃんと優斗《ゆうと》の分も作ってあげてよね」

受験生の姉と、思春期に入って扱いにくくなった弟。その間に挟まれた私は、なるべくお母さんの負担にならないよう気をつけている。姉が受験生じゃなくても、弟が思春期じゃなくても、これまでずっと、そうしてきたのだけれど。

わがままを言える時期も反抗《はんこう》できる時期も、いつの間にか逃がしてしまっていた。

「はいはい。わかってるよ。う〜ん。夏っぽくゼリーかなあ」

　甘みの強いゴールドキウイ、好きなんだよね。少しやわらかくて、果物の中ではなめらかだ。もちろん普通の、酸味の強いキウイも好きだけれど。よしよし、パインもある。冷蔵庫には蓋を開けたばかりのサイダーがあるから……。

「決めた！　炭酸ゼリーを作ろう」

　キウイを使うとゼラチンが固まりにくいけれど、ゴールドキウイはゼラチンが固まるのを阻害《そがい》するアクチニジンが少ないから、たぶん大丈夫。でも、一応キウイは少し加熱しておこうか。

　キウイの甘みと炭酸の甘みがあるから、お砂糖はあまり入れない。きっと夏らしい爽やかなゼリーになる。ああ、これも藤先輩に食べてもらえたらな……。

　しょんぼりしながら手早くゼリーを作り、冷蔵庫で冷やした。切って、混ぜて、冷やすだけの簡単な作業なので、あっという間にできあがり。もうすることがなくなってしまった。

「夏休みって暇……」

「なに言ってるのよ、若者が。お姉ちゃんの勉強の邪魔《じゃま》しないように、外でお友だちと遊んできなさいよ」

　一応私も娘《むすめ》なのに、邪魔者扱いってひどくないだろうか。存在を軽く扱われるのはいつものことで慣れているけど、虚しい。

「……はあ」

「あら。あんたお友だちいないの？」

「いるよ、もう！」

しょうがない。課題もたくさん出ていることだし、やってしまおうか。

それとも夏休み中はバイトをすると言っていた須賀ちゃんに、連絡してみるのもいいかもしれない。バイトが休みかもしれないし。

私もなにかバイトをすればよかった。いまからでも間に合うだろうか。須賀ちゃんのところで、まだバイト募集《ぼしゅう》していないかな。

そんな淡《あわ》い期待をしつつスマホを手に取ると、メッセージが届いていた。

「マナーモードにしてて気づかなかっ……えぇっ!?」

差出人の名前を見て、思わず叫んでしまう。うそうそ、なんで!?

いまにも「やった！」と踊《おど》りだしそうになったけれど、お母さんが不審《ふしん》そうに見てくるので二階の自分の部屋に駆けこんだ。

「うわー、うわー。藤先輩からメッセージきた！」

声を抑えても、興奮が隠しきれない。鼓動があまりのうれしさにジャンプする。

夢じゃないよね？　見間違いでもないよね？

震える指でメッセージ画面を開くと、さらに驚かされた。

【今日の夕方、暇？】

「暇に決まってるよーっ！」

さすがに我慢ができず叫んでしまう。階下から「静かにしなさい！」とお母さんのお叱りが飛んできたけれど、かまってはいられない。ベッドに飛びのり、じっと画面を見つめた。

【暇？】ってこれはつまり、誘われてるんだよね。

これにどう返すかで、私の運命が決まる。そんな大げさなことを考えて、ひとり足をバタバタさせた。

なんて返そうかさんざん悩んだあげく、【ものすごーく暇です！】と気持ちのまま返すことにした。次のメッセージに、期待で胸が破裂《はれつ》しそうだ。

ああ、もう。もどかしい。正直に会いたいですって言えばよかったかなあ。でも、さすがにそれはやりすぎか。そんな直接的に言われても、きっと藤先輩は困るだろう。

なぜか正座をして、スマホをあがめるみたいに掲《かか》げて目をつむっていたら、マナーモードを解除したスマホが鳴りはじめた。

「わー！　メッセージじゃなくて、電話が！」

早く出ないと。でも心の準備がまるでできていない。

正座をしたまま、ひとつ深呼吸をする。意を決して通話ボタンを押し、スマホを耳に押しあてた。

「も、も、もしもし！」

焦りすぎて、思いきりどもってしまった。恥ずかしい。

『よー。くるくる。なにしてた？』

笑いながら、藤先輩が優しくそう聞いてくる。

先輩だ。先輩の声だ。低くてわずかにしゃがれている、先輩の声だ。

うれしくて、ドキドキして、少し泣きそうになった。

「三時のおやつ、作ってた！」

『はは。夏休みでも、やることは変わんねーのな、お前は』

「えへへ。先輩は？」

『俺か？　真面目にベンキョー』

「嘘！」

『嘘』

そうか、嘘か。おちゃめな先輩もかわいい。くしゃっと目を細めた笑顔が目に浮かぶ。ああ、会って話したいな。藤先輩に会いたい。会って直接、あの優しい笑顔が見たかった。

『くるくる。お前の降りる駅の近くに、でかい公園あんだろ』

「え？　ああ。若草公園のことかなあ？」

あのあたりの大きな公園といったら、それくらいしか思いつかない。公園内をジョギングする人も多いくらい、広いところだ。噴水があったり、花壇《かだん》もよく手入れされていて景色がいいので、デートをするカップルも多い。

『そうそれ。そこにドッグランができたんだよ』

「へ～。そうなんだ。知らなかった」

『で、夕方そこにうちのアンコ連れてくけど、お前暇なら来るか？』

「行く！」

間髪入れずに返事をした。迷うはずがない。

だってだって！　生のアンコちゃんに会えるのもうれしいけど、夏休み中に藤先輩に会えるなんて！

『返事早すぎ。お前そんなにアンコに会いたかったのか』

笑いながら言う先輩に、声には出さず首を横に振って答えた。

違うよ。私が本当に会いたいのは、藤先輩なんだよ。先輩にはわからないかもしれないけど、私は会いたくて会いたくて、仕方なかったんだよ。

待ち合わせの時間を決めて、通話を切った。なんだか、夢を見てるみたいだ。私の

「会いたい」という気持ちが通じたのかな。

「って、ひたってる場合じゃない！」

ばたばたと、シャワーを浴びるために部屋を飛び出す。汗《あせ》を洗い流して、髪も体もとびきりいい匂いをさせたい。アイメイクは念入りにしておきたいし、服もじっくり吟味《ぎんみ》しなくちゃ。恋する乙女の準備は大変なのだ。


「藤せんぱーい！」

緑の輝く公園を走る。待ち合わせた噴水の前に彼はいた。三日ぶりに見る、すらりとした長身の後ろ姿。

振り返った先輩は、夏休み前よりも少し髪が短くなっていた。夏らしくて素敵。なにより、とても似合っていてかっこいい。会った瞬間ときめいてしまった。

「ごめんね先輩。遅くなっちゃって」

「遅くねぇよ。時間ぴったり」

笑顔全開で駆け寄る私は、目の前のドッグランで駆けまわっている犬たちと一緒だ。ぶんぶん尻尾《しっぽ》を振って、ご主人様にかまってかまってと期待をこめて見つめている。

できることなら、私も藤先輩の犬になりたい。そしたら毎日一緒にいられるのに。

「先輩、久しぶり！」

「久しぶりって。まだ夏休み入って三日だろうが」

そう言って笑う藤先輩に、内心しょんぼりする。私にとってはとんでもなく長く感じた三日間。でも先輩にとってはたいした時間じゃなかったんだよね。

私と会えなくたって、先輩はきっと寂しいなんて思わない。彼女と会うのに忙しくて、私のことなんて思い出したりもしなかっただろう。

でもいいんだ。仕方ない。これは私の自分勝手な片想いなんだから。

藤先輩は黒のてろっとしたジャージをはき、上はタンクトップと薄手のパーカー姿。手に持っていた黒のキャップをかぶると、制服姿の時より少し大人っぽく見えた。

はじめて見る私服姿に、ドキドキもいつもの二倍。いや、十倍だ。ジャージなんてラフなのに、どうしてこんなにかっこよく着こなせちゃうんだろう。

「ほら。くるくるの会いたがってた、うちのアンコ」

「わああ！　生アンコちゃんだ！」

赤いリードの先には赤茶の毛のトイプードルがいて、先輩の少し後ろにちょこんと座っていた。

くるんくるんの巻き毛と、つぶらな瞳がとってもかわいい。かわいい、けど……。

「……ぷっ。やっぱり先輩、似合わないね！」

「あ？　うるせー。生意気だぞ、くるくる！」

「きゃーっ！　先輩、ち、近い！」

「近いに決まってんだろ。締めてんだから」

いきなり頭をホールドされて、心臓が止まるかと思った。先輩の苦い煙草の香りに包まれるとくらくらした。

私いま、先輩に抱きしめられてる。いや、正確には締められているんだけど、似たようなものだよね。

加減してくれているから全然痛くない。むしろうれしいので抵抗しない私。でも、心臓に悪いのでやめてほしい。いや、やっぱりやめないで。もうちょっとだけ、このままよろしくお願いします！

私の心は先輩のせいで、そんなふうに大忙しだ。恋をすると、心を休める暇がない。

こうしていると、なんだかまるで恋人同士みたいだ。周囲にちらほらいる、人目を気にせずいちゃつくカップルと変わらない。実際はただの先輩後輩で、藤先輩は私みたいに意識したりはしていないんだろうけど。

通学電車の中でも学校でもなくて、ここが公園という場所だからかな。それとも、お互い私服だからなのか。藤先輩の態度が、いつもよりぐっと甘くゆるんでいる気がした。

先輩の大きな手が伸びてくる。あ、これは頭をなでてもらえる流れだ。

私は賢《かしこ》い犬なので、ご褒美を察知して先輩がなでやすいように頭を差し出した。頭上でくすりと笑ったのがわかる。

でも、いつものようにわしゃわしゃと思いきりなでられると思ったのに、先輩の手は軽く触れただけだった。なんだか物足りなくて、口を尖らせ先輩を見上げる。

するとなぜか、困ったような瞳と目が合い戸惑った。

「先輩？」

「あー……似合うな。そういうのも」

「へっ？」

「いんじゃね」

少し照れくさそうに言って、藤先輩はアンコちゃんと一緒に歩きだす。その足の動きは妙にぎくしゃくして見えた。

「いまのって……もしかして、私の服装をほめてくれた⁉」

ハッとして、改めて自分の格好をチェックする。さんざん悩んで選んだのは、さわやかなペールブルーのショートパンツと、レースのタンクトップ。ドッグランだから、足元はスニーカーにして、長い髪はシュシュでひとまとめにした。本当はワンピースがいいと思ったけど、あまり気合を入れるのも恥ずかしくて、ギリギリまで迷って決めたコーデだ。

それをまさか、藤先輩にほめてもらえるなんて。うれしくて、跳ねるように大好きな背中を追いかけた。

ドッグランの敷地を、アンコちゃんのリードを握らせてもらいながら先輩と歩いた。体育館くらいの広さの敷地を、大型犬と小型犬で分けているらしい。十頭くらいの犬がランの中を駆けまわっていた。これだけ広いスペースを自由に走ることができて、犬たちも気持ちがよさそうだ。

ランを一周する頃にはもう、「これってデートみたい」と浮かれていた。

だって、アンコちゃんが勢いよく走りそうになったら、先輩が私の手の上からリードを握ったりするし。いつも朝、電車の中ではちょっとだるそうな顔で座っているのに、いまは太陽の下でずっとキラキラの笑顔振りまいているし。

そんなことをされたら、特別扱いされているのかもって、浮かれたくもなる。

「そろそろ放すか」

アンコちゃんが場所に慣れてきたのを確かめて、藤先輩はリードをはずした。途端にうれしそうに駆けだしたアンちゃんだけど、先輩が声をかけるとちゃんと戻ってくるし、あまり遠くに行かない頭のいい子だ。

「座るか、くるくる」

「うん。あそこのベンチ空いてるよ」

ふたりで小さなベンチに並んで腰かけると、腕が触れ合った。直接、肌と肌がぴたりと。私よりちょっとだけあったかい先輩の体温に、顔が熱くなっていく。

ラッキーなんて思っているのが、先輩にバレませんように。

「暑いな。くるくる大丈夫か」

「大丈夫！　夏ってけっこう好きだから」

「つっても熱中症とかあるしな。次は午前中に来るか」

なにげなく言われたセリフに、心がぴくんと反応する。それって、またここに来るってことだよね？　私も来ていいのかな。そういうことじゃないのかな。

聞きたいけど聞けない。でも気になる。私も一緒に来たいって言ってしまおうか。

いや、彼女でもないのにさすがに図々《ずうずう》しいか。

そう考えた時、ぽすっと頭になにかがかぶせられた。先輩の黒いキャップだ。

「お前も次はなんでもいいから、帽子かぶってこいよ」

「そ、それって……私もまた来ていいってこと？」

聞いてしまった。私の問いかけに微笑む先輩に、泣きそうになる。だって、うれしすぎて。当たり前のように、一緒にいることを許されているみたいで。

ありえないとわかっていても、期待する自分がいた。後輩としてかわいがってもらっている。それ以上なんてないのに、それ以上を望みたくなる。

恋をして、私は欲張りになった。みんなそうなのかな。恋をすると、もっともっとって、欲しがるようになるんだろうか。

「あ、あのね先輩。今日のおやつにと思って用意してたやつ、持ってきたの。あとでランの外で食べようね！」

涙を体の中に押し戻し、元気いっぱいの笑顔を先輩に返した。

涙は見せちゃいけない。そういうのを武器にするのは、卑怯《ひきょう》だと思う。

このあとの夏休みにも、藤先輩に会える。それだけで、私は十分幸せ。

欲張りになるな。これは私の片想いなのだから。わがままは、きっとこの恋を終わらせてしまう。

だから私は、いつものように本音を心の箱に押しこんだ。

しばらくそうしてなにを話すでもなく、走りまわるアンコちゃんや他の犬たちをふたりで眺めた。

無言が苦痛じゃない。むしろ心地いい。いつもより少し早い、自分の鼓動すら。

学校のこと、部活のこと、宇佐美先輩のこと、藤先輩の彼女のこと。全部忘れてただのんびりと、この時間を楽しんだ。

どれくらいそうしていただろう。喉が渇《かわ》いてきたなと思った時。

「アン！」

「はいっ⁉」

突然藤先輩に名前を呼ばれ、反射的に返事をして立ち上がった。けれどすぐにハッと気づく。アンて、私じゃなくて、アンコちゃんのことじゃん！

びっくりしたし、恥ずかしいしで、立ったまま動けなくなってしまう。

「……ぶっ」

「あ！　ひどい先輩！　笑った！」

「だってお前、はいって……っ」

うつむいて、お腹を抱えて震える先輩。笑いを耐える先輩を、頬をふくらませ恨めしく見つめる。そんなに笑うことないのに。

駆けて戻ってきたアンちゃんの頭をぐりぐりとなで、ようやく先輩は顔を上げた。目に涙を浮かべて、まだ笑いを引きずっている。

今日は先輩、いろんな表情を見せてくれるなあ。笑顔の出血大サービスだ。なんて貴重な時間だろう。さっきの「アン」も、自分が呼ばれた気分に一瞬でもなれたということで、得したと思っておこう。

「あーあ。さっきの先輩の「アン」って呼ぶ声、録音したかったなあ」

「はあ？　んなもん録ってどーすんだよ」

「先輩専用の着信音にする」

「やめろバカ。恥ずかしい」

たしかに。こんなこと考える私って、恥ずかしいというか、ちょっと気持ち悪いかもしれない。でも本当に録音しておきたかった。まだ耳の奥に残っているので、それが消えるまで心の中で何度も再生して楽しもう。

そうにやにやする私にあきれたように、先輩が笑う。また優しく頭をなでられて、幸せにひたった。夏休みを憎く思っていたけど、改める。夏休みって最高だ。

ゆっくりと離れていく大きな手。短くなった髪からのぞく耳が、ほんのり赤くなっていた。

「そろそろ行こうぜ、杏」

「はーい。……えっ⁉」

一瞬遅《おく》れて振り返る。いま先輩、なんて言った？

「アンコもリードつけて、行くぞー」

「せ、先輩！　いま！」

「おら、さっさとしろー」

「もう一回！　もう一回いまのお願いします！」

スマホのレコーダーアプリを開いて構える。録音の準備はばっちりだ。

けれどそんな私を横目に、しれっとした顔で先輩はアンコちゃんを連れ、先にランを出ていってしまった。もう、先輩のいじわる。

でも、うれしい。名前を呼んでもらっちゃった。呼びすてだった。うれしい。にやける顔を抑えることができないまま、先輩の背中を追いかけた。


少しだけ長くなった影《かげ》を前に、私たちはとなりを歩いていた。

「うまかったな。あのゼリー」

先を行くアンコちゃんを見つめながら、藤先輩がぽつりとつぶやく。

「ふふ。まだ言ってる」

「なんだよ。うまかったんだから、しょうがねぇだろ」

「じゃあまた作ってくるね。キウイじゃなくても、いろんなフルーツでできるから」

あのあとランから出て、公園内のベンチで水分補給をし、持ってきていたゼリーを食べた。

しゅわしゅわの炭酸ゼリーに、先輩はすごくびっくりして、たくさん「うまい」とほめてくれた。あんなに喜んでもらえるなんて。作っておいて本当によかった。

駅で別れるつもりだったのに、先輩が家まで送ると言ってくれて。もうちょっと一緒にいたいと思っていた私は、うれしくて何度もうなずいてしまった。犬なので、ついすぐ尻尾を振ってしまう。

恋の駆け引きなんて、私には到底できそうになかった。

もっともっと、この時間がゆっくりと、長く続けばいいのに。そんな贅沢なことを考えてしまい、ため息ををつく。

楽しい時間ほどあっという間に過ぎてしまう。だからしっかりと頭に焼きつけて、記憶の中で鮮明《せんめい》に残しておきたい。いつでも何度でも、思い出せるように。

「藤先輩。次に来る時も教えてね？」

「おー。じゃあ明後日《あさって》」

「えっ！　明後日⁉」

「なんだよ。用事あんのか」

「ないよ！　なんにもない！　いつでも暇！」

必死で言う私に、先輩はおかしそうに笑った。ちょっと気持ちがだだ漏れていたかもしれない。恥ずかしい。

でも、明後日だって。そんなに早くまた会えるんだ。よくて来週か、再来週かなと予想していたからうれしい。なんだかご褒美をもらった気分。

毎日先輩に会えない夏休みはつらいと思っていたけど、そんなことはなかった。頻《ひん》繁《ぱん》に会えて、しかも学校でよりも長く一緒にいられる。おまけにふたりきりだなんて、なんて幸せな時間だろう。

「先輩。うち、ここ」

家の前に着き、立ち止まる。藤先輩は一度うちを見上げてから、くしゃりと私の頭を軽くなでた。

アンコちゃんがうらやましそうに見上げてくる。ふふふ。いいでしょ。

「送ってくれてありがと、先輩」

「おー。じゃあまた明後日な、くるくる」

「……うん。明後日、またね」

笑顔を作って手を振る。夢みたいに楽しかった分、一気に寂しさが押し寄せる。

あーあ。もう一回、「杏」って呼んでほしかったな。できれば見つめ合って。頭もなでてもらいながら。

去っていく背中を見送りながら、またしてもそんな贅沢なことを思う私は、完全に浮かれきっていた。

行かないで、先輩。

藤先輩とドッグランで会った日。

久しぶりにアップしたブログの記事には、コメントがまたたくさんついて大盛況だった。

【部活で会う先輩に炭酸ゼリー渡したいので、詳しいレシピ教えてください！】

【私も炭酸ゼリー作って、好きな人に会いに行ってみようかな⁉】

なんてコメントもついて、うれしくなった。ぜひ、がんばってみてほしい。名前も顔も知らない相手を、戦友みたいに大切に思えた。

みんなに応援してもらって、私もみんなを応援して。手作りスイーツブログでもあり、いつの間にか恋愛掲示板ブログのようにもなっていた。

【anさんのレシピでお菓子を作って告白したら、OKもらえました！】

【気になっている彼にレモンチーズシフォンをあげたら、おいしいって言ってくれました！】

そんな書きこみも増えてきて、最近じゃ私の方がパワーをもらっている。みんながんばってるんだ。私もがんばろうって。

想いを偽らずに、先輩に恋する自分そのままでいられる。誰に咎められることもなく、隠さずに気持ちを綴れる。それどころか応援までしてもらえる。

私にとって、最初はただの自分メモだったこのブログが、なくてはならない大切な場所になっていた。


噴水の水が朝の光を反射させ、きらきらと輝きながら散っていく。

あれから二週間。藤先輩とはドッグランで、二日と置かずに会っていた。おかげで夏バテなんてまったくないし、夏休みの課題も絶好調で進んでいるし、ブログもどんどん読者さんが増えているしで、私は幸せいっぱいだ。恋の力ってすごい。

今日も浮かれ気分でいつもの公園へと向かい、ドッグランの前に立つ先輩に声をかけようとした時。肩にぽんと軽く手が置かれ振り返る。

「え……あっ！　う、宇佐美先輩⁉」

「やあ、杏ちゃん。久しぶり？」

すぐ後ろに立っていた宇佐美先輩の、張りつけたような笑顔。それを見て一気に夢から現実に引きもどされた気分になった。そして悪事が見つかったようなバツの悪さに思わず目をそらしそうになる。

ネイビーのクロップドパンツに、白ベースのポロシャツをさわやかに着こなした宇佐美先輩は、周りの女性の視線を一点に集めている。この人は制服でも私服でも、イメージが変わらず華《はな》やかだ。

「どうして、宇佐美先輩がここに……？」

もしかして、藤先輩が誘ったんだろうか。私とふたりきりじゃ、つまらなかったのかな。そう落ちこみかけた私の頭に、小さなため息がひとつ落ちてくる。

「やっぱり、こういうことだったか」

「え？」

「さ。藤のところに行こうね～」

長い腕が肩に回り、つかまってしまった。もう逃げられない。

私は固まったまま、宇佐美先輩に引きずられるようにして藤先輩の元へ向かった。

「……なんで宇佐美がいる？」

私たちに気づいた藤先輩。私のとなりの人を見て、嫌そうに思いきり顔をしかめた。

よかった。先輩が誘ったわけじゃないんだ。ふたりきりが嫌になったのかと思ってさっきは泣きそうになったけど、そうじゃないみたいでほっとした。

「おはよう藤。いい天気だねー。絶好のお散歩日和って感じ？」

「うぜぇぞ、ウザミ。お前、俺のあとをつけたのか」

一段声を低くした藤先輩に、宇佐美先輩は軽く肩をすくめた。私が震え上がるような睨みも、宇佐美先輩にはまるで効果がないらしい。

「藤が悪いんじゃん？」

「ああ？」

「お前が怪《あや》しい行動とってるから、麻美ちゃんが俺に泣きついてきたんだろ」

宇佐美先輩の言葉に、藤先輩の顔が強ばった。私もこの暑さの中、一気に血の気が引きぶるりと震える。

藤先輩の彼女が、先輩を疑っているの？　だとしたら、その原因は……私？

「麻美が、お前に？」

先輩の口から、彼女の名前を聞くのははじめてだった。宇佐美先輩が言っていたから名前は知っていたけれど。藤先輩は、いつもそうやって彼女の名前を呼ぶのか。

覚悟していた以上に、私の心はショックを受けた。

「そ。いやー、女子ってなかなか鋭いよね。メッセージの返事が遅いとか、機嫌がよすぎるとか、出不精なのに頻繁に外出してるらしいとか。聞けば怪しい点が出るわ出るわ。ま、藤がマヌケってのもあるんだろうけどね」

ふざけた口調なのに、宇佐美先輩は笑っていなかった。つまらなそうな冷めた顔をしている。もしかしたら、怒っているのかもしれない。

「なんでそれで、あいつがお前に泣きつくんだよ」

「俺が藤の数少ないオトモダチだからでしょ」

「そういう意味じゃねぇ」

「あー。そりゃあ麻美ちゃんが麻美ちゃんだからじゃない？　あのコは人に甘えるのがうまいよねぇ」

どこかバカにしたような響きの声。前にも女子って感じの女子が嫌いだと話していたけど、宇佐美先輩は藤先輩の彼女をあまりよく思っていないみたいだ。

いや、そんなことよりも。彼女に私と藤先輩がここで会っていることを知られてしまったら、どうなるの？　もしかして、もう会えなくなる……？

藤先輩はキャップをとり、髪をぐしゃぐしゃとかきまぜる。吐き出されたため息には疲れのようなものがにじんでいた。

「べつにあいつが気にするようなことはなにもない。報告でもなんでも好きにしろ」

投げやりにそう言うと、先輩はアンコちゃんを連れて先にドッグランへと入っていった。私は動けず、ぼんやりとその背中を見送る。

「なにもない……か」

そうだよね。私たちはなにもしてない。ここで何日かおきに会って、私が作ったデザートを食べて、おしゃべりをして、家まで送ってもらうだけ。怪しいことはなにひとつなかった。

　私は舞い上がって浮かれていたけれど、本当にそれだけだ。彼女が心配するような、浮気なんか藤先輩はしていない。

「ばっかだよねー。こそこそ会ってる時点でアウトじゃん。麻美ちゃんになんて言い訳するんだか」

「……宇佐美先輩は、藤先輩の味方なんですよね？」

「そうだけど？」

「じゃあ、私のことは話さないで、怪しいことはなにもなかったって彼女に言えばいいじゃないですか」

　そうすれば、なんの問題もない。彼女は安心するし、藤先輩も責められずにすむ。ふたりの仲がこじれることはなく、いままでどおりだ。

　私がそう言うと、宇佐美先輩は器用に片眉をひょいと上げ、顔をのぞきこんできた。

「君はそれでいいの？」

「え？　私、ですか？」

「だってそれじゃあ、藤にとってあまりにも都合のいい女すぎない？」

　ビー玉みたいにきらきら光る、宇佐美先輩の薄茶の目。そこに映りこむ自分のゆがんだ顔を見て、納得した。

そうか。私って、都合のいい女なのか。

藤先輩が、私のことをそんなふうに考えているとは思わない。彼にとって、私は本当にただの後輩なんだろう。でもはたから見ると、私は都合のいい女として映るんだ。彼女がいる男相手に一喜一憂する、哀れな女に。

「……私はいいんです。それよりも、彼女に知られて先輩と会えなくなる方がつらいから」

「へー。言うね。開き直るんだ？」

「言ったじゃないですか。私は宇佐美先輩に嫌み言われたって、彼女のいる人に言い寄る最低な女だと思われたって、どうしたって藤先輩のことが好きなんです」

好きだから会いたい。好きだから話したい。私を好きになって、とまでは言わないから。せめて私を避けたりしないでほしい。いままでどおり笑いかけてほしい。

そんな後ろ向きな思いは悲しいし苦しい。きっとこれからも罪悪感を抱きながら、悩んでいくんだと思う。

それでも好き。藤先輩が大好き。ごめんなさい。

「ふーん。なかなか強《したた》かになってきたじゃない」

爪《つめ》が丁寧に切りそろえられた綺麗な手が、私の髪をくしゃりとなでてきた。

藤先輩が犬を相手にするみたいな、あったかいあれとは違う。でもとても、びっくりするくらい優しい手だった。

「ねぇ杏ちゃん。俺はね、こう見えて好き嫌いが激しいんだよ」

「こう見えてって……意外でもなんでもないんじゃ」

食べ物の好き嫌いも多そうだし、異性の好みの範囲《はんい》なんて針の穴より狭《せま》そうだ。もちろん私は針の穴の外に違いない。嫌われている自覚はある。

そう言おうとした時、宇佐美先輩が明るい笑い声をあげた。

「生意気〜。でも嫌いじゃないよ。俺は麻美ちゃんより杏ちゃんの方が好きかもね」

「へ？」

冗談だろうけど、その時の宇佐美先輩があんまり優しい表情をしていたから、私は笑うこともできなくて。呆然《ぼうぜん》と、ただ彼の整った顔を見上げた。

なんだかなぐさめられているみたいだ。おかしいな。だって私は、針の穴の外にいるはずなのに。

「なに？　俺に惚《ほ》れた？　ま、俺は特定の彼女とかいないし、藤に虚しく片想いしてるより、よっぽど健全だと思うけど」

「それはないです！」

「うわ〜。杏ちゃんのくせに、ほんと生意気」

「ふぎゃっ」

お仕置きとばかりに、私の鼻をむぎゅっとつまんで笑うと、宇佐美先輩は藤先輩を追いかけていった。その足取りはスキップでもしそうなほど軽い。

もう、なんなのあの人。本当になにを考えているのかわからない。

つまれてじんじんする鼻を押さえながら、私もふたりに続いてランへと向かった。


不機嫌な藤先輩をなんとかなだめ、電車の中でしていたような他愛のないおしゃべりを三人でした。そのあと休憩《きゅうけい》でランを出てから、イチゴと黄色の食紅を使って綺麗に仕上がった炭酸ゼリーを出した。

炭酸ゼリーは藤先輩がとっても気に入ってくれたから、初日以来何度も作ってきていた。果物や炭酸を変えるだけで味も見た目もがらりと変わるので、作るのも毎回楽しい。

もちろん宇佐美先輩がおとなしく見ているわけはないので、私の分を進呈することになった。いいんだ。家に帰ればあまりがあるし。

「藤先輩。今日はね、アンコちゃんにもおやつを作ってきたんだよ」

「アンコに？」

「うん。テレビで見たんだ。わんちゃんに作ってあげよう、手作りクッキーっていうの」

私は犬を飼ったことがないから、てっきりドッグフードやお肉とかしか食べないイメージでいたんだけど。普通に人が食べるような感じで作れてしまうことにびっくりして、思わず作ってしまった。

「リンゴとはちみつのクッキーなんだ。これ、使った材料のメモ。アンコちゃんの食べられない物、入ってるかな？」

テレビでは大型犬がばくばく食べていたけど、人間みたいに犬もアレルギーとか、犬種によって食べられないものがあったら困るから念のためメモを取っておいた。人も犬も、アレルギーが怖いのはきっと同じだ。

渡したメモをじっくり見て、先輩は笑った。本当にうれしそうに。

「大丈夫だ。ありがとな、くるくる」

「えへへ。アンコちゃん、食べてくれるかなあ」

「お前がアンコに食べさせてみれば？」

「え！　いいの？　やったー！」

飼い主様の許可をいただいたので、私はさっそく袋からクッキーを出した。

先輩が呼ぶと、放たれて走りまわっていたアンコちゃんがすぐに飛んでくる。なに？　なに？　とつぶらな瞳に見上げられ、あまりのかわいさにきゅんときた。

「わー。ドキドキする！　あ、アンコちゃん。リンゴのクッキー、食べる……？」

目の前にかがんで、クッキーをのせた手を差し出すと、アンコちゃんは鼻を近づけてくんくん匂いをかいだあと、おもむろにパクリと口に入れた。

あぐあぐとクッキーを食べるアンコちゃん。その夢中な姿に感動して泣きそうになる。人間と違って、犬は「おいしい」や「不味い」とは言わないけれど、言葉ではなく体でそれを表現してくれるんだなあ。ぶんぶんと振られる尻尾がいとおしい。

「た、食べてくれてる……」

「そりゃ食うよ。こいつ食い意地張ってるし」

「だって先輩。私の作ったクッキーなんだよ〜」

「お前が作ったもんならうまいんだから、なおさら食うだろうが」

なにを言ってるんだ、となぜかあきれたような顔をされ、瞬《まばた》きする。

「それって……。私が作るものは、なんでもおいしいって思ってくれてるってこと?」

「さあな」

にやりとした笑いに、心臓を撃ち抜かれた。その顔はずるい。かっこよすぎる。

藤先輩はなんでもない顔で、さらりとうれしい言葉をくれる。私はいつもときめかされっぱなしで、ドキドキと心臓が痛いくらいで困るけど、やっぱりうれしい。好き。

愛情たっぷりな表情でアンコちゃんを見つめる先輩に癒やされる。そんな顔で私のことも見つめてほしい。なんて考えていると、不意に大きなため息が聞こえて、横にいた宇佐美先輩が立ち上がった。

「アホらし。俺帰るね～」

「あ？　食い逃げかお前」

「人聞き悪いなあ。おいしかったよ、杏ちゃん。ありがとね」

ふわりと花がほころぶような笑みを浮かべる先輩。まともな笑顔を私に向けるなんてめずらしい。驚きながらこくこくとうなずく。

「お礼に今日のことは、麻美ちゃんにはテキトーに話してごまかしておくよ」

「え……」

「だからまた今度、俺にも作ってね」

前に手作りは苦手とか怖いとか、散々言ってたのに？

気安く私の髪をなでると、宇佐美先輩はひとりで帰っていった。あのさわやかな柑橘系の香りだけを置いて。

残された私たちの間に、少し気まずい空気が流れる。そう感じているのは私だけだろうか。

「……宇佐美にまたなにか言われたか？」

「え？　ううん、そんなことないよ。それに……」

「それに？」

「宇佐美先輩は藤先輩の味方だから、大丈夫だよ」

私の言葉に、先輩はちょっと困ったような顔になった。否定したそうな、照れているような、微妙な表情だ。どう返したらいいのかわからないという感じで、ちょっとおかしかった。

先輩だって、「うぜぇぞウザミ」なんて挨拶みたいに言っているけど、宇佐美先輩のことをなんだかんだ、友だちとして大切に思っているんだろうな。

「あー……俺らもそろそろ行くか」

「うん」

それからいつもどおり、先輩に家まで送ってもらって別れた。あまりうまく話せなくて、藤先輩もいつも以上に口数が少なかった。それでも早く家に着いてほしいとは思えず、気まずい時間すらも大切で。とても、名残惜しかった。去っていく藤先輩の大きな背中に、一瞬すがりつきたくなったほど。

そんなことをする勇気、私にはないのだけれど。

「そういえば、来週のお祭りのこと、聞きそびれちゃったなー……」

来週、いつも会っている公園近くの神社で夏祭りがある。この辺ではけっこう大きなお祭りで、私は毎年友だちと行っていた。カップルには絶好のデートイベントでもりして。

でも、先輩と花火見たかったな。人ごみの中でこっそり、手なんかつないじゃったりっていうのはそういう、特別感があると思う。

私とお祭りに来ているところを学校の誰かや、彼女の知り合いに見られたりでもしたら大変だ。さすがに浮気と言われても、藤先輩だって反論できないだろう。お祭

彼女と行かなかったとしても、私は誘えないか。

「まあ、当然彼女と行くよね……」

ある。

「こんな願望を持つなんて、調子に乗ってるよね……」

そんなときめきシチュエーションが許されるのは、先輩の彼女だけだ。ただの後輩には望む資格だってない。

それでも妄想《もうそう》せずにはいられなかった。だってもしかしたら、藤先輩と公園で会うのは、今日が最後になるかもしれない。

宇佐美先輩が藤先輩の彼女になんて伝えるのかはわからないけれど、彼女が知ってしまったら?

それに彼女に知られなかったとしても、藤先輩は宇佐美先輩に知られたことで、もう公園には来ないかもしれない。どうしてか、そんな予感がする。

「寂しい……」

寂しいけれど、そうなったとしてもしょうがない。私はそういう人を、彼女がいる人を、好きになってしまったんだから。

我慢するしかないんだ。この気持ちを捨てるくらいなら、私は我慢する方を選ぶ。

だから先輩……。せめて、好きでいさせてね。

その日の夜は、少し泣いた。ベッドの中で先輩の笑顔を思い浮かべると、勝手に涙がこぼれてしまった。

こんなに好きなのに、どうして先輩の彼女は私じゃないんだろう。

好き。好きです、先輩。おやすみなさい。また、会えますように。

三角
ティームース
ジュレ

底のムースが上を見ると
キラキラ輝く二層のジュレ
うらやましさと寂しさに耐え
一緒に食べてもらえる時を
来ないかもしれない時を
ひたすら待ち続けている

違うよ、先輩。

その後、先輩からの連絡がなくなり、やっぱりなと落ちこんだ。しょうがないけれど、覚悟もしていたけれど、すごく寂しい。

めそめそうつうつとしながら、自分のために炭酸ゼリーを作って食べては半べそをかいた。


薄暗くなりはじめた境内で、橙《だいだい》色の提灯《ちょうちん》の列が見上げた夜空を彩っている。お囃子や子どもの笑い声、それからてき屋のおじさんの呼びこみが、心をわくわくさせる。

鳥居の下に行くと、待ち合わせていた須賀ちゃんや友人たちが先に着いていた。

「わあ！　須賀ちゃん、浴衣《ゆかた》似合う！」

ボーイッシュなイメージのある須賀ちゃんが、紺の大人っぽい浴衣を身にまとっている。短い髪にも蝶の髪留めをつけていて、なんだか雰囲気がいつもとまるで違い、色っぽい。

「いやー恥ずかしい。お母さんに無理やり着せられちゃってさ。動きにくいし帯苦しいし。これじゃ屋台物あんまり食べらんないじゃんねぇ」

「須賀はそれくらいでちょうどいいんじゃない？　あはは」

「だねー。やっと女に見えるよ！」

「うれしくないってーの！」

みんなにからかわれ、頬をふくらませ怒っている。やっぱり須賀ちゃんは須賀ちゃんだった。

いいなあ。私も浴衣を着てくればよかったな。でも、着ても見てほしい人に見てもらえないんだと気づき、少し落ちこんだ。

「須賀ちゃん。転ばないように気をつけてね？」

「桜沢〜！　優しいのはあんただけだ！」

「えー？　だって須賀ちゃん、大股で歩くからすぐ転びそうだもん」

「桜沢まで、ひどい！」

みんなでひとしきり笑って、お店を見て回ろうと歩きだした。

かき氷を食べながら、色とりどりの金魚を見て。須賀ちゃんが射的に挑戦し、猫の貯金箱をゲットして微妙な顔になったところをスマホで撮った。

そんなふうに皆と楽しみながらも、人ごみの中に背の高い男の人を見つけると、つい目で追ってしまう私は本当にバカだと思う。

「あ、ラムネ飲みたい！」

「わっ！　待って須賀ちゃん！　走っちゃダメだって！」

下駄で人ごみの中を駆けだす須賀ちゃんにはもう、笑うしかない。

みんなで追いかけようとした時、たこ焼き屋の前で藤先輩らしき後ろ姿を見つけた。

黒いジャージにTシャツ。そして黒いキャップをかぶっている。先輩だ。藤先輩だ。

思わず足がそちらに向く。彼女と一緒だろうことは、頭から抜け落ちていた。

はやる気持ちを抑えきれず、声をかけようとした時。目の前で相手が振り向いた。

目が合ったのは、先輩とは似ても似つかない大人の人だった。鼻の下にはヒゲが生《は》え、眉毛は剃られて半分ほどの長さしかない。

その人にいぶかしげに見られ慌てる。ごまかすようにたこ焼き屋のおじさんに声をかけ、買うつもりのなかったたこ焼きを注文してしまった。

「はあ……。なにやってんだろ」

たこ焼きの入ったパックを受け取りうなだれる。虚しいし、バカみたいだ。いまは先輩のことを考えるのはやめよう。そう自分に言い聞かせ振り返る。

けれどそこに、友人たちはいなかった。ゆっくり流れる人の波の中に、須賀ちゃんたちの姿を見つけられず、一瞬頭がまっ白になる。

こんな人ごみの中でちょっとでも離れたら、見失うに決まっている。本当になんてバカなんだろう、私って。

バカバカと自分を責めながら、とりあえず近くを捜してみるけれど、なかなか見つからない。

「そうだ、スマホ！」

電話をかければいいんだよ。こういう時に文明の利器を使わないでどうするんだ。

スマホという連絡ツールに気づいただけで、もう会えた気になっていた私。けれど、須賀ちゃんに電話をかけてもつながらない。他の友だちにかけても同じだった。みんなたぶん、着信に気づいていないんだ。これだけにぎやかだし、それは仕方ない。

さて、どうしよう。このまま歩き回って、ばったり再会するのを期待するか。それとも鳥居のところまで戻ろうか。

迷いながら振り返った途端、後ろから来ていた人とぶつかってしまった。

「きゃっ」

「わっ！　す、すみません！」

反射的に頭を下げると、自分のレースのシャツの胸元に、べっとりと茶色い汚《よご》れがついていて、思わず「あっ！」と声をあげてしまう。

足元には茶色の丸いかたまりがいくつか転がっている。ぶつかった拍子に、たこ焼きを落としてしまったんだ。

買ったばかりのたこ焼きを落としたのもショックだけど、それよりも服だ。お気に入りのシャツだったのに。これ、洗濯《せんたく》して汚れは落ちるだろうか。

「やだ！」

私が泣きそうになっていると、目の前の女の人が短く悲鳴をあげた。

顔を上げると、そこにいたのは、どうやったのかというくらい髪を盛りに盛った、派手なメイクのギャルだった。

「ワンピ汚れちゃったじゃん！」

よく見ると、彼女が着ているミニのワンピの裾に、ちょんと小さな茶色いシミがついていた。

私が落としたたこ焼きが、彼女の服にもついてしまったらしい。

「ご、ごめんなさい！」

「ごめんじゃないし～！　最低！」

「本当にすみません！　クリーニング代を……」

慌てて持っていたバッグをあさる。屋台でお小づかいをけっこう使ってしまったので、もうあまり手持ちがない。いくら残っていただろうか。

「なにやってんのー？　……あれ？　杏ちゃん？」

内心焦っていると、聞きおぼえのある声に名前を呼ばれた。勢いよく顔を上げる。

そこには前髪をかわいらしくピンで留めた、宇佐美先輩がいた。

「な、なんで宇佐美先輩が……？」

白のハーフパンツに、ネイビーのシャツ。それにクリアフレームの眼鏡をかけている。一瞬誰かと思った。眼鏡は伊達《だて》だろうか。

宇佐美先輩がいるなら、もしかして。期待しつつ周りを見たけれど、藤先輩の姿はなかった。ほっとしたような、残念なような。複雑な気持ちになる。

「なに？　誰のこと捜してんの？」

「え。いえ、べつに……」

「ちょっとー。宇佐美くんの知り合い？」

髪が盛り盛りのギャルが、ずいっと割って入ってきた。なんだ、宇佐美先輩は藤先輩とじゃなく、この人と来ていたのか。

もしかして彼女なのかなと、ついふたりをじろじろと見てしまう。

「知り合いっていうか、高校の後輩？」

「なんで疑問形？　ウケんだけどー。どうでもいいけど見てよ。ワンピ汚れちゃったぁ」

「あーらら。杏ちゃんも思いっきり汚れてんね？」

胸元をさされて、はっとした。そうだ、たこ焼きで彼女の服を汚してしまったんだ。

「ご、ごめんなさい！　私がぶつかった拍子に、たこ焼きを落としちゃって！」

「あー。そういうこと。ごめんねサキちゃん。ここは俺に免じて許して？」

「え〜」

サキと呼ばれたギャルは、不服そうに口を尖らせた。脂っぽいものでも食べたあとのように、赤い唇はてらてらと光っている。

「これ、クリーニング代。それと、あとでなにかおごるからさー」

千円札を数枚彼女に渡して、万人受けしそうな綺麗な笑みを作る宇佐美先輩。

ふくれていた彼女の頬が染まるのを、私は間近で目撃した。

この人はこうやって、女の人を手のひらの上で転がしているのか。助けられている立場のくせに、思わずそんなことを考えてしまった。

「も〜。しょうがないなあ。屋台物じゃやだよ？　おいしいもんおごってよね！」

「はいはい。俺ちょっとこの子と話してるから、皆と先に行っててよ」

「えー？　早くね？」

さっきまで怒っていたのに、彼女は上機嫌で言うと走っていく。その先には立ち止まってこっちを見ている、五人くらいの男女のグループがあった。

なんだ、デートじゃなかったのかと拍子抜けした。

「大丈夫？　杏ちゃん」

「あ。は、はい。宇佐美先輩ありがとうございました。これ、ちょっと足りないけどさっきのクリーニング代。残りは今度払います」

財布の中に残っていたお札を差し出すけれど、手ごと押し戻された。

「いーよいーよ。気にしないで」

「そういうわけには」

なんとか受け取ってもらおうとしたけど、宇佐美先輩は聞く耳持たず。なぜかお札を持っていた手首をつかまれて、顔をのぞきこまれた。あまりの近さに息をのむ。

こんなに近くで見ても宇佐美先輩はやっぱり綺麗で。まつ毛は長いし、肌はきめ細かい。二重の形も理想的で、うらやましくなる。

「泣きそうな顔しちゃって。いいから、そのお金は自分の服のクリーニングに使いなね」

「でも……」

「杏ちゃんには、いつもお菓子もらってるしね。まぁ、藤のついでだろうけど……。それでも納得できないなら、今度俺だけになにか作ってきてよ」

「……そんなので、いいんですか?」

「十分じゃない。あ、でも藤には秘密ね。蹴り入れられそうだから。わざと教えるのも楽しそうだけど」

おどけてそう言う宇佐美先輩に、私もようやく笑うことができた。

なにを考えているのかわからない人だけど、やっぱり悪い人じゃない。優しい人だった。なんたって藤先輩の友だちなんだから、悪い人なわけがない。

「ところで、杏ちゃんひとり？」

「それが、友だちと来たんですけど、私だけはぐれちゃって」

「電話は？」

「かけたんですけど、みんな気づかないみたいで。あ、でもそのうち気づいてくれると思うから、たぶん大丈夫です」

そう言いながらも、なんだか急に切なくなってきた。

藤先輩はいないし、須賀ちゃんたちとははぐれちゃうし。たこ焼き落として自分の服は汚しちゃうし、おまけに他人の服まで汚しちゃうし。それにみんな、私がはぐれたことにも気づいていないのかもしれない。悲しすぎる。

それになぜか、いつも意地悪な宇佐美先輩は優しい。同情されているんだろうか。

そう考えるとますます切なくなる。

つい泣きそうになりうつむくと、頭にぽんと、優しく手がのせられた。

「じゃあ迷子の杏ちゃん。一緒にお友だち捜してあげようか？」

「……えっ」

「信じないだろうけど、俺って本当は優しい男なんだよ？　頼りになるし。イケメンだし」

親指で自分を指し、誇らしげにそんなことを言う宇佐美先輩。思わずきょとんと見上げてしまう。

「……イケメンて、自分で言います？」

おかしくて、笑った。でも笑った拍子に、目にためて我慢していた涙がこぼれてしまう。ああ、いけない。せっかく泣かないように我慢していたのに。

「こら。泣かないの」

あきれたように言いながらも、男性にしては細い指が、頬に流れた涙をぬぐってくれる。その思いのほか優しい仕草に、ぽかんとしてしまった。

「すぐ泣く女は嫌いだって言ったでしょ」

おどけて言った宇佐美先輩に、涙をぬぐいながら謝ろうとした時、突然後ろから響いた声に硬直《こうちょく》してしまった。

「宇佐美！」

低くて少しかすれた声。まさか。きっと違う。

でも、私が彼の声を聞き間違えたりするだろうか。

目の前の宇佐美先輩の整った顔から、表情がすっと消えた。

「……藤」

やっぱり。先輩だ。藤先輩がいる。先輩がいま、私の後ろにいる。

そして、藤先輩がいるということは。

「宇佐美くん！　こんばんは」

明るく軽やかな、かわいらしい女の人の声がした。鈴の音のような声だ。藤先輩とは対照的な。

そうだよね。そうだろうと思ってた。夏祭りなのだ。彼女と来るに決まっている。

「お前も来てたのか。誰と……」

「宇佐美くん。もしかして一緒にいるの、彼女？」

なにも知らない無邪気な声が、耳の中に残る。指で届かない場所まで、かきむしりたくなった。聞きたくない。こんなかわいい声。

実はちょっと見てみたいと思っていた。近くから、先輩の彼女を。どんな人なんだろうとずっと気になっていた。嫉妬と、興味本位だ。

でもいざこうしてみると、怖くてとてもじゃないけど振り向けない。顔なんて見たくないし、藤先輩と並んでいる姿なんてもっと見たくない。それなのに。

「くるくる……？」

大好きな人が、私を呼ぶから。名前じゃなくてあだ名の方だったけど、私を呼ぶから。振り向かずにいられるわけがない。だって私は、犬だもの。呼ばれたら返事をして、尻尾を振って駆け寄らなければ。

覚悟なんて決められないまま、おそるおそる振り返る。

数メートル離れた場所に立っていた先輩は、とても驚いた顔でこっちを見ていた。なぜ？　とその目が疑問を訴えかけている。

藤先輩のとなりには白地のかわいい浴衣を着た、可憐な人が立っていた。

小柄で大きな目が印象的な、小動物みたいな愛らしさ。髪を結い上げてあらわになった首筋は、折れそうなくらい細くて頼りなげで。そして彼女の持つ巾着には、どこかで見たようなスイーツデコのキーホルダーが揺れている。

ふたりはしっかりと、手を握り合っていた。日焼けをした大きな手と、白くほっそりとした手が、ふたりの体の間で恋人つなぎをしている。

この人が麻美さん。この人が先輩の彼女。

ピンクと紫《むらさき》の小花柄の浴衣が、かわいいのにどこか上品で、子どもっぽく見えない。本当に彼女によく似合っていた。

そして、自分の姿が情けなくなった。浴衣ではなく普段着だし、シャツはたこ焼きのソースでみっともなく汚れて。こんな姿、藤先輩には……。

「え……ひゃっ」

うつむきかけた時、不意に腕を引かれ転びそうになる。けれど転ぶ前に、大きな体にすっぽりと、抱きしめるように支えられた。

「なんで……？」

気づけばなぜか、宇佐美先輩の腕の中にいた。一瞬硬直し、すぐに胸元の汚れに気づき慌てる。

「う、宇佐美先輩。服が汚れて……」

「いいから。藤に見られたくないならおとなしくしてな」

ささやかれた言葉に、驚きすぎてなにも言えなくなった。どうしてわかったの？

私が藤先輩に、いまの姿を見られたくないと思ったこと。

「やあ、おふたりさん。そっちもデート中だったんだ」

「そっちもって、やっぱり宇佐美くん、彼女なの？　わあ、紹介《しょうかい》して！」

「無理。この子人見知りだし」

宇佐美先輩の柑橘系の香りに包まれて、私は混乱していた。宇佐美先輩がしゃべるたび、呼吸するたび、かすかな体の動きにドキドキする。いまだかつて家族以外の異性と、こんなに接近したことはない。

どうして宇佐美先輩は、今日に限ってこんなに優しいの。やめてよ。藤先輩の前なのに、すがりつきたくなってしまう。

「まさか、ふたりで来たのか」

感情の読めない藤先輩の声に、ぎくりとした。

どうしよう、誤解されている。当たり前だ。ふたりでいたうえ、こんなふうに抱きしめられているんだから。藤先輩に変な誤解をされたくない。いますぐ離れるべきだ。そう思うのにできない。この守ってくれる腕の中から抜けだして、仲のいい恋人たちの前に面と向かって立つ勇気がない。

できることなら、いますぐ逃げだしたかった。

「なんでお前らが……」

なんでって、藤先輩が聞いている。説明して誤解を解かないと。

でもどんな言い訳を先輩の彼女の前でしなくちゃならないのか考えて、気が遠くなった。

泣きそうになった私の頭を、宇佐美先輩がぎゅうと強く抱き寄せてくる。心配するなとでも言うように。

苦しい。でも、頼もしい。この腕を頼ってもいいの?

「藤には関係ないでしょ。じゃ、お互いデートの邪魔だしこれで。またね、藤」

「宇佐美!」

宇佐美先輩にうながされて歩きだそうとした時、突然腕をつかまれた。思わず顔を上げると、怒った顔の藤先輩がすぐそばにいて、思いきり視線がぶつかってしまう。

息が止まるかと思った。

「待てよ。話は終わってない」

「藤に話すことなんてないよ」

「宇佐美、黙ってろ。……くるくる」

先輩に呼ばれて肩が跳ねた。私を呼ぶ声に、いつもみたいな優しさや甘さは見つからない。

怒っているんだろうか。私がお祭りになんて来たから。宇佐美先輩と一緒にいるから。それとも……麻美さんといる時に私が現れたりしたから、怒っているの？

「くるくる⁉」

なにを言われるのか怖くなり、先輩の手を振り払い駆けだした。けれど人が多すぎてなかなか進まない。足元はサンダルで走りにくく、何度も転びそうになる。もたもたしているうちに、あっという間に追いつかれてしまった。

「待て、杏！」

「やだ！　放して！」

腕をつかまれ引きよせられる。先輩の顔を、はじめて見たくないと思った。

こんな時に名前で呼ばないで。涙が止まらなくなるから。

「なんで逃げんだよ⁉」

「知らない！　放してってば！」

「宇佐美と来たのか⁉　ふたりで⁉」

私は今度こそ思いきり、藤先輩の手を振り払った。

涙で濡れて情けない目で、キッと彼を睨みつける。

「なんで先輩に怒鳴られないといけないの⁉」

違う。違うでしょ杏。そうじゃない。さっきまで、ちゃんと誤解を解かなきゃと思っていたのに。どうしてそんなふうに、また勘違いされるような言い方をするの。どうしてそんなにむしゃくしゃしているの。

大好きな先輩を突き放すようなことをして。

「杏……」

どうして先輩がそんな傷ついたような顔をするの。傷ついたのは私の方なのに。私の方が、何倍も、何百倍も傷ついているのに。

「ちょっとふたりとも。悪目立ちしてるよー」

あきれた様子で宇佐美先輩が追いついてきて、私と藤先輩の間に立つ。

そのことにほっとして、無意識のうちに宇佐美先輩のシャツの裾を握っていた。

この人をこんなに頼もしいと思う日が来るなんて。もう、藤先輩の顔は見られない。

「なんで杏ちゃんが俺といるかなんて、藤に関係ないじゃん。それより麻美ちゃん置いてきちゃっていいの？　早く戻っていろいろ言い訳した方がいいんじゃない？」

「……宇佐美」

「なに？」

「……こいつを頼む」

「藤に言われなくても、ちゃんと家まで送るつもりだよ」

　おもしろくなさそうに言うと、宇佐美先輩は私の手を引いて人ごみの中を歩きはじめた。

　一瞬、顔だけ振り返ってしまった私の目に、立ちつくす藤先輩が映る。その姿がまるで捨てられた小犬のように見えて、胸が苦しかった。

　宇佐美先輩に手を引かれるまま、鳥居をくぐって外へと向かった。

　本当に、なにを考えているのかわからない人。たぶん、助けてくれたんだろうけれど、どういう心境の変化なんだろう。気まぐれか、それとも同情か。

　どちらにせよ、私は戸惑うばかりだ。

「あ、あの。宇佐美先輩」

「なに。戻りたいとか言ったら、蹴り飛ばしちゃうかもよ」

「ち、違います。友だちに連絡したいんです」

る。

「……ああ。そう」

あっさりと手を放され、ほっとした。

歩く速度を落とした宇佐美先輩の後ろを、スマホの画面をタップしながら追いかけ
須賀ちゃんに、気分が悪くなったから帰るとメッセージを送った。皆から着信が何件かあったけど、いまは返せそうにない。

「宇佐美先輩は、お友だちに連絡しなくていいんですか？」

「面倒だからいい」

「でも、さっきの彼女怒るんじゃ」

あとでおごるって言っていたのに。それも私のせいなんだけど。

大丈夫なのか心配する私に、宇佐美先輩は軽く肩をすくめた。

「べつに彼女でもなんでもないし。まあ、あとで適当にご機嫌とっておくよ」

やっぱりよくわからない。宇佐美先輩は冷たい人なのか優しい人なのか。

でもいまは、怖くない。それだけで十分だ。考えるのはやめにしよう。

スマホをしまい、出てきたのはため息だ。本当にひどい日だった。どうしてお祭りになんて来てしまったんだろう。おとなしく家でお菓子を作っていればよかった。そうすれば少なくとも、こんなにみじめな思いはしなくてすんだのに。

それでも、先輩に会いたかった。ひと目でも会えればと期待した。それで自分が傷つくことを、頭の隅に追いやって。その結果がこれ。本当にバカみたいだ。

「あのさぁ」

「……へ？　あ、はい」

うつうつとしていると、前から声がかかった。いつの間にかうつむけていた顔を上げたけれど、宇佐美先輩はこちらを向いていなかった。

細身なのに、意外と背中が広い。そんなことを思う。

「もうやめとけば？」

「え？」

不意に宇佐美先輩が立ち止まる。合わせて私も足を止めると、ゆっくりと彼は振り返った。

いつもの人を食ったような笑みはそこにはなかった。真剣な目で見つめられ、思わず後ずさる。

「う、宇佐美先輩？」

「あんなずるい男はやめておいた方がいいよ」

「ずるいって……」

「杏ちゃんかわいいんだし、藤じゃなくてもいい男はたくさんいるでしょ。わざわざ彼女のいる男のために、ムダな時間を過ごすことないって。高校生活なんて短いんだから、藤なんかに費やすのはもったいないでしょ」

それははじめて聞く、宇佐美先輩が藤先輩を否定する言葉だった。

突然どうしたんだろう。宇佐美先輩はいつも藤先輩の味方で、藤先輩のこと優先で考えている人なのに。口はとんでもなく悪いけど、友だち思いの人なのに。

「どうしちゃったんですか？」

「なにが」

「なんか宇佐美先輩、変だから……」

宇佐美先輩は眉を寄せたあと、また前を向き歩きだした。

機嫌を損ねてしまったかもしれない。慌てて追いかけ、後ろにつく。

「べつに俺はいつもどおりだよ」

そうだろうか。でも、私に藤先輩への恋をあきらめさせるのは、結果的に藤先輩のためになることだから、おかしくはないのか。藤先輩のことを「ずるい男」なんて言うのは、やっぱりちょっとらしくないとは思うけど。

それに、どうして藤先輩が「ずるい男」になるのか、私にはわからなかった。

それから宇佐美先輩は口を閉ざし、本当に私を家の前まで送ってくれた。

「じゃあね」と彼がそっけなく帰っていったあとも、私は「ずるい」の意味をずっと考え続けた。

服についた汚れを手洗いしている時も、ベッドの中に入ってからも、ずっとずっと、先輩のことを考えた。

「どうして私ばっかり、こんなに好きなんだろう……」

私の十分の一でもいいから、先輩が私のことを考えてくれていればいいのに。夢の中でも会いたいと、思っていてくれればいいのに。そうしたら、想いが通じて夢の中でも会えるかもしれない。

夢の中で会えないのは、私だけが一方的に、藤先輩を想っているからだ。

「先輩のバカ。……おやすみなさい」

その夜も夢に、先輩は出てきてはくれなかった。

ずるいね、先輩。

今日の調理部はシンクに蓋がされ、料理の音は響いていない。調理はなしで、今後の活動の話し合いをする日なのだ。いつものおいしい匂いがないながらも、時折《ときおり》油の香りが空気に混じって流れているのを感じた

教壇に立つ神林先生の話を聞きながら、窓の外に目をやる。まっ青な空の遠くに、大きな入道雲が止まったように浮いていた。天気がいい。こんな日は公園に行きたくなる。

夏休み最終週の金曜日。調理部はずっと活動していなかったけれど、この日だけ部員全員が集まった。普段活動に参加していない、受験を控えた三年生もいる。調理部の引退時期は決まっていないので、卒業式直前まで出る人も中にはいるらしい。

あのお祭りのあと、藤先輩からの連絡はなかった。もしかしたらなにかあるかもしれないと期待していたけれど、一週間以上経つのに電話もメッセージも一度もこない。私からも送りにくくて、ただじっと彼からの連絡を待っていた。

やっぱり宇佐美先輩とのことを誤解されたんだろうか。それとも彼女とのデートで

忙しいのかな。いろいろ想像しては落ちこんで、泣きたくなった。

あと二日で夏休みが終わってしまう。このまま休みが明けて、通学電車の中で会った時、以前のように気軽に話しかけられるだろうか。気まずくてこれっきり、なんてことになったらどうしよう。

そんなふうに不安になるなら、メッセージのひとつでも送ればいいのに、その勇気が出ない。強くなりたいという気持ちも、先輩を好きだという気持ちも、どちらも前より育っているはずなのに。結局私は私のまま、うじうじしている。

そして最後には「会いたい」という純粋な気持ちだけが、静かに残るんだ。

「桜沢さん！」

「わ！　はいっ⁉」

突然響いた大きな声に、ぼんやりとしていた私は驚いて声をひっくり返した。

部員全員と、それから教壇の神林先生の視線が私ひとりに集中していることに気づき、硬直する。しまった、途中から全然話を聞いていなかった。

「す、すみません……」

「ふふふ。桜沢さん、よほど夏休みが楽しかったのかな？　でももう学校も始まるし、ちゃんと戻ってきてね？」

優しく諭《さと》され、顔を熱くしながら何度もうなずいた。

神林先生が言うと、まったく嫌みに聞こえないから不思議だ。穏やかに語りかける口調は、まるで幼稚園の先生みたいに慈愛《じあい》に満ちている。……待てよ。ということは、私は幼稚園児扱いされているんだろうか。

「さて、それじゃあ一年生の班の今後についてだね。夏休み明けから個々で動いてもらうことになるけれど、とりあえず確認したいのは、それぞれどういうものを作っていくかかな」

ああ、そうか。そうだよね。教える私がお菓子一本だったから、これまで須賀ちゃんたちもお菓子しか作ってこなかった。でも他の先輩たちはパスタを作ったり、魚をさばく練習をしたり、お弁当を考えたりなんかもしている。

自由度の高いうちの部は、予算の範囲内ならなにを作ってもいいのだ。

「私は桜沢と一緒で、お菓子作りまーす。もともと甘い物を食べたくて入ったし！」

「こら須賀〜。あんたは正直に言いすぎ」

あきれたように部長が言って、皆も笑った。須賀ちゃんも悪びれない態度で、舌を出して笑っている。

相変わらず須賀ちゃんは須賀ちゃんだなあ。でもよかった。それなら私も、須賀ちゃんのレシピを考えるのに協力できる。

「須賀はお菓子ね。じゃあ山中はどう？」

部長の声に、山中さんは困ったような顔をした。

もしかして山中さんも、お菓子を作りたいんじゃないだろうか。でも夏休み前に私と気まずくなったままだから、言いだせないのかもしれない。きっとそうだ。

レシピを考えるのは手伝うよと声をかけようとした時、山中さんは不安そうに教壇の神林先生を見た。

「あの……私、和食を作ってみたいんですけど」

わあ、違った。私全然とんちんかんなこと考えてた。恥ずかしくなり、こっそり身を縮める。そうだよね。山中さんが私に遠慮なんてするはずがなかった。

「経験もないから、自信が……」

「大丈夫だよ。料理なら基本は僕が教えられるからね」

「は、はい」

「じゃあ須賀さんは桜沢さんが、山中さんは僕がサポートする形で始めるということでいいかな?」

「はい」

私たち三人の声が重なった。

少しだけ、ほんの少しだけ複雑な気分だ。山中さんとの関わりが減ってほっとしている自分と、残念に思う自分がいる。一緒にやっている方が、仲よくなるチャンスは多かったよなあと。私って本当、めんどくさいヤツ。

「部長も、それでいいかい？」

「いいんじゃないですか？　須賀と山中は、それぞれ勉強して早くひとり立ちできるよう努力するように！」

「はい！」

先生より先生らしいことを、キリッとした表情で言う部長は、やっぱりかっこいい。私の憧れだ。

うだうだ考えるのはやめよう。私は私のことを認めて、胸を張ってあげなきゃ。

「山中さん。お菓子と和食で作るものは別になったけど、班は同じだからさ。これからもよろしくね」

「……そうだね」

「私和菓子も作ってみたいなってずっと思ってたから、いつか山中さんの料理と合わせてやろうよ」

山中さんが作った和食に合うお菓子を一緒に考えるとか、楽しそうだ。テーマや彩りなんかも相談したり。新しいことに挑戦できると思うとわくわくする。

そんな私を知ってか知らずか、山中さんはちょっと嫌そうに眉を寄せた。

「私、そういうのべつに興味ないから」

そう言って目をそらす山中さん。取りつく島もない。

でもまあ、それはいまに始まったことじゃない。私も苦笑いするだけで傷つきはしなかった。さすがに免疫ができてきたと思う。

「そう言わず、いつかさ」

「そうだぞ山中～。いままで桜沢にはお世話になったのに、恩を仇《あだ》で返すなんてひどいヤツ～」

「はあ？　そんなの須賀さんに言われる筋合いないし！」

冗談でふざけて言った須賀ちゃんに、カッと目を見開いて食ってかかる山中さん。

そして飛んでくる部長の叱責。

久しぶりに会っても、私たちは全然変わっていなかった。

人と人との関係は、そう簡単に変わるものじゃないのかもしれない。焦って変えようとしても、無理がある。そんなことをしても、結局そのうちうまくいかなくなるんだろう。

変えたいなんて望まない。そのままでいい。このままでいい。私自身が少しずつ、変わっていくから。そうすれば同じだけゆっくりと、なにかが変わっていく気がする。

そうであったらいいな。

足が重い。気のせいか、噴水の水の勢いにも元気がないように見える。

夏休み最終日。日曜の午前。私は久しぶりに公園に足を踏み入れた。

空にはうっすらと雲がかかり、いつもより日差しが少し弱まっている。つばの広い帽子をかぶってきたのは日差しよけというよりも、自分の顔を隠すためだ。

【明日の十時。公園で】

そんな短いメッセージが届いたのは、昨日の夜のこと。

喜びと不安が半分ずつ。どう返したらいいのかわからなくて、ただ【はい】とだけ返事をした。

会いたい。そう思っていたはずなのに、実際会うとなると怖くてたまらなくなった。昨日はなかなか寝つけなくて、目の下にはうっすらくまが浮いている。

でも、朝になって気づいたんだ。私はなにひとつ気持ちを伝えていない。それなのに、なにを怖がることがあるんだろうって。

これまで何度となく、藤先輩にはお菓子を作って食べてもらってきた。それは、私の直接伝えられない自分の気持ちをお菓子に変えて届けているようなものだった。そうやって想いを先輩にぶつけているつもりになっていたけれど。結局はただの私の自己満足だったと思う。それじゃあ、なにもしていないのと同じだ。

だからなにも始まっていないし、怖がることもない。始まらなければ終わらない。

誰にも、先輩にだって終わらせられないのだから。

「先輩」

ランのそばにある木陰《こかげ》のベンチに彼はいた。火のついていない煙草を口にくわえ、ぼんやりと空を見上げていた彼に声をかける。

先輩は私を見ると、ゆっくりと煙草を箱に戻して笑った。

「……もう来ないかと思った」

そんな疲れたような、ほっとしたような藤先輩のつぶやきに、宇佐美先輩が「ずるい」と言っていた意味がわかった気がした。

なんだ、そうか。そうだったんだ。

先輩は気づいていたんだね。私の言葉にできずにいた想いに。

伝わっていたのなら、私はなにもしていなかったわけじゃないってことなのかな。

そう思うと、泣きそうになった。

「先輩に呼ばれたら、私はいつでも飛んでいくよ」

涙を我慢し、笑って言った。先輩は一瞬目を見開いたあと、痛そうな顔をしながらも笑ってくれた。

「そうか。……さすがくるくる」

「もう。犬じゃないよ！　って、あれ？　先輩。アンコちゃんは？」

「あー。アンコな。あいつは……今日は留守番」

じゃあなんでドッグランに？　そう聞こうとしてやめた。

うれしかった。アンコちゃんという口実はなしで、私を誘ってくれたことが。私のために、先輩がここに来てくれたことがうれしかった。

きっとあなたは私のことを、少しは気に入ってくれているんだよね。

そう思っても、いいんだよね。

「なにしてた？」

「え？」

「今日まで」

先輩と会っていなかった間のことか。聞かれても、すぐに答えは出てこない。自分でもなにをしていたのかよく覚えていないのだ。

とりあえず、先輩のことばかり考えていたのは確かなのだけれど。

「えーと……。一昨日《おととい》は部活に行って、あとは友だちと会ったり、残ってる課題やったりしてたかな」

「先輩は？」とは、もちろん聞かない。聞けない。

答えなんてわかっているし、聞いても藤先輩が困るだけだ。

彼女……麻美さんのことは話題にしない。それはいつの間にか、私たちふたりの暗黙のルールになっていた。

「宇佐美とは？」

「……へっ？　宇佐美先輩？」

「会ってねぇのか」

もしかして、やっぱりあのお祭りの時のことを誤解しているのかな。

当たり前か。だってあの時私、宇佐美先輩に抱きしめられていたし、誤解も解こうとしなかった。

あのあと宇佐美先輩と会って話したりしなかったんだろうか。なんとなく、ふたりは夏休み中も頻繁に会っているようなイメージでいたから、少し驚いた。

「ち、違うよ？　宇佐美先輩と付き合ってるとか、そんなんじゃないよ？　お祭りだって、宇佐美先輩と行ったんじゃないし……」

「あ？　そうなのか？」

「そうだよ！　友だちと行ったんだけど、はぐれちゃって。それで友だちを捜していたら、宇佐美先輩の友だちの女の人とぶつかっちゃって、たこ焼きで服が汚れちゃって、女の人の服も汚れちゃって、でもお金もその時あんまり持ってなくて。それで宇佐美先輩がクリーニング代出してくれて、友だちも一緒に捜してくれるって言って

……」

べらべらと必死に言い訳していると、自分がなにを言っているのかわからなくなってきた。

焦る私に先輩は小さく笑うと、頭をぐしゃぐしゃとなでてきた。犬にするような手つきを懐かしく感じ、泣きそうになった。

「いいよ、もう。わけわかんねーけど、なんとなくわかった」

「ほ、ほんと？」

「おー。お前はほんとバカだな」

「……わかってないでしょ」

先輩が言う「バカ」は、嫌じゃない。どこか甘く聞こえるのはどうしてだろう。

頬が熱くなるのをごまかすように、持ってきた保冷バッグを開ける。取り出したのは、白と赤茶と透明のキラキラ。そんなふうに綺麗に三層に分かれたカップだ。

「はい、先輩。今日のデザート！」

「へえ。綺麗だな。いつもの炭酸じゃねぇのか」

「うん。今日のはね、紅茶のムースジュレ」

下がミルクティームース。真ん中が紅茶ゼリー。上がレモンクラッシュゼリー。飾りにレモンとミントをのせてある。なかなか写真映えしそうな仕上がりになったと、冷蔵庫から取り出した時は自画自賛した。

今日は先輩に食べてもらえるし、久しぶりに楽しいブログ記事が書けそうだ。ブログの読者も先輩とのエピソードをいまかいまかと待っているようなので、きっと喜んでもらえるだろう。

「上の二層を一緒に食べるとレモンティーで。下の二層で食べるとミルクティーみたいになるイメージで作ったんだ」

「手ぇこんでるな。……ん。うまい」

先輩はとけるような、とびきり優しい笑顔で私を見た。

ずるい。ずるいよ、先輩。どうしてそんなに素敵なの。

どうして彼女なんているの。彼女がいるのに、私にそんな顔を見せるの。やめてよ。そんなに好きにさせないで。私の前でかっこよく笑わないで。……嘘。やっぱり笑って。先輩の笑顔が好きだから。

ふと、先輩の手元を見て思った。三層のムースゼリーは、なんだか私たちみたい。

私と、先輩と、先輩の彼女。

どっちの味が好き？　なんて、そんなこと怖くて聞けやしない。答えなんて決まっているし。

それでもちょっとでも食べてもらえるなら、私はそれだけでいい。

「杏」

それだけで、いいのに……。

ぎゅっと固く目を閉じた。そうしてないと、涙がこぼれてしまいそうで。くるくる、じゃなくて名前を呼ばれてうれしいはずなのに。

泣いたらきっと、先輩が困る。泣くのはずるい。

「この間の祭りで、お前があいつと……」

先輩の言葉が途切《とぎ》れる。

あいつって、宇佐美先輩のこと？　まだ宇佐美先輩とのことを勘違いしているんだろうか。本当に、たまたま会っただけでなにもないのに。

「いや……なんでもない」

力のない声に思わず目を開けると、目の前に先輩の顔があった。びっくりして声を出すことも動くこともできずに、ただ先輩の切れ長の目を見つめる。先輩も黙って私を見下ろしてきた。

意外とまつ毛が長い。目の下にまつ毛の影ができている。あ、切れ長の目の横に小さな傷あとが。ケンカとかでできた傷だろうか。そんなことをぼんやりと思っていると、徐々《じょじょ》に顔が近づいてきて……。

唇が触れそうになった時、ぴたりと先輩が止まる。かすかな息が、私の唇をなでた。

「……悪い」

なにかに耐えるような、嫌悪を感じているような、そして泣きそうな顔をして先輩が離れていく。

夢みたいな、一瞬の出来事だった。

謝らないでほしかった。謝るくらいなら、ちゃんとキスしてからにしてほしかった。あ、でもやっぱりダメ。キスしてから謝られたら、それはそれで傷つく。

沈黙が風に流され、雲の切れ間からは青空がのぞいていた。小鳥が歌いながら飛んでいく。

「……あのね、先輩」

「……ん」

「もし私に対して悪いなとか、変な罪悪感みたいなものを感じたりしてるなら。そういうのは全部、忘れちゃってね。先輩はなにも悩まなくていいんだよ。そのままでいてください」

私のことを、ちょっとでも気に入ってくれているなら。

空を見上げながらそう言うと、少しのあとため息のような笑いがとなりから漏れた。

「お前は……本当にバカだな」

「バカじゃないもん。私は先輩に忠実なワンコなんだもん」

「自分で犬って」

わしゃわしゃと頭をなでられ、笑いながら、私は涙をのみ込んだ。
これでいい。先輩と笑いあえる関係が、なにより大事だから。
だって私は先輩の笑顔が見たい。それだけなんだよ。

リンゴのフロランタンクッキー

ときどき甘くて
ときどきカリカリで
ときどき香ばしく
小さな変化を楽しむような
たくさんの魅力が詰まった恋
私の気持ちの味は
どうですか？

変なの、先輩。

列の前の方で、誰かがいま放送されているドラマの主題歌を歌っている。時折音程がズレて、笑い合う声も聞こえてきた。

始業式前の、体育館へと向かう途中の廊下。歩いていると、不意に頭に温かいものがのった。

「くるくる。なに眠そうな顔して歩いてんだ」

「先輩！」

頭にのせられたのは、藤先輩の大きな手だった。

いつの間にか、二年生の列と並んでいたらしい。朝の電車でも会えたし、別れて一時間もしないうちにまたこうして会えるなんて、新学期早々ツイてる。

「あれ？　宇佐美先輩、もしかしてまだ来てないの？」

「おー。さっき〝いま起きた〟ってメッセージきたからな」

「初日から遅刻かぁ。ふふふ。どっちが不良かわかんないよね」

「あぁ？　だから俺は不良じゃねぇって」

「わー！　やめて！」

わしゃわしゃと髪を乱されて、形ばかりの抵抗に声をあげる。くるんくるんの私の髪は乱れると整えるのが大変だけど、先輩にこうやって気安げになでられるのは好きだ。むしろもっとやってほしくて、頭を差し出したくなる。

こんなふうにまた普通に話せてよかった。先輩が笑顔を向けてくれてよかった。

昨日公園で会わなかったら、きっとこんなふうにはなれなかっただろう。呼び出してくれた先輩のおかげだ。

うれしくてにこにこと先輩を見上げていると、後ろの方から声が聞こえてきた。

「あれ見て。またやってる」

「一年のコでしょ。しつこいよね」

「藤くんも、いつまで相手してやってるんだか……」

ぼそぼそと、二年生の女の先輩たちがささやき合っている。聞こえていないフリをして、そっと視線を床に落とした。

また言われているなあ。慣れたものだけど、藤先輩といる時に言われると、少し気まずい。私ひとりなら聞き流せるけど、先輩に聞こえてしまったら、きっと嫌な気持ちにさせてしまう。

申し訳ない気持ちで先輩を見上げると、彼は思いきり彼女たちを睨みつけていた。

「おい。お前らなんか言いたいことあんなら俺に言え」

「え……っ」

「べ、べつになにも……」

ドスのきいた先輩の低い声に、彼女たちは顔をまっ青にして首を振った。

「なにもないなら、くだらねぇことしゃべってんじゃねぇぞ。胸くそわりぃ」

「ご、ごめん……」

「ねぇ。先行こっ」

先輩に睨まれた彼女たちは、逃げるように私たちを追いぬき体育館の方へ走っていった。周りの人たちも、私たちと目を合わせないように顔を背《そむ》ける。

もしかして先輩、クラスメイトにも怖がられているんだろうか。顔が怖いから？　こんなに優しい藤先輩を怖がるなんて、皆見る目がないと思う。宇佐美先輩がいたらうまく周りにフォローしてくれそうだけど、あいにくいまは不在だ。

「ねえ。先輩」

「あ？」

「私、大丈夫だよ？」

先輩の制服の袖を引いて、明るく笑ってみせた。

実際、それほど気にしていないのだ。悪く言われるのは当然で、覚悟もしている。

相手は彼女がいる人で、この恋は応援されるようなものじゃないんだから。

いくら先輩への想いが純粋なものであっても。ただ〝好き〟なだけでも、後ろ指を指されてしまう。これはそういう恋。

まったく傷つかないわけじゃない。でも逃げることはあきらめたから。どうしたって、私は先輩のことが好きなのだ。好きで好きで、しょうがないのだ。

先輩はそんな私に、溶けそうな微笑みで返してくれた。

「悪い。もうちょっと待ってくれ」

「え……？　わっ」

また私の髪をぐしゃぐしゃに乱して、先輩は先に行く。

よくわからなかったけど、大きな背中はとても頼もしく、かっこよかった。

「……惚れ直しちゃうね」

いや、直すって言葉はちょっと違うか。もっともっと惚れちゃうね。

「先輩。ありがと」

小走りで横に並んでお礼を言うと、もっと髪を乱されてしまった。

改めて、夏が終わっても私はまだ先輩のことが好きだ。きっとまだまだずっと、この人が好きだと思った。

【星創出版の梶原《かじわら》と申します】

そんなメールが届いたのは、始業式から三日後のことだった。

いつものように部活で作ったお菓子の写真をアップしようとして、ブログサイトのマイページを開くと、とんでもない内容のメールが届いていたのだ。

要約すると、レシピ本を出しませんかというような内容だった。

いやいやいや、ありえないでしょう。

きっとなにかの詐欺に違いない。最終的にお金を振り込ませたりするやつだ。

「勧誘のメールとかはよくきてたけど、こういうタイプははじめてだなあ」

怪しい。とても怪しい。でも個人情報を聞き出すような内容ではなく、文面からは相手の誠実さがにじみ出ているようにも思える。そうやって油断させたところをつけ込む手法なのだろうか。

ありえない。絶対危ないやつだ。そう警戒しつつも気になって。記事のコメントに返信していても気になって。結局ブログを更新したあとに、【冗談か、人違いかなにかでしょうか】とメールを返してしまった。

ああ……こうして人は詐欺に引っかかってしまうのだろうか。そう思い、頭を抱えていたらすぐに返信があって、驚いた。おまけに保護者も交えて直接会って話がしたいなんて書いてあるものだから大慌てだ。

保護者も一緒にだなんて、これってもしかしたら、詐欺じゃない……?

「お、お母さーん!」

パニックになり自分では判断できなくなった私は、とりあえずリビングにいるお母さんの元へと走った。

電車がガタンと揺れる。私の頭も後ろにがくんと揺れる。中吊《なかづ》り広告をぼんやりと見上げながら、昨日のメールのやり取りを思い出していた。

あれから梶原さんという人とメールのやり取りを何度かして、なぜか急きょ、今日学校が終わったあと会うことになってしまった。

なんだか相手はとても急いでいるようで、それがまた怪しい。急がせて、判断する隙《あた》を与えないという作戦なのかもしれないと、まだ私は疑っていた。

詐欺だったらどうしよう。お母さんも一緒に行くし、変なことにはならないだろうけど、やっぱり心配だ。

そして詐欺ではなく、梶原さんが本物の星創出版の編集さんで、レシピ本の話が本当だったとしたら。それこそ本当に、どうしよう。

「どうした、くるくる」

「……へっ?」

「ぼーっとして」

となりに座っていた藤先輩が、組んでいた足を下ろし顔をのぞきこんでくる。

「先輩、顔が近いよ……！」

「ああ？」

あまりの近さにドキドキして、視線を自分の膝に落とした。

先輩は気にならないんだろうけど、私は気になる。というか、意識してしまう。この間の、キスをする直前のあの空気を。唇をなでていった先輩の吐息《といき》を、思い出してしまう。

朝から私が顔を熱くしていると、先輩の横からゴホンとわざとらしい咳《せき》払いがした。

「朝からイチャつくのやめてくれる？　杏ちゃんがぼーっとしてるのは、いまに始まったことじゃないでしょ」

めずらしく寝坊せずに、電車に乗っている宇佐美先輩だ。憎まれ口をたたいているけど、眠そうな顔と声なので迫力がない。

「うぜぇぞウザミ。てめーは寝てろ」

「寝たいから言ってんの。イチャイチャして俺の眠りを妨げないでよねー」

目をつむりながらそう言った宇佐美先輩は、そのまますぐ眠ってしまったらしい。

小さな頭がかくんかくんと船をこぎはじめた。

相変わらず綺麗な顔だ。向かい側の席で、他校の女子生徒が宇佐美先輩を見て、頬を赤らめこそこそささやき合っている。

黙っていれば王子様のような見た目なんだよなあ。黙っていれば。

「くるくる。具合でも悪いのか?」

「ううん。とっても元気! ちょっと寝不足なだけだよ」

「そうか。そういやお前、今日部活休みって言ってたよな。帰り暇か?」

「え。あ……ごめんね、先輩。今日は人と会う約束をしてるんだ」

先輩から誘ってくれたのに、断らなきゃいけないなんてもったいない……。先輩と放課後一緒に遊んだり、なにか食べたりしたかった。

これで梶原さんが詐欺だったら恨む。なにがなんでも警察に突き出してやる。恋する乙女の恨みは大きいのだ。

「そうか。気にすんな。どっか寄って飯食おうかと思ってただけだ」

「気にするよ~。先輩とご飯食べたかった……」

「じゃあまた来週の部活休みの時な」

「……うん。あ、そうだ。藤先輩、これ」

カバンから、淡い黄色の袋でラッピングしたものを取り出した。

先輩用に、うちにはいまラッピング用品が充実しているのだ。ネットでもかわいいラッピング用品を見つけると、つい買ってしまう。男の人は包装なんて、どんなものでも気にしないだろう。でもラッピングを考えるだけで、丁寧に包んでいるだけで、私は幸せな気持ちになるんだ。

先輩に渡すお菓子は私の心だ。それを飾るものも、かわいくしていたい。

「昨日の夜、思いついて作ってみたんだ。リンゴとくるみのクッキー」

食感がザクザクっとした、フロランタンに近いクッキーにしてみた。味見をしたけど、なかなかおいしくできたと思う。

「秋っぽいけど、ちょっと早すぎたかなあ。まだまだ暑いもんね」

夏の間はつるんとした喉越しのいいお菓子を作っていた。それも先輩は気に入ってくれていたけど、本当はカリカリとかサクサクとか、歯触《ざわ》りの独特な食感のものが好きらしい。

だからこれからは、甘さ控えめと食感を考えて作っていこうと思っている。先輩のことを考えてお菓子を作るのは、本当に楽しくて幸せ。

包みを受け取った先輩は、ぐっと眉を寄せて私を睨んだ。演技がかったその動作に首をかしげる。

「うまそうだな。お前、夜中にこれ作って寝不足なんじゃねーの？」

「あ、それは違うよ！　眠れなくて、どうしようかと思って、だったらいっそお菓子を作っちゃおうかと思って。……えへ」

私が舌を見せて笑うと、おでこをパチンと指ではじかれた。痛くない。うれしい。

「ったく。菓子作りもいいけど、ちゃんと寝ろ。目ぇ赤くなってんぞ」

そのまま先輩の骨ばった指が、私の目元をそっとなでた。くすぐったいのと気恥ずかしいので、顔が一気に熱くなる。

なんだか最近、先輩が変だ。よくわからないけど変なのだ。夏休みが明けてから、妙に甘くて、近くて。視線だけで溶かされそうになる。とろとろに。跡形《あとかた》もなく。

「だ、大丈夫！　授業中寝る！」

「ダメだろそれ」

「む。先輩不良のくせに、また真面目なこと言ってる」

「だから俺は不良じゃねぇ」

「あーもー！　イチャイチャイチャイチャ、うるさいっての！」

てっきり眠ったと思っていた宇佐美先輩が、突然立ち上がって叫んだ。

「電車の中でなんて迷惑な」と注意したら、ますます怒られた。

古い木の温もりを感じる静かなカフェ。壁際に置かれたアンティークの大きな古時計が存在感を放っている。

店員さんに案内され、お母さんと奥の席に向かうと、眼鏡をかけた二十代半ばくらいの男の人が待っていた。スーツではなく、クレリックシャツに細身のパンツをはいた、知的そうな人だ。

「anさんですか？」

立ち上がったその人に、緊張しながらうなずく。横のお母さんは、なぜか私より緊張しているみたいだった。

「はじめまして。星創出版の梶原と申します」

「あ、ど、どうも。桜沢杏です」

もらった名刺を見ると、たしかに星創出版の編集者と書いてあった。でも名刺くらい、簡単に偽造できると思う。私でもできそうだけど、それは疑いすぎだろうか。

「杏さん。お会いできて光栄です。お母様にもご足労いただきまして、ありがとうございます」

きっちりと頭を下げ、さわやかに微笑む梶原さんに怪しい点はない。

いや、ちょっとかっこよすぎて、逆にこんな人が本当に編集者さんなのかとは疑いたくなる。俳優やモデルとでも言われた方が、むしろ驚かない。

向かい合わせに座り、飲み物を頼む。まず口を開いたのはお母さんだった。

「あの……。いまいち私、よくわかっていないんですが。娘の本を出すというのは本当なんでしょうか？」

「ええ、もちろん。杏さんがブログで書かれているスイーツレシピを本にして、ぜひ弊社から出版させていただきたいのです」

「で、でも。娘は普通の学生で、ただお菓子作りが趣味だってだけなんですよ？　製菓学校に通っているわけでもないのに」

「いえいえ。杏さんのレシピは編集部の女性陣《じん》にも人気なんです。実際社員が作って会社に持ってきたのですが、大好評で」

「え。そ、そうなんですか？」

私のレシピでお菓子を作って、編集部の人たちが食べてくれたの？　本当に？　疑いが顔に出ていたのか、梶原さんは小さく笑った。

「僕も食べました。実は甘い物はそれほど得意ではないんですが、杏さんのスイーツはどれもおいしかったですよ。とくにほろ苦いティラミスは独特な食感もあって最高でした」

話しながら、梶原さんがおもむろにスマホを見せてくる。画面には、浅いタッパーのようなものに入ったティラミスが映っている。これ、私のレシピで作ってくれたものなのか。

よくブログに『作りました』とコメントはもらうけれど、実際に誰かが作ってくれたものを見たのははじめてで、胸がぎゅうっとなる。うれしい。うれしいうれしい。感動で目の前がぼやけた。詐欺じゃないかという疑いが、みるみる自分の中でしぼんでいく。

「私も娘の作ったものはよく食べていますけど、本になるなんて……」

「レシピだけではなく、杏さんのブログには、もうひとつ魅力があるんです」

「あっ！」

つい叫んでしまい、慌てて自分の口をふさいだ。

しまった。ブログで先輩への恋について書いていることを、梶原さんにメールで口止めしておくべきだった。大好きな先輩のことでは胸を張っていたいけど、親に知られるのはまた別だ。

なんというか、照れくさい。根掘り葉掘り聞かれるのは目に見えているし。

「なによ。いきなり大きな声出して」

「え。いや、その……」

「まあ、その魅力についてはまた今度お話ししましょう」

困っていると、梶原さんが笑顔で助け舟を出してくれた。

この人はきっといい人だ。私の気持ちをちゃんと考えてくれている。

そう思った瞬間、私の中から〝詐欺〟の文字は消滅《しょうめつ》した。我ながら安易だ。

「本のコンセプトはリアルと恋です。現役女子高生の杏さんの、ブログで書かれているような飾らない言葉で、多くの女性の共感を呼ぶような新しいレシピ本を作っていきたいんです」

「リアルと恋……」

「杏さんのレシピは甘さ控えめで男性ウケがいい物が多いですよね。ご存じですか？実は杏さんのブログは〝恋の叶うレシピブログ〟なんて噂されているんですよ」

それは……さすがに嘘じゃないかと。ブログの管理人である私が聞いたことないわけだし。たしかに告白が成功したという報告を、コメントでよくもらうようになったけれど。

きっと乗り気じゃないお母さんに向けた、リップサービス的なものなんだ。

「どうでしょう杏さん。僕と本を作ってみませんか」

まっすぐに見つめられ、ドキリとする。そうか。お母さんは保護者として同席しているけれど、話を受けるかどうか決めるのは私なんだ。

そのことに気づき、ようやく自覚した。これは〝私〟への依頼《いらい》なんだと。

「ええと……」

「もちろん、返事はいますぐでなくともかまいません。ご両親とよく話し合っていただいたうえで、ご連絡いただければ。ただ出版をバレンタインに合わせて一月と考えているので、かなりタイトなスケジュールにはなってしまうのですが……」

　バレンタイン。なるほど、そういうことか。バレンタインで好きな人にお菓子を手作りする女性が、レシピ本のターゲットなんだ。

　その中のひとりである私が、本を出す。なんだかとても不思議な感じがして、現実味がない。

「あ、あの。それって顔や本名を出さなくてもいいんですか……？」

「ちょっと、杏。本気なの？」

　お母さんは驚いたようだけど、梶原さんは少しうれしそうな顔でうなずいた。

「もちろんかまいません。杏さんはかわいらしい方ですから、顔出しは効果的だと思いますが、まだ学生さんですしね。お母様も心配でしょう」

　強くうなずくお母さんに、私と梶原さんは同時に苦笑いする。それにお母さんは不満そうな顔をした。

「それに本を作るとなると、家でパソコンだけで作業というわけにはいかないんでしょう？」

「そうですね。撮影《さつえい》もたくさんありますので」

「さ、撮影？　杏。やっぱり考えた方がいいわ。お母さんはお姉ちゃんの予備校と優斗の塾と習い事の送り迎えで忙しいし……」

お母さんの言葉に、心がひんやりと冷えていくのを感じた。

またお姉ちゃんと優斗か。私のことはいつも二の次、あと回しだ。もう少し私のことを考えてくれてもいいのに。

そんな文句が出かかったけれど、苦い物を飲みこむようにして耐えた。甘えたわがままを言う年じゃない。私はもう、高校一年生だ。自分でなんだってできる。

「ご心配なら遅くなる場合は僕が杏さんを送りますし、できる限り学校にもお迎えに行きますよ」

「えっ⁉　そ、それはいいです！　自分で行けます！」

梶原さんの心づかいはありがたいけど、私はもう子どもじゃない。お母さんが忙しいのと、私が本を出したいかどうかは全然関係がないのだ。私は私の気持ちだけを考えよう。

顔も名前も出さずにすむなら、怖くない気がする。私の片想いが詰まったブログが本という形になる。この恋が終わっても、本はそのまま世に残る。それって、とてもうれしいことじゃないだろうか。

そしてその本が、全国の切ない片想いをしている女の子たちを応援するような、手助けできるような存在になるのなら……。やってみたい。

「ぜひ、よろしくお願いします！」

「杏⁉」

相談もなくそう答えて、お母さんには怒られたけれど。考えても断る理由は見つからなかったんだからしょうがない。

「お願い、やらせて。お母さんに迷惑はかけないから。約束する」

「杏……」

いつもなら、家族を気づかって我慢するところだけれど。

ゆずれないとはじめて思った。どうしても、この話を受けたいんだ。

「よかった。ありがとうございます、杏さん」

ほっとしたように微笑む梶原さんと、私はしっかりと握手を交わした。

自分の中で一歩、なにかが前進したように感じた。


リンゴとアーモンドのクッキーのレシピを書き、ブログを更新する。そのあとしばらく画面を見つめてから、ベッドに倒れるように移動した。

今日会った梶原さんとのことを書きたくてうずうずする。けれどその梶原さんに、誰にも言わないよう口止めされていた。情報解禁にならないと、ブログでも書いてはいけないらしい。

この喜びを、読者さんたちとわかち合う日が待ち遠しくてたまらない。

ベッドにうつぶせになり、足をバタバタする。まだなにも始まっていないのに、私は期待と興奮で胸を躍《おど》らせていた。

かなり急ピッチで作業を進めるらしく、それについても今度星創出版の会社に行って打ち合わせをすることになった。部活も休まなければいけなくなるだろうという話だ。

部活の顧問に話す許可はもらったから、明日さっそく相談しよう。

「先輩に言えないのは、残念だなあ……」

先輩への片想いが詰まった本になるから、いくらなんでも本を読んでねとは言えない。先輩にだけは、隠しとおさないと。

残念だけど、それでいいんだ。片想いの思い出のような本になるそれを、私が大切にしていれば。いつかきっと「懐かしいな」と笑って読み返す日が来るだろう。

ねぇ、先輩。私のレシピが本になるんだって。私の想いがいっぱい詰まった本が、この世に生まれるんだって。すごいよね。先輩のおかげだよ。

なんだか、誰にも祝われないこの恋を、認めてもらえた気がした。恋をしてよかったと、いま心から思えている。

メッセージ画面を開き、先輩にメッセージを送った。【おやすみ、先輩】とひとことだけ。

「おやすみなさい。……大好きだよ」

伝えられない言葉を枕に押しつけ、目をつむる。

朝になればまた会える。でもできれば、夜も会いたい。

夢の中で、今夜会えることを願いながら眠りについた。

ずっとね、先輩。

「なにかいいことあったか？」

天気が少し悪いせいか、いつもより混んでいる電車の中。席をゆずってくれた先輩が、上からのぞきこむようにして聞いてきた。

ぺたりと自分の頬を触って確認する。私ってそんなにわかりやすいだろうか。もしかして、無意識ににやけていたのかもしれない。それとも先輩が鋭いのかな。

「うん。ちょっとね」

「どうせうまいケーキ食べる夢でも見たんだろ」

「あ。先輩バカにしてるでしょ？　でも、あたらずとも遠からずかなあ」

「やっぱりな」

しょうがないなと笑う先輩。その表情のやわらかさに朝からドキドキだ。鋭い目が細められ、なくなっちゃう笑顔、とっても好き。

「昨日のクッキー、すげぇうまかったぞ」

「ほんと？　やった」

「ガリガリしてていいな。もっかい作って」

「つ……作るよ！　いくらでも！」

うれしくて、目の前に花畑が広がるのが見える気がした。

「もっかい作って」だって。なにその言い方、かわいい。先輩に作ってと言われて、作らないわけがない。なんなら今日帰ったら、すぐ作る。

「あと炭酸のゼリーも」

「ふふふ。先輩、あれ好きだよねぇ」

先輩が食べてくれるなら。先輩が喜んでくれるなら。

私はいくらでも作るよ。なんだって作るよ。テスト期間中だってきっと作る。そう言ったら勉強しろって怒られそうだけど。

一月にレシピ本が出たあとも、できたらずっと作っていたいなと思った。

許されるなら、この片想いが終わるまで、いつまでも。


その日の部活のあと、私は神林先生と部長と準備室にいた。レシピ本の話をするためだ。

部活を休むことが増えるなら、部長にも話しておかないといけない。部長は口が固いし、梶原さんにもメールで許可をもらっておいた。私がいちばん信頼し、尊敬している部長には、どうしても話しておきたかったのだ。

「というわけで、今年いっぱい、部活を休むことが多くなるかもしれないんです」

須賀ちゃんのフォローを引き受けたばかりなので、申し訳なさにうつむいた。

できるだけ、昼休みなどでフォローしていくつもりではいるけれど、須賀ちゃんにもあとで謝らないと。でもどう説明したものか悩ましい。

「すごいじゃないか、桜沢さん」

「マジかー桜沢！　ついに我《わ》が部から料理家が！」

「りょ、料理家？　いえ、あの。そんなすごい人にはならないです」

あまりにもきらきらした目で見られ、ぶんぶんと首を振り否定する。

私の場合は恋愛が絡んでいて、それに人気が出たということでレシピ本の打診《だしん》がきたのだ。純粋にレシピが素晴らしいからというわけじゃないことは、自分でよくわかっている。

でも興奮する部長の耳には届いていないらしい。こんなに喜んでもらえるとは思わなかった。あまり持ち上げられるのは困るけど、大好きな部長が喜んでくれたのはうれしい。

神林先生は、いつもの優しい笑顔で私の頭をなでてくれた。

「よかったね、桜沢さん」

「……はい」

「たしか桜沢さんはパティシエになりたいんだったよね？　卒業後も製菓の道に行くんでしょう？」

「はい。その予定です」

「じゃあそのレシピ本が、パティシエとしての最初の仕事になるんだね」

穏やかな神林先生の声が、すとんと私の心に落ちてくる。そんなふうに言ってもらえるなんてと、熱いものがこみ上げてきた。

そうか。藤先輩への想いを形にできる、としか考えていなかったけど。これは私の夢への第一歩にもなるんだ。

「なに泣いてんの桜沢！　ここは笑うとこでしょーが」

「だって～」

「あはは。うれし泣きってやつだよね。おめでとう、桜沢さん」

おめでとうと言われ、涙が次から次へとあふれ出す。そんな素敵な言葉がもらえるなんて、本当に考えてなかった。

一緒に梶原さんと会ったお母さんだって言ってくれなかった。いまだに考え直せと言ってくるほどだ。

片想いの本だから、発売になっても友だちにも話せない。藤先輩への恋は安易に人に話せるものじゃないのだ。

だからこそ、祝ってもらえることがこんなにもうれしい。

「部活のことは大丈夫。僕と部長で皆にはうまく言っておくから」

「家の事情で、とか言っておけば誰も文句言わないし、不思議にも思わないでしょ。気兼《きが》ねせずにがんばりな！」

「はい！　ありがとうございます！」

私は恵まれている。私の周りには優しい人たちがたくさんいるから。

もしかしたら、クラスの友だちにも、片想いのことを言っても大丈夫なのかもしれない。神林先生と部長の笑顔を見ているとそう思えてきた。

いじめられていた過去は消えない。いまでも孤立することが怖くて、自分の気持ちをのみこんでいる。そうやって人を信頼する心を、いつの間にかなくしていた。でも少しずつ、大丈夫だと、この人なら大丈夫だと信じられる人を見つけられた。

もっと勇気を出せるようになろう。私を励ましてくれる、優しい人たちのためにも。

涙をぬぐい、頭を下げて準備室を出る。するとそこに須賀ちゃんと山中さんがそろっていて驚いた。

「な、なにしてるの、ふたりして。……もしかして、聞いてた？」

「聞いてたっつーのー！　すごいじゃん桜沢～！」

須賀ちゃんが勢いよく飛びついてきたので慌てて支える。

どうしよう。秘密にしておかなきゃいけないはずが、このふたりにまで知られるなんて。梶原さんになんと言ったらいいのか。

「あ、あのね、よく聞いて。このことはまだしばらく内緒なの。許可が出た相手以外には誰にも言っちゃいけないって言われてるの。だから絶対、絶対誰にも言わないでね？」

「おー。なんか本格的～！」

「いや、須賀ちゃん。聞いてる？」

「聞いてる聞いてる！　大丈夫だって。私口固いから！」

どうしよう。こんなに信用できない言葉をはじめて聞いたかもしれない。

須賀ちゃんはわざとじゃないけれど、うっかり口がすべらせてしまうことがよくあるからまずい。本当に本人には悪気はないから、余計に。

「須賀ちゃん。頼むから黙っててね？　秘密なんだからね？　ええと、山中さんも……」

「言わないし。っていうか、その本には部活で作ったものも載るわけ？」

山中さんはいつも以上に眉をぐぐっと寄せて私を睨んでくる。眼鏡を押し上げる指はなぜか、かすかに震えているようにも見えた。

「詳しいことはまだこれからなんだけど……その可能性はあるかなあ。ブログには部活で作ったものもたくさん載せてたから」

「でも部活で作ったやつの中には、私や須賀さんが意見を出して作ったものもあったでしょ。そういうのも自分が考えたものだって載せるつもりなの？」

「え……」

言われた意味が、一瞬理解できなかった。

まじまじと山中さんの顔を見る。眼鏡の奥から睨まれ、困惑するしかない。

まさか部活で作ったレシピは私だけのものじゃないから、載せるなってこと？

「はあ～？　山中ぁ。うちらが言ったのなんて、せいぜいもっと甘くしろとか、トッピングにゴマ使いたいとかそんなもんじゃん」

私に抱きついていた須賀ちゃんが、あきれたように山中さんを振り返る。

腰に手をあてるその姿は、めずらしく少し怒っているようだ。山中さんになにを言われても、笑って流すかからかうように対応する須賀ちゃんにしては、本当にめずらしい。

「レシピを全部考えたのは桜沢で、うちらはちょっと希望出したくらいっしょ。そこにいちゃもんつけんのは、さすがにどーかと思うよ」

「いちゃもん？　冗談じゃない。私は当たり前のことを言ってるつもりだけど。私だって一緒に考えてきた。経験がないからたいした役には立たなかったかもしれないけど、まったくレシピに関わらなかったわけじゃないでしょ」

これには私も、かちんときた。なんだかもっともらしいこと言ってるけれど、山中さんは次なにを作るか話し合う時も、レシピを考える時も、ほとんど教科書を開いて勉強していた。あれのどこをどう見れば、一緒に考えてきたと言えるのか。

「あんた本当になんなの？　いままで言わずにきたけどさあ。桜沢に個人的な恨みでもあるわけ？」

「そんなものない！」

「だったらそういう嫌がらせすんなよ」

「嫌がらせなんてしてない！　当然のことを主張してなにが悪いの？」

「だからはたから見てると嫌がらせにしか見えないんだって！」

どんどんヒートアップしていく須賀ちゃんと山中さん。ふたりを目の前にしても、私は冷静だった。いや、逆に心がどんどん冷えていくのを感じる。

ああ、そうか。私いま、怒っているんだ。

「もういいよ、須賀ちゃん」

山中さんに詰め寄ろうとする須賀ちゃんを押しとどめて、山中さんと向かい合う。

軽蔑しきったような、彼女の瞳が怖い。ずっとずっと怖かった。中学の頃、私を目の敵にしていたクラスメイトの目を思い出してしまうから。

あの頃はただひたすら怖いだけだった。震えることしかできなかった。でも、いまはあの頃とは少し違う。

私にも、ゆずれない大切なものができたんだ。

「わかった。山中さんが意見を出したところは全部カットして、私のオリジナルに作り直せば問題ないよね？」

山中さんににっこりと笑顔を向ける。怒っているぶん、笑った。いまの私は、理不尽に対して怒ることができるのだ。

私の怒りを感じたのか、彼女は一瞬たじろいだ。

「そ、そんなのあなた、いちいち覚えてるの？」

「もちろん覚えてるよ。作り直したレシピは一度山中さんに見せるから今度チェックしてね」

あとになって文句を言われても困るから。そう付け足すと、いくぶんすっきりしたような気がした。でもあまり気持ちのいいものじゃない。こういうのはやっぱり苦手みたいだ。

「な……なによその言い方！」

山中さんの頬がさっと赤らむ。怒っているのかもしれないけれど、私の怒りの方がたぶん大きいはずだ。

「おお。桜沢がとうとうキレた」

「まだキレてないよ、須賀ちゃん」

感心するようにつぶやく須賀ちゃんに、苦笑する。けっこう限界に近いけど、まだ大丈夫だ。こんなところで負けてたまるか。勇気を出すと決めたんだ。

「そういうことで、よろしくね山中さん。さ。須賀ちゃん帰ろうか」

「お、おー！」

私たちは山中さんを置いて先に階段を下りた。背中に視線が突きささっている気がしたけど、振り返りはしなかった。だって泣きそうだったから。山中さんじゃなくて、私が。

いくらなんでも、あんなふうに言われるなんて思わなかった。私はいったいどれだけ彼女に嫌われているんだろう。どれだけ恨まれているんだろう。私のなにが、彼女をそうさせているんだろう。

悲しくて、悔しくて、腹立たしくて、つらい。

「桜沢、大丈夫？」

いたわるように肩に手を置かれる。下げかけていた顔を上げ、心配顔の須賀ちゃんに笑ってみせた。

「……うん。ありがと須賀ちゃん。さっきも私のために怒ってくれて」

「私は桜沢の味方だから。応援するし、山中のことも考えてみる。私アホだけど、アホなりに考えてみる。だから元気出せ！」

「うん。須賀ちゃんの元気わけてもらったからもう平気。ありがとう」

「そっか、よかった。さっき山中に言い返した時の桜沢、かっこよかったぞ！」

「そ、そうかな……？　あの、また今度ゆっくり話すから、聞いてくれる？」

「本のこと？　もっちろん！」

須賀ちゃんに、先輩への恋を話してみたいと思った。私のことをこんなにも応援してくれる彼女に。

もしかしたらあきれられるかもしれない。最低だって言われるかもしれない。それでも、もう一度友だちを信じてみようと思った。

駐輪場《ちゅうりんじょう》へと歩いていく須賀ちゃんを見送って、私も正門へと向かう。なんだか疲れた。心がとても疲れていた。

でも休んでいる暇はない。山中さんにもたんかを切ってしまったし、レシピを練り直さないと。本にどのくらい載るかはまだわからないけれど、いまのうちできることはやっておきたい。

本屋さんに寄って、お手本にレシピ本チェックしてみようか。家にもたくさんあるけど、どれも少し古い。できれば若い人向けのものを参考にしたい。

そんなことを考えながら正門を出た瞬間、そこに身を隠すように立っていた五人組みにギョッとして立ち止まった。

他校の制服を着た女子たちが、いっせいに私を見る。あれ、と。そこで既視感《きしかん》を覚えた。このかわいいチェックスカートの制服、前にどこかで見たことがあるような。

「あ。この子……っ」

か細い声が聞こえ、ギクリとする。そこでようやく、女子たちの後ろに小柄な美少女が立っていることに気づいた。藤先輩の彼女、麻美さんだ。

「麻美ぃ。こいつ？」

「この女があんたのオトコ盗ろうとしてんの？」

「かわいい顔してえげつな～」

他校の女子たちがずらりと前に並んだ。全員山中さんばりに、私に敵意むき出しな顔をしている。その後ろから控え目に顔を出し、困ったように眉を下げる麻美さん。

これはもしかして、非常にまずい状況なんじゃないだろうか。

「私に、なにか用ですか……？」

急いでいるんです、と時計を見た。もちろんわざとだ。この場を一刻も早く去りたくて言った。レシピのことがあるので、急いでいるのは嘘じゃないけれど。

「はぁ？　生意気〜」

「あんた一年でしょ？」

「なにその髪。調子乗ってるって言われない？」

彼女たちの態度が一気に殺気立つ。怖くて一歩後ずさる。中学の頃もクラスの女子にこんなふうに囲まれたことがあった。

いまの恐怖《きょうふ》に引きずられ、過去の恐怖体験がフラッシュバックする。頭の中でぶつけられた侮蔑の言葉が響きわたる。あざ笑う彼女たちの顔が。迷惑そうにしていた教師の態度が。

目をつむり、耳をふさぎたくなった時。おずおずと麻美さんが前に出てきた。

近くで見てもかわいらしい人だ。小柄で、見上げてくる大きな瞳は小動物みたいで、思わず抱きしめたくなるような。

藤先輩はこの人に見つめられ、何度あの腕で抱きしめたんだろう。

「あなた……お祭りの時に宇佐美くんと一緒にいたよね？」

「……はい」

「宇佐美くんと、付き合ってるの……？」

「いえ！　そ、そういうんじゃないです。全然」

麻美さんは困ったような顔で、視線を泳がせた。

彼女は、夏休みに藤先輩の様子がおかしいと宇佐美先輩に泣きついたらしいから、浮気を探《さぐ》っているのかもしれない。でも、それでどうして私に声をかけてきたのか。わざわざ学校まで来て待ちぶせをしてまで。

宇佐美先輩は麻美さんには言わないと言っていた。それならやっぱり、お祭りで藤先輩が私を追いかけたから、怪しいと思っているんだろうか。

次になにを言われるのか緊張して待ったけれど、麻美さんはなにも言わない。私からなにかを言うのも変だろうと黙っていると「ちょっとこっち来いよ」と女子のひとりに腕を取られた。

学校近くのマンションの駐車場まで連れてこられ、ようやく危機感を覚えた。どうして黙ってついてきてしまったんだろう。ここは通りから全然見えない。暗いし人気もないし、助けを呼んでもすぐに人は来てくれそうにない。

これってまさか、リンチされる流れじゃないだろうか。

中学の頃のいじめでは、髪を引っ張られたり、足を引っかけられたりすることはあったけれど、それよりもひどい暴力は受けたことがない。

殴られたりしたらどうなるんだろう。きっと痛いよね。

壁際に追いこまれ、自分の体を抱きしめた。

山中さんは、まだたぶん学校にいる。通りかかって気づいてくれたりしないかな。

でもさっきはあんなふうに口論してしまったし、助けてなんてくれないか。

「あんた、藤大悟って男子知ってんでしょ？」

「麻美の彼氏だよ」

「……はい。先輩です」

「まさか言い寄ってたりしねーよなぁ？」

「麻美から略奪とか、考えてるわけ？」

「い……っ！」

軽く膝を蹴られた。痛い。でも痛みより、まだ怖さが勝っている。いまにも震えだしそうな手をぎゅっと強く握りしめた。

どうしよう。警察とかに連絡した方がいいのかもしれない。けれどそんなことさせてくれるとはとても思えない。

逃げないと。本当に、どうして私は逃げずにのこのこついてきたの。

「なんとか言えよ！」

「麻美がどんだけ傷ついてんのか、わかってんのかよ！」

「人のオトコに手ぇ出して、いい気になってんじゃねーぞ！」

どんどん口調が荒《あら》くなっていく。興奮して迫ってくる他校の女子たち。麻美さんはその後ろにじっと立ったまま、泣きそうな顔で視線をさまよわせている。

泣きたいのはこっちだ。膝は痛いし怖いし。山中さんのこともあって落ちこんでいたのに、さらにこの追い打ち。なんて日だろう。

腕を引かれ、別の誰かに背中を蹴られた。地面に倒れこみ咳きこむ。砂が口の中に入ったのが不快でたまらない。ぶつけた膝がじんじんと痛んだ。

温いアスファルトに手をつき、うなだれる。どうしてこんな目にあっているんだろう。私はここまでされるようなひどいことをしたのかな。

私の恋はそんなにも、悪でしかないのか。

「なんでこんな……わからない」

涙をぐっとこらえ、落ち着こうと砂と一緒に大きく息を吐きだす。

麻美さんたちはいぶかしげに顔を見合わせてから、私を見下ろした。

「は？」

「なに言ってんのお前」

「意味がわからないです。どうして私、あなたたちに責められているんでしょうか」

「こいつ、頭悪いんじゃない？」

「自分の立場わかってないんだよ」

嘲笑の声が静かな駐車場に響く。今度は肩を蹴られたけれど、倒れないようふんばった。

「わかってますよ！　たしかに私は……藤先輩が好きです。大好きで……毎日会いたいと思ってます」

突然の私の告白に、全員ギョッとしたような顔になった。

どうしていまさら驚くんだろう。私が先輩に言い寄っていると、決めつけてここまで連行してきたくせに。リンチしようとしているくせに。私が悪だから、傷つけていいと簡単に思えるくせに。

「開き直ってんじゃねーよ！」

「開き直るとかじゃなく、藤先輩が好きだって気持ちに嘘はつきたくないだけで……。そうじゃなくて、なんで私を責めるのが関係ない人たちなんですか」

「は？」

「どうして、藤先輩の彼女が文句を言わないんですか」

びくりと麻美さんの細い肩が揺れる。大きな目がさらに見開かれて、私を映しながら震えていた。なにを戸惑っているんだろう。責めればいいのに、私を。なじってなじって、周りの友だちのようにぼろくそに言えばいいのに。

麻美さんにはその権利がある。この人は、藤先輩の彼女なのだから。

「麻美は優しいから、そういうことできないんだよ！」

「だからあたしらが代わりにやってんだろーが！」

髪を思いきり引っ張られた。また過去の記憶がよみがえる。震えそうになるのを、唇を噛みしめることで耐えた。

地肌が持っていかれそうな痛みの中、必死に麻美さんを見つめる。

「どうして、あなたが来ないんですか？」

「え……」

「こういうふうに女子が集団で動くの、藤先輩嫌いなのに。先輩が嫌いなこと、どうしてあなたがするんですか……」

「こいつマジむかつく！」

髪をつかんでいる手が離れたと思うと、今度は大きく手を振り上げてきた。

叩かれる！

迫りくる衝撃にギュッと目をつぶった瞬間、ものすごい力で後ろへ引きよせられた。

突然温かいなにかに、守られるように包まれる。

「藤くん……⁉」

麻美さんの裏返った声に、驚いて目を開けた。覚えのある苦い香りに、体の奥の方から熱いものがこみ上げてくる。

後ろから私を抱きしめていたのは先輩だった。片腕で、私を叩こうとしていた人の手を受け止めている。

「先輩……っ」

「無事か、杏」

なんで……。どうしてここにいるの。やめてよ。反則だよ。かっこよすぎるよ。

先輩の彼女の前なのに、好きという気持ちがあふれて止まらなくなる。抱きつきたくて、たまらなくなる。

「よく言ったねぇ、杏ちゃん」

この場に似つかわしくない軽い声に横を見る。そこにはうすら笑いを浮かべた宇佐美先輩もいた。

「麻美、この人って……」

「まさか、麻美の彼氏……」

藤先輩が女子の手を払う。女子たちは顔をまっ青にして後ずさりしたけど、麻美さんだけは一歩も動けないようだった。私が同情しそうになるほど、悲壮な顔で硬直している。

「杏」

「は、はい」

「……遅くなって悪かった。もう大丈夫だ」

私の小刻みに震える体を強く抱きしめてから、藤先輩が離れていく。

もうちょっと。もうちょっとだけ、抱きしめていてほしかった。彼女の前なのに浅ましい。

藤先輩は守るように、私を背に立つ。大きくて広い背中のたのもしさに、すがりつきたい気持ちになった。

「お前ら、麻美のダチだな」

「ひ……っ」

「俺に本気で殴られたくなかったら、いますぐ消えろ！」

先輩が最後まで言う前に、女子たちは走りだしていた。あんなに威勢がよかったのに、蜘蛛の子を散らすように、あっという間に逃げ去ってしまう。

ひとり残された麻美さんはガタガタと震えている。見ていると本当に同情しそうで、そっと目を伏せた。

「麻美」

「ふ……藤くん。これは……」

「お前、自分がなにやったのかわかってんのか」

感情を押しころしたような先輩の声に、麻美さんは勢いよく顔を上げた。

「ち、違う！　私はただ、藤くんがここのところずっと変だから、おかしいなって思って……。も、もしかして、夏祭りで会った子と、なんかあるんじゃないかって。

それで……」

「それでこいつをリンチしようとしたのか」

「そんな……！　そんなつもり、私……。そ、相談したら友だちが、その子に会いに行った方がいいって言うから。みんなついてきてくれるって言うし、それで……。は、話を聞こうと思っただけで、あんなことになるなんて……」

「そんなつもりはないなら、なんでダチを止めねぇんだよ」

「だって……！」

「いい加減にしろ。俺はお前のそういうところにずっと腹が立ってた」

藤先輩の冷たく怒りをはらんだ言葉に、麻美さんはぼろぼろと涙をこぼして泣きだした。ひどいひどいと、先輩を責めながら。

大きくため息をつくと、先輩が私の頭を優しくなでた。何度も、安心させるように。

その手がやがて離れていくと、寂しくて不安で仕方なくなる。

「麻美。お前には話がある。場所移すぞ」

先輩が私から離れ、彼女の元へ行く。

行っちゃうの……？　行かないで、先輩。私を置いていかないで。

思わず手を伸ばしかけた時、藤先輩が悲しそうな顔で振り返った。

そんな顔をされたら、私にはもうなにも言えない。やっぱり先輩は、ずるい人だ。

「杏。送ってやれなくて悪い。……宇佐美、頼んだ」

「はいはい。わかってるよ」

「杏……。気をつけて帰れよ」

一瞬だけ優しい微笑みを向けられて。私は黙ってうなずき、先輩と麻美さんを見送った。

先輩の大きな背中と、麻美さんの華奢《きゃしゃ》な背中。並ぶとやっぱりお似合いに見えて、胸がズキズキと痛みを訴える。

仕方ないよ。恋人同士なんだから。私は遠くから、ふたりを見つめることしかできない。先輩のとなりは、私のものじゃないんだ。

ふたりの姿が見えなくなり、ようやく肩から力が抜けた。本当になんだったんだろう。とんでもない厄日《やくび》だった。

山中さんと衝突したうえ、知らない人に蹴られ、髪を引っ張られて、膝からは血も出ている。たまった疲労《ひろう》はため息だけでは逃《のが》しようがなかった。

「あー。ほんと嫌いだなぁ、あの子。なんで藤があんなのと付き合ってんのか、意味不明。杏ちゃんもそう思うでしょ」

ぽんと私の頭をなでる宇佐美先輩に、曖昧に笑って返す。

そうだった。宇佐美先輩もいたんだ。

「ありがとうございました、宇佐美先輩」

「どーいたしまして。俺たちヒーローみたいじゃなかった？」

おどけて言う先輩に、笑顔を作る。なんとか笑うことができてほっとした。

「タイミングよすぎましたもんね。……でも、どうして先輩たちがここに？」

今日は待ち合わせをした覚えもない。ふたりが来てくれて本当に助かったけど、どうしてここがわかったんだろう。

「なんかさー。麻美ちゃんから昨日メッセージがきたんだよね。お祭りの時一緒にいた子の名前は？って」

「え……」

「あー、探り入れてるなぁと思って。嫌な予感がしたから、杏ちゃんの部活が終わるの待ってたってわけ」

「そうだったんだ……」

それを藤先輩にも話したのか。そして藤先輩も、私を心配して待っていてくれた。

唇を、きゅっと噛む。

十分じゃないか。そんなふうに私のことを考えてくれただけで。本当に、十分。

「俺ってさえてるよねぇ。惚れた？」

「惚れないです。でも、助かりました。本当にありがとう、宇佐美先輩」

「ふふ。もっと感謝して。お礼は手作りお菓子でいいよー」

そんなものでいいのなら、いくらでも作ると笑ってみせた。手作りは嫌だと言っていた人は、どこに行ったんだか。

お菓子の約束に喜びながら、宇佐美先輩は空を仰いだ。すっかり暗くなった濃紺《のうこん》の空には、星が控えめに瞬いている。

「藤には知らせようか迷ったんだけどさ」

ぽつりと、宇佐美先輩がつぶやく。星の瞬きにまぎれて消えてしまいそうな声だったので、驚いた。言葉のとおり、彼が迷っていたのを感じたのだ。

それほど宇佐美先輩のことを知っているわけじゃない。でも私の知っている彼は、いつでも一本太い芯《しん》を持っていた。迷うことなんてない、強い人だと思っていたんだ。

「自分の彼女の本性を知るいい機会だと思って。本当は藤、もっと早く助けに入ろうとしてたんだけど、俺が止めたの。麻美ちゃんにとどめを刺したくて」

「とどめって……物騒《ぶっそう》ですね。宇佐美先輩らしいけど」

私のからかいに、宇佐美先輩は軽く肩をすくめてみせる。もういつもの彼だった。

「そのせいで、杏ちゃんには痛くて怖い思いさせちゃったね」

「私は全然大丈夫です。ちゃんと助けてもらったし」

「ごめんね？　でもこれで確実に藤の気持ちは麻美ちゃんから離れていくだろうから、

許してよ」

偉そうに言いながらも、ふわりと優しく笑う宇佐美先輩。

最近なぜか藤先輩も宇佐美先輩も優しすぎて、調子が狂《くる》う。その優しさをどう受け取っていいのかわからなくなる。優しくされ慣れていないからかもしれない。家族の中でも昔から、なにかとあと回しにされる存在だったから。

「またこういうことありそうだし、俺もなにか気づいたら知らせるから、ＩＤ交換しとこうか」

「あ、はい。そうですね。お願いします」

スマホを出しながら思い出す。そういえばかなり前に、宇佐美先輩にはＩＤを教えないように藤先輩から言われたんだっけ。

怒られるかな。でも、最近宇佐美先輩優しいし、今日も助けてくれたしかまわないよね。

実際宇佐美先輩の存在は心強い。また今日みたいなことがあったとしても、藤先輩に助けを求めるわけにはいかないから。本当は真っ先に先輩に電話をかけたい。でも、その権利は私にはないのだ。

いまさらだというのに、少し落ちこみかけた私の頭に、ぽんとなぐさめるように手が置かれた。やっぱり怖いくらい宇佐美先輩が優しい。いったいどうしちゃったんだろう。

「じゃ、帰ろうか。送るよ」

「ええ？　だ、大丈夫ですよ。ひとりで帰れます」

「藤も言ってたじゃん。あんなことがあって、さすがにひとりで帰すわけにはいかないでしょ。俺そこまで鬼畜《きちく》じゃないよ」

「え。宇佐美先輩、鬼畜じゃなかったんですか？　ふぎゃっ」

思いきり鼻をつままれた。「生意気」と言われ、鼻をつままれたまま謝る。

だって先輩、出会った時はかなり鬼だったじゃん。と、心の中で反論した。いまも私は心身ともにダメージを受けているんだから、もうちょっといたわってくれてもいいのに。

なんて言おうものならさらにへこまされそうなので、黙って宇佐美先輩に続き駅へと向かった。

宇佐美先輩のおかげで、あまり落ちこまずにすんだ。帰り道にひとりだったら、きっと藤先輩と彼女の後ろ姿を思い出し、泣きたくなっていただろう。

また明日、先輩。

電車に揺られながら、帰ってからやることを頭の中で整理する。

まずはご飯を食べて、お風呂入ってからブログを……。あ、ダメだ。今日は英語の課題が出たんだった。じゃあ課題を先にやって、それからブログをチェックして、コメントに返信して、載せたいレシピをピックアップして……。

つらつらと考えながら、向かいの窓に映る自分の顔をぼんやりと見つめる。ひどく疲れた顔をしていた。全然かわいくない。

藤先輩の彼女はかわいかったなあ。近くで見ても、かわいかった。

藤先輩は怒っていたようだけど、あんなにかわいい彼女に涙ながらに謝られたら、きっと許してしまうんじゃないかな。私が男なら、許す。怒っていたとしても、コロッと機嫌を直して許してしまう。

「藤に言わなくていいの？」

となりでスマホをいじっていた宇佐美先輩がつぶやいた。私はなんのことを言われているのかわからず、首をかしげる。横目でちらりと彼を見ると、綺麗な横顔はスマホに落とされたままだ。

「言うってなにを？」

「彼女と別れてって」

「そんなこと言いませんよ……」

いきなりなにを言いだすんだか。たしかに今回はちょっと嫌な目にあった。怖かったし、ケガもした。けれどこれを機に別れてほしいなんて思っていない。

それだと噂どおりに、私が弱みにつけこんで略奪するようなものだから。

「リンチするような女なんて最悪じゃん？　そんな女と藤が付き合っててもいいの？」

「リンチなんてされてませんて。それに麻美さんは手を出すどころか、ほとんどしゃべってもいなかったんですよ」

本当は私も、リンチされるのかなと不安だった。実際それに近いものはあったかもしれない。けれどそうひどくならないうちに、先輩が助けてくれたからいいんだ。

「相変わらずバカでお人よしだねぇ、杏ちゃん。なにもしないからあの子はタチが悪いんじゃん」

「どういう意味ですか？」

そういえば宇佐美先輩、前もそんなようなことを言っていた気がする。

宇佐美先輩は無表情だけど、声で苛立っているのがわかった。不機嫌な宇佐美先輩は怖い。あれ、でもだいたい彼は不機嫌か。

そう考えた時、不意に宇佐美先輩が顔をこちらに向ける。じろりと睨まれ、首をすくめた。

「なんかいま、俺に対して失礼なこと考えてなかった？」

「い、いえ。まったく」

「……まあいいけど。あの子はさー、弱いわけ。本当に弱いんじゃなくて、弱ぶってるっていうか。自分はなにもできませーんてアピールして、なんでもかんでも全部他人任せなんだよね」

「なんでもかんでも？」

「さっきのもそうじゃん？　杏ちゃんをリンチすんのも、うまい具合に友だちに任せて、自分は手を汚さないんだよ。性悪だよねー」

軽い口調で言われ、ギョッとする。そんな腹黒いことを、あのかわいい人が考えているとは、私にはちょっと、思えない。

麻美さんは見た目からしてか弱い感じだった。周りの人たちがとんでもなく強そうだったから、私のところに来たのはやっぱり自分の意思ではなかったんじゃないだろうか。麻美さん自身そう言ってたし、きっと友だちを止められなかったんだろう。

「宇佐美先輩、考えすぎじゃないですか？」

「はあー？　君ってそんなにバカだったの？　見た目にあっさりだまされてんじゃないよ。実際危なかったくせに」

「た、たしかに危なかったかもですけど。友だちに相談したら、友だちの方がヒートアップしちゃっただけなんじゃ……」

「だからそれが作戦なんじゃん。悲劇のヒロインぶって相談して、強くて動いて守ってくれる便利な友だちをたきつけてるんだよ。あの子は中学の時からそんな感じだったね」

　ということは、その頃から宇佐美先輩は麻美さんのことが嫌いだったんだろうか。こんなに宇佐美先輩が嫌っている人と、どうして藤先輩は付き合うことにしたんだろう。

　それに藤先輩、集団で動く女子は嫌いだと言っていたのに、彼女がそういうタイプというのもおかしい。照れ隠しでわざと言ったのか。それとも麻美さんがそういうタイプだと気づいていなかったとか。

「……藤先輩と麻美さんて、どっちから告白して付き合ったんですか？」

　先輩が告白するなんて想像がつかないけど、もしかしたらそういう可能性もある。ああ見えて優しいいし、紳士だし。

先輩に告白されたいなあ。「好きだ、杏。付き合ってくれ」なんて言われたら、即座に尻尾を振って大喜びする。

そんな幸せな妄想をしたあと、虚しくなって少し落ちこんだ。

「どっち、ねぇ。どっちかって言うと麻美ちゃんだろうね」

「どっちかっていうと？」

「だって、告白すら自分でしてないんだよ、あの子」

言われた意味がわからなかった。告白をしたのはどちらかというと麻美さんだけど、自分で告白はしていない。それでどうして付き合えるのか。

「麻美ちゃんの友だちが藤を呼びだして～。集団で藤を待ちかまえて～。そんで麻美ちゃんじゃない子が〝麻美が藤くんのこと好きなんだって〟って代弁したんだよ」

「それは……」

女子に囲まれて困っている先輩の姿が目に浮かぶ。かなり気の毒な光景だ。

けれどそれでどうして付き合う流れになるのか、さっぱりわからない。

やっぱり藤先輩も、麻美さんが好きだったということなのかな。そう考えて落ちこみかけたけれど、想像の斜め上の事実が待っていた。

「藤は最初断ったんだけど、麻美ちゃんがその場で泣いちゃって」

「はあ」

「で、周りにいた麻美ちゃんのお友だちたちが藤を責めだして」

「ええっ？」

「藤はめんどくさくなってOKしちゃったみたい」

「うわあ……」

さっきから、驚くばかりでまともな相づちも打てない私に、宇佐美先輩はあきれた目を向ける。

「小学生レベルだよね～。バカでお人よしでへたれな藤の、自業自得でもあるんだけどさ。あの時は俺も、ちょっと同情しちゃった」

たしかに、そこまでされて冷たくフることは難しいだろう。優しい藤先輩ならなおのこと。

宇佐美先輩はすぐに別れると思っていたらしいけど、ふたりは長く続いた。別々の高校に進学しても。

最初はどうあれ、付き合うことになった以上はちゃんとすると、藤先輩は言ったらしい。不良なのに変に真面目なところがある彼らしいと思った。

そういうところ、私は好き。それで麻美さんと付き合うことになったのは悲しいけど、それでも憎めない藤先輩の好きなところだ。宇佐美先輩は理解できないという顔をしているけれど。

「付き合っていくうちに情もわいたのか、藤なりに優しくしてたね。いまはどうだか知らないけど、今日のことでさすがに愛想尽かすんじゃないの？」

それは意地の悪い誘惑だった。意識して言っているからなおさら。

だから言えって、宇佐美先輩は言うんですか。彼女と別れてと、私に言えって。

私は藤先輩が好きだ。先輩と彼女が別れれば、うれしいはずだ。

それなのに、どうしてか私はそれをする気にはなれなかった。自分の手でふたりを別れさせて、罪悪感を持つのが嫌なのか。

だとしたらバカみたいだ。麻美さんがいなければ、私は気兼ねなく先輩に好きって言えるのに。彼女持ちに手を出す女だと、陰口をたたかれることもなくなるのに。

でも……きっと先輩は別れない。先輩は優しいから。あんな怖い顔をしてとても優しい人だから、一度付き合った相手を心から嫌いになったりしない限り、別れない気がした。

ましてや麻美さんは、先輩のことが好きすぎてあんな行動に出ただけだ。私がもし彼に「別れて」と言ったとしても、先輩は麻美さんを見捨てたりしないと思う。腹を立てていても、きちんと叱って、もうするなと言い聞かせて、終わりだと思う。

私が好きになったのは、そういう優しくて思いやりのある人だから。

「杏ちゃんが言えないなら俺が言おうか。早く別れろって。いままで思ってても、さすがに口に出したことはないんだよねー」

「それ言って、宇佐美先輩になにか得があるんですか？」

「あるよ。俺あの子嫌いだし。藤の彼女じゃなくなれば関わらなくてすむし、せいせいする」

相変わらず遠慮なく毒を吐くなとあきれた。いまは宇佐美先輩が実は優しい人だと知っているから、笑って聞き流せるけれど。

きっと誤解されることも多いだろう。けれど他人に誤解されても、なにを言われても、気にしない強い心を持っている。

急にとなりに座る人が、まぶしく思えてきた。

「でも、宇佐美先輩は私のことも嫌いでしょ？」

調子に乗るなとまた毒を吐かれるのを覚悟で言ったのに、なぜか宇佐美先輩は黙ってしまった。そして、私の顔をじっと見てくる。

蛇に睨まれたカエルの気分だ。なにかいま、口にしてはいけないことを言ってしまっただろうか。

「……嫌いじゃない」

「え？」

「夏休みにそう言ったでしょ。ほんと杏ちゃんはバカだね」

ぱちぱちと瞬きする。いつ、そんなことを言われたっけ。すぐには思い出せない。

それきり宇佐美先輩は口を閉ざし、またスマホをいじりはじめた。

嫌われていない。それがわかっただけで、ふっと肩が軽くなる。宇佐美先輩のとなりではじめて、力を抜いて息をすることができた気がした。

そのあと何度も断ったけれど、宇佐美先輩は家まで送ると聞かなくて。結局強引に私の使う駅で降りた宇佐美先輩と、家までの道を並んで歩くことになった。

街灯に照らされて伸びるふたりの影は、並んでいるけど距離がある。

宇佐美先輩と並んで歩くって、変な感じだ。いつも間には藤先輩がいるし、電車に乗る時もそう。そもそも藤先輩がいない時に、宇佐美先輩とふたりになるということに慣れていない。

「……宇佐美先輩」

「んー」

「なんで助けに来てくれたんですか？」

私の質問に、宇佐美先輩は哀れむような目を向けてきた。

「だから説明したじゃん。麻美ちゃんから探りを入れるようなメッセージがきたってさ」

「それは聞きましたけど。私のために藤先輩にまで知らせたっていうのが……」

「べつに杏ちゃんのためじゃないよ。俺が麻美ちゃんを嫌いだからだって」

「それでも、やぱり藤先輩に知らせるって変ですもん」

負けじと言い張ると、宇佐美先輩は一瞬沈黙した。足は止まらなかったので、私もそのまま横を歩く。

「……なにが変なの？」

「だって、私が藤先輩に近づくの、嫌がってたじゃないですか」

さっきは私のことを嫌いじゃないと言っていたけれど。それとは別で、藤先輩に近づこうとする私のことは嫌なんだというのはわかっていた。

宇佐美先輩は藤先輩のことをとても大事にしているから。むしろ、私は藤先輩を狙う邪魔くさい女なわけで。だから変な感じがしたんだ。助けに来てくれたのも、なにかあった時のために連絡先を交換したことも、よく考えるとちょっと変だ。いや、すごく変だ。

家の近くの交差点。赤信号で止まった宇佐美先輩は、私を見下ろしたため息をついた。

「ハァ」という短い息にはあきれがたっぷり含まれていた。

宇佐美先輩の長い指が、私の頬をぐにっと強くつまむ。地味にけっこう痛い。

「そんなの決まってるじゃん。君のことが好きだからだよ」

不機嫌そうにそう言って指を離すと、青信号になってまた歩きだす宇佐美先輩。

私はすぐには反応できず、呆然と突っ立っていたけれど、信号が点滅したところで慌てて彼のあとを追った。つままれた頬がじんじんしている。

「宇佐美先輩！　いきなりとんでもない冗談言うのやめてくださいよ！　もう。一瞬本気にしそうになったじゃないですか……」

この整った顔で真面目なトーンで言われると、心臓に悪い。

黙っていれば、この人は見た目だけは王子様のようなのだから。

「冗談じゃないから黙ってくれる？　不愉快」

「……え？」

本当に、心底不愉快そうに言われ、思わず足が止まった。

一瞬、車の排気《はいき》音や風の音が遠ざかる。

いま宇佐美先輩はなんて言ったんだろう。冗談じゃないと聞こえたような。冗談じゃないって、いったいなにが？

まさかさっき好きだと言ったことが、冗談じゃないということだろうか。それはつまり、本当に、私のことが好きだということだろうか。

でも、変だな。いま私、目の前の人に不愉快と言われた気がするんだけど。普通好きな相手に不愉快なんて、言わないよなあ。

そうやって脳が一生懸命《いっしょうけんめい》うまくおさめようとしていたのに、不意に冷たい手が、私の手をからめとるから。足だけでなく、思考もフリーズしてしまう。

色素の薄いべっこう飴みたいな綺麗な瞳が、じっと私を見下ろしている。

「どうも俺、杏ちゃんのことが好きらしい。けっこう前から気になってしょうがなかったんだけどさ」

なんだか疲れたようにそう言うと、宇佐美先輩は軽く肩をすくめてみせた。あきらめた、といったふうに。

まるで、私を好きだという気持ちに必死に抵抗でもしていたみたいだ。

真摯な瞳の奥に、苦悩が見えた気がしてうろたえる。

そんなまさか。いや、でも、本当に？

あの宇佐美先輩が、いじわるばっかり言う宇佐美先輩が、藤先輩第一の宇佐美先輩が、私のことを？

「そういうわけだから、藤はやめて俺と付き合わない？」

「無理です」

ほとんど反射的に答えていた。

だって、あまりのことに動揺しすぎて、頭が働かなくて。

「……即答しないでくれる？　もうちょっと真面目に考えてよ。冗談じゃないんだからら」

思いきり睨まれ、お仕置きとばかりに手をぎりぎりと握りしめられた。

痛い痛い痛い。おかしいな。冗談じゃないと言っているけど、とても好かれてるようには思えない。まず彼に好かれる要素が、自分の中に見つからなかった。

とにかく、冗談だろうと本気だろうと、私の答えはそうなのだ。申し訳ないけれど、迷う余地はいっさいない。

「か、考えても同じです。無理です。だって宇佐美先輩は藤先輩の友だちで、私が好きなのは藤先輩だから」

「……すごく腹立たしいけど、君らしい答えだね。ま、この状況で告白したってどうにもならないことくらい、予想してたからいいけどさ」

あっさりと、宇佐美先輩の手から解放される。握られていた手はじんじんとして、熱かった。宇佐美先輩の手は、あんなに冷たかったのに。

「ごめんなさい……」

「謝らないでくんないかなあ。みじめになるじゃん」

「ご、ごめんなさい。じゃなくて、えっと……」

「あー、いいよいいよ。君はもうしゃべんなくていい」

ため息とともに、ひらひらと手を振られる。告白された直後にあきれられるって、どんな状況だ。やっぱりいまのは、なにかの冗談だったんだろうか。

再び歩きだす宇佐美先輩と、距離を置いて私も足を踏みだす。それからはほとんど無言で歩き、家の前にたどり着いた。数分のことだったのに、ずいぶんと時間も距離も長く感じて疲れきっていた。

「じゃ、じゃあ……」

気まずく思いながら宇佐美先輩を見上げると、予想外に優しく微笑む彼がいて、びっくりした。意地の悪さをすべて洗い流したような、穏やかな笑顔。宇佐美先輩のこんな表情ははじめて見る。

どうしてそんなふうに笑っているの？

「あのね、杏ちゃん」

「は、はい」

「俺はモテるから、君ごときにフラれても痛くもかゆくもないんだよ」

綺麗な笑顔のまま言われ、深く考えず「はい」と相づちを打ちかけて止める。なんだかいま、またとてもバカにされたような気がしたのだけれど、気のせいだろうか。

やっぱりどうしても、宇佐美先輩が私のことを好きだなんて信じられそうにない。私が落ちこんでいたから、笑わせようとして冗談を言ったというういうオチじゃないのか。きっとそうだ。そっちの方が、ずっと信ぴょう性がある。

そう決めつけかけた私に、少しだけ寂しそうに彼は微笑んだ。

「だから気兼ねせずに、なにかあったら連絡してきな」

今度こそ、動揺しすぎて息が止まるかと思った。

私に好かれる要素があるとはどうしても思えないけれど、それでもこの言葉に嘘はないと、信じられた。

「……ありがとう、宇佐美先輩」

「どーいたしまして。おバカな杏ちゃん」

ぽんと頭にのせられた手に、思わず微笑み返してしまう。

ああ、そうか。この人はとんでもなく素直じゃないんだ。本当はとっても優しいのに、いじわるなふりをしている。ものすごく損な性格なんだ。

急に目の前の人がかわいらしく思えてきた。いままでより少し、宇佐美先輩のことを好きになれそうだ。

「気のすむまでがんばればいいさ。それでもダメだったら、俺が拾ってあげるよ。気が向いたらね」

「拾ってあげるって、私は捨て猫ですか……」

「いや、どっちかって言うと、捨て犬じゃない？」

おどけて言って、宇佐美先輩は私の頭をなでると帰っていった。

最後まで明るい雰囲気を崩さなかった宇佐美先輩。その優しさが、切なくて泣きたくなる。感謝の気持ちいっぱいで、彼の背中が見えなくなるまで見送った。

広い背中が夜に消えるのを確認し、家に入る。後ろ手に玄関のドアを閉めると、どっと疲れが押し寄せた。

なんだか今日はいろいろありすぎた。でも、まだ休めない。やることがたくさんある。梶原さんにもメールをしないと。

「……とりあえず、お腹すいた～。ただいまお母さん！」

夕食を取ってお風呂に入ると、すりむいた膝の傷にしみた。じんと痺れるような痛みは、やがてお湯にとけて消えていく。湯の中に、藤先輩と彼女が並ぶ姿も沈《しず》めようとしたけれど、うまくいかなかった。

膝を抱え、お湯に顔をつける。ぶくぶくと苦しくなるまで息を吐いても、胸の痛みはごまかせなかった。

お風呂上がり、タオルで髪を拭きながら、いつものようにパソコンを立ち上げた。

まずは顧問にOKをもらったことを梶原さんにメールで報告して、と。ついでに英語の課題をやる前に、いままでどれくらい手作りお菓子の記事を書いてきたのかチェックする。

「うわー。私、こんなに書いてきてたんだ……」

読み返すと、先輩と出会ってからの更新率がすごかった。とにかく楽しかった記憶しかない。どんなものなら先輩においしく食べてもらえるか、気に入ってもらえるか。そんなことばかり考えていた日々は、画面の向こうでキラキラと輝いていた。

やっぱり本に載せるのはすべて、先輩を想って作ったレシピにしたいなあ。山中さんでも文句のつけようのないレシピを、ひとつずつ書きだしていかないと。

「山中さん、かあ……」

結局彼女と仲よくなることはできないみたいだ。あそこまで嫌われているとは正直思ってなかった。今日彼女に言われたことを思い出すと、鼻の奥がつんとしてくる。ずっとずっと、我慢してきた。彼女に冷たい態度をとられても、理不尽なことを言われても、笑って流すようにしてきた。それなのに、どうしてここまで嫌われてしまったんだろう。

人とうまく付き合うために、人とぶつからない方法を選んできた。その私のやり方は、間違っていたんだろうか。わからない。どこでどう間違えたのか、わからない。

じわじわと涙が浮かんでくるのを感じていると、机の上のスマホが震えだした。画面を二度見する。

嘘。藤先輩から電話だ。

慌ててスマホを耳に押しあて立ち上がる。ぱさりとタオルが床に落ちた。

「も、もしもしっ？」

『……家、無事着いたか？　いまなにしてる？』

『うん。う、宇佐美先輩にちゃんと送ってもらったよ。いま英語の課題をやろうかと思ってた』

泣きそうになっていたとは言えず、涙の浮かぶ目元をごしごしと手の甲でぬぐう。

『少し外に出てこられるか』

「え……っと、外？」

『もうすぐお前んち着く』

思わず窓を見て、それから時計に目をやると針は九時をさしていた。こんな遅くに、先輩がわざわざ家に？

びっくりしながらも、すぐに姿見で自分の格好をチェックする。縦長の枠《わく》の中に映った姿に、悲鳴をあげそうになった。

Tシャツに短パンって、小学生か！　しかも中学の指定ハーフパンツなうえに〝桜沢〟と刺繍まで入っている。こんな格好で先輩に会えるわけがない。

「あ、あの！　すぐに行くから！」

通話を切り、慌てて部屋着を脱ぎ捨て、ワンピースを頭からかぶり外へ飛び出した。

つっかけたサンダルをかぽかぽと鳴らしながら辺りを見回すと、こちらに向かって歩いてきた先輩が街灯の下で立ち止まった。

「先輩！」

思わず駆けだす。近くまで来た時、サンダルが脱げかけバランスを崩した。けれど長い腕にしっかりと抱きとめられ、ほっと息をつく。

すぐに離れようとしたけれど、先輩はそのまま私を抱き寄せるようにして支えてくれた。迷いながら、私もそっと、先輩の袖をきゅっとつかむ。苦い香りと優しいぬくもりは、なによりも私を安心させてくれた。

街灯の下で見上げた先輩は、どこか悩まし気な顔をしている。どうしてこんな時間に、ここまで来てくれたんだろう。麻美さんとはあれからどうなったんだろう。気になる。聞きたい。でも聞けない。聞いていいのか、わからない。

「先輩……？」

黙りこむ先輩を見上げ、呼びかける。呼びかけることしかできなかった。

「あー……平気か？」

先輩は言葉を選ぶようにしてそう聞いてきた。

長い指に目元をなでられ、驚いて固まってしまう。

「ふ、藤先輩？」

「さっき……。宇佐美からメッセージがきて、お前が泣いてたって聞いた」

私が泣いたと聞いて、心配して来てくれたのか。でも、どうして宇佐美先輩がそんなことを？

　彼の前で泣いた覚えはない。告白されて私、彼を振ったのに。それでも私のことを応援してくれるというのか。そんなの……優しすぎて困る。

　あまり優しくしないでほしい。心が弱っているから、優しくされるとすがりたくなる。でもそれは、あまりにも勝手だ。

「麻美が、悪かったな」

「……ううん。気にしてないよ。」

　傷つくな、杏。先輩が彼女の代わりに謝ってきたからって、そんなことで傷つくな。彼氏が彼女をかばうのは、フォローするのは当たり前のことなのだから。

　当たり前のことでいちいち傷ついていたら、片想いなんて続けられない。

「膝、ケガしてるぞ」

「え？　ああ、えっと。全然痛くないし、大丈夫」

　麻美さんの友だちに蹴られ、転んだ時にできた傷。お風呂に入って少ししみた程度で、ケガというほどのものじゃない。いまはもう、ほとんど痛みも感じていなかった。

　どちらかというと、痛いのは膝じゃなく、心だ。

「宇佐美先輩がなに言ったのか知らないけど、私泣いてないよ？」

「嘘つけ。目ぇ赤いぞ」

はっとして目を伏せてごまかす。

目が赤いのはさっき山中さんとのことを思い出し、悲しくなったせいだ。麻美さんたちのことが理由じゃないし、泣きそうになっただけで泣いてはいない。

「宇佐美の前じゃ泣けて、俺の前だと泣けないか？」

少しむっとしたように言われ、慌てて顔の前で両手を振り否定する。

「そ、そういうんじゃなくて。そもそも本当に泣いてないし」

「嘘つくなって」

「嘘じゃないよ。ほんとにほんと」

「杏」

腕をつかまれ、真剣な声で名前を呼ばれたら、それだけで私は動けなくなる。ご主人様に呼ばれた犬みたいに。私はどこまでも先輩に従順な犬だ。それしかなれない。

先輩はなぜか苦しそうな顔をしていた。切れ長の瞳が揺れ、男らしい眉がわずかに下がる。

「お前、俺に言うことがあるんじゃねぇか」

どこか確信しているような声にぎくりとした。

言うことって、なに？　麻美さんへの文句？　まさか宇佐美先輩に好きって言われたこと？

それとも私が、あなたを好きだってこと？

油断すれば飛び出しそうになる言葉が、ぐるぐると口の中を暴れ回る。それらが漏れてしまわないよう、唇を固く引きむすんだ。

「言うことなんて、ないよ」

そんなこと、どれも言えるわけがない。言いたくない。

先輩のことが好きだから。好きで好きで、どうしようもないから。

一瞬、先輩の顔がゆがんだ。痛みを耐えるような表情に見えて悲しくなる。そんな顔をしてほしいわけじゃないのに。

「お前、嘘へタすぎ」

つらそうにそう言って苦笑する先輩に、不意に抱きしめられた。

苦い煙草の匂い包まれ、ついそれを吸いこむと、心と涙腺が一気にゆるんだ。

先輩、ダメだよ。優しくしちゃダメだよ。もっともっと、好きになっちゃうよ。

そんなの先輩、困るでしょう？

「言えよ」

「……言わない」

「言えって」

「言わないってば」

「言ってくれ」

まるで懇願《こんがん》するように言われ、カッとなった。

切なさが、苦しさが、そのまま怒りみたいな熱さに変わる。

「先輩のバカ！」

彼の匂いがするシャツをギュッと握りしめて、叫んだ。顔を押しつけ叫んだ。

こらえていた涙が、先輩のシャツにしみ込んでいく。

「バカバカバカ！」

ずるいよ、先輩。あなたはずるい。

私の気持ちに気づいているなら、いままでどおりでよかった。かわいがってくれてはいても、ちょっとだけ距離はある。踏みこんじゃいけない領域は保っている。そんな関係でよかったんだよ。

少なくとも、私はそれで満足だった。十分幸せだった。

それなのに、こんなに優しくされたら困る。こんなに特別にされたら困る。

うれしいはずなのにどうしてだろう。つらくなるんだよ。

「泣くな、杏……」

「う……泣いてないっ」

「お前に泣かれると困るんだって」

長い腕がぎゅうと強く、頬ずりするように抱きしめてくる。

少し速い心臓の音は、私のものか先輩のものか。

たぶんふたりぶんだ。私たちの鼓動が重なり、溶け合っていくよう。

「マジ、困るんだよ……」

「さっきは泣けって言ったぁ」

「泣けとは言ってねぇ」

気づかわしげに、先輩が私の体を離す。

そしてゆっくりと、濡れた目元に唇が落とされた。

びっくりしてなんの反応もできないまま、一度、二度、三度。熱い唇が降ってくる。なぐさめるようなそのキスに、ますます泣きたい気持ちになった。

キスの雨がやむと、また抱きしめられる。私は今度は力を抜いて、広い背中に腕を回した。

漏れた息がひどく熱い。胸が苦しい。切なさを上回る幸福感に、酔《よ》ってしまいそう。

「もうちょっと……」

「先輩?」

「もう少しだけ、待っててくれな」

なにを、とは聞けなかった。もう少しって、それはいつまで? そして待つなら、私はなにを期待していればいいの？

　わからない。わからないけれど、先輩の私を大切に想ってくれているその気持ちだけは、十分に伝わってきた。

「……ありがと、先輩」

「ん」

「あのね、今日いろんなことがあって、ちょっとまいってたんだ」

「そうか」

「でも元気出た。先輩のおかげ」

「……そうか」

　抱きしめられながら、頭までなでられて。夢見心地で息を漏らす。

　幸せな気持ちと切ない気持ちが、私の中でぐるぐるとマーブル模様を作る。

　好きです。そう口にすれば、想いを差し出してしまえば、この複雑な心理からも解放されるんだろうか。

　でももうちょっと。もうちょっとだけ、このまま……。

　そう思った時、浮かんだのはなぜか麻美さんの顔だった。この期に及んで、まだ罪悪感に縛《しば》られている。誰にも嫌われたくない、嫌われない人間でいたいという、私の弱い心が顔を出す。

麻美さんとはどうなったの？　そう聞きたかったけれど、結局出てきたのはまるで関係のない言葉だった。

「……そうだ。私ね、バイトすることになったんだ」

「バイト？　なんの」

「えっと……派遣《はけん》？　みたいな。短期のやつ。今年いっぱい」

嘘だ。でも本当のことは言えないのだから、仕方ない。大好きな先輩に嘘をつくのは忍びないけれど、いちばん言ってはいけない人なのだ。

「そうか。部活はどーすんだ」

「部活は休むことが増えると思う。でも家でお菓子作るから、また食べてね、先輩」

「……ああ。無理すんなよ」

気づかわれると、嘘をついた罪悪感がぷくりとふくらむ。こればかりは我慢するしかない。

私の頭をひとしきりなでると、先輩は「遅くに悪かったな」と言って、街灯のまるい明かりの中から抜け出した。名残惜し気におでこに唇を落とし、微笑んだ先輩。

胸がきゅっと締めつけられた私を置いて、元来た道を戻っていく。

「先輩、また明日！」

先輩がいなくなっても煙草の香りのぬくもりが体に残っていて、切なくなった。

部屋に戻り、ベッドに仰向けに倒れこむ。両手で顔を覆《おお》い「うー」とうなった。

先輩の唇の熱さをはじめて知った。まだ感触《かんしょく》が残っている。

でも、唇にはしてもらえなかった。

期待していた自分が心の奥で涙を流した。

「先輩のバカ。……おやすみなさい」

私はとても、欲張りだ。

カボチャのひと口パイ

優しくあったかい
ほっとするような甘さの中
かすかに舌にのる塩味が
強く印象に残るのは
恋のあれこれと
一緒なのかもしれないね

無理してないよ、先輩。

それから私は一気に忙しくなった。

部活は週に二度出られればいい方で、あとはほとんど梶原さんとの打ち合わせと、レシピの確認作業。

お母さんは最初だけ星創出版の会社までついてきてくれたけど、あとは私ひとり。お姉ちゃんの予備校と、弟の習い事の送り迎えで忙しいから。はじめからそう言われていたし、もう仕方ないとあきらめている。私は兄弟の中でいちばんひとり立ちが早いんだと、前向きに思うことにした。

九月はレシピ本をどういう形にしていくか具体的な話し合いに使ったけど、十月からは実際の調理とスタジオでの撮影の予定がぎっしり入ってくる。そうなると、もう部活にはほとんど顔も出せなくなるのがつらい。

山中さんとはまったくしゃべってないけれど、クラスで目が合うとと軽蔑するように私を見てから目をそらす。

もう修復不可能なくらい、私たちの溝は深く大きくなっていた。

心地よさと息苦しさの、狭間のようなまどろみの中にいると、不意に優しく右肩を叩かれた。

「おい、くるくる。大丈夫か？」

目を開けると、心配げな藤先輩の顔が間近にあって息をのむ。一気に頭が覚醒した。

「はっ……！　いま私寝てた？」

「いまにも頭がもげそうなくらい揺れてたぞ」

笑い交じりで言われ、顔を覆いたくなる。もう、私のバカ。先輩の前で恥ずかしい。

朝の混み合う通学電車の中で、そっと顔をうつむけた。最近レシピ本のことで寝不足だし、勉強や部活の両立で疲れもかなりたまっている。まだ十月に入ったばかりで、本格的な作業はこれからだというのに、これじゃあ最後まで持たない。

「バイトでお疲れみたいだね～」

なぜか私の左どなりに座った宇佐美先輩が、目をこすりながらそう言うから笑ってしまう。私よりも、宇佐美先輩の方が眠たそうだ。

あれから私と宇佐美先輩は気まずくなることもなく、むしろ、ちょっぴり仲よくなった。宇佐美先輩は変わっていない気がするので、私の意識が変わったんだと思う。

彼が素直になれないだけで、優しい人だとわかったから。

それに私を好きだったという態度を、彼がまったく見せないからというのもある。

あの告白はやっぱり冗談だったのかと思いたくなるくらい、宇佐美先輩は普通だ。普通すぎて、意識するのがばからしくなってしまった。

「そうだ。今日はね、秋っぽいものを作ったんだよ」

カバンからリボンを結んだ包みを出して、藤先輩に渡す。

ふわりと香る、甘く香ばしい匂い。

「今日のはなんだ？」

「ひと口かぼちゃパイ！　さくさくほっこりで、ザラメと塩の食感が藤先輩好みだと思う」

「へえ、うまそう。昼食うかな」

忙しくても寝不足でも、先輩に渡すお菓子を作る元気はあるから不思議だ。デザートは別腹、という感覚に近いかもしれない。

先輩の笑顔と「うまい」という言葉は、私にとってデザートで、ご褒美だから。

それでも作る回数は、前よりずいぶん減ったと思う。

「疲れてんなら、無理して作らなくていいんだぞ」

「無理なんてしてないよ？　作らない方が私にはつらいんだもん」

「杏ちゃんらしいね～」

「あ。宇佐美先輩もどうぞ。たくさん作ったんだ」

というか、作りすぎてしまった。おいしくできたからよかったけれど。

実はこのパイもレシピ本に載せる予定だ。これはブログには書かずに、本用の特別レシピになる。

でも、やっぱり先輩には食べてもらわないと。そうじゃないと、私にとっては意味がない。先輩に食べてもらうためのレシピなのだから。

「ありがと、杏ちゃん。いい子いい子」

「だから、犬じゃないですってば……」

ぐりぐりと頭をなでてくる宇佐美先輩に笑って返せば、逆となりから伸びてきた手が私の頭を引きよせた。

藤先輩の胸に、私の後頭部があたっている。そのまま肩に腕を回され、まるで抱き寄せられたような体勢に一気に顔が熱くなった。

最近ちょっと、先輩は私にサービスしすぎだと思う。これじゃあ心臓がいくつあっても足りない。いつか耐えきなくなって壊れてしまいそう。

「触んな」

「せ、先輩？」

「藤ウケる。杏ちゃんと俺がちょっと仲よくしてるからって、いじけるとか。余裕がない男は嫌われるぞ～」

「うぜぇ」

私の頭の上で静かな戦いが始まった。これも最近よくある光景で、またかとこっそり笑ってしまう。本当に、仲がいいんだか悪いんだか。

ふたりがののしり、張り合う声を聞いていたら、だんだんとまた眠くなってきた。騒がしいのに心地いいって変な感じだ。

でも、本当に眠くて眠くて……。

「あ、こらくるくる。寝んな」

「杏ちゃん、もう着くよー」

「ん……ちょっとだけ」

ずっとこのままがいいな、なんて。ふたりに挟まれ考えた。たぶんいま以上の幸せなんて、私には訪れないと思うから。

結局それから寝かせてはもらえず、すぐ駅に着いてしまった。頭も体もまだ半分眠っているような状態で、ふらふらしながら学校まで歩いた。

先輩たちが挟むように支えてくれなかったら、その辺の道で行き倒れ眠っていたかもしれない。それくらい私の体はくたくただった。

「今日もバイトか？」

生徒玄関に入ったところでそう聞かれ、眠い目をこすりながらうなずいた。

今日の部活は調理日なのだけれど、今日から撮影が始まるから出られない。すごく残念だ。帰りに先輩に会えるかなと、期待する楽しみもないし、寂しい。

「がんばれよ」

「……うん!」

大変だけど、先輩が応援してくれるからがんばれる。まだまだ全然、大丈夫。

「じゃあね。藤先輩」

「杏ちゃん? 俺は?」

「あ。宇佐美先輩もまた!」

傷ついた演技をする宇佐美先輩に笑って、ふたりに手を振り別れた。

先輩と確実に会えるのは朝だけ。放課後はほとんど会えないし、あとは偶然校内で見かけられたらラッキーだ。

やっぱりちょっと寂しい。いや、かなり寂しい。それでも、私の気持ちは少しも変わらない。むしろどんどん、どんどん強くなっていた。

好きという気持ちには、限りがないのかもしれない。そんなことに気づかされた。

掃除《そうじ》当番を友だちに代わってもらい、急いで校舎を飛び出した。秋の匂いを含む風が、私のくるくるとうねる髪をすいていく。

もう十月半ば。制服は冬服になり、気温も下がって過ごしやすくなってきた。

秋は好き。なんと言っても、食欲の秋。梨に栗と好物に旬《しゅん》のものが多くて、お菓子作りにも熱が入る。私にとって、意欲が泉のようにわくのが秋なのだ。

「杏さん！」

「梶原さん！」

校門前に止まっていた黒いセダンから梶原さんが降りてきて、いつものさわやかな笑顔で出迎えてくれた。今日はこれからキッチンスタジオで撮影が入っている。仕事で近くに来ていた梶原さんが、車で送ってくれることになったのだ。

「学校お疲れさまです」

「梶原さんも、お仕事お疲れさまです」

顔を見合わせ笑い合っていると、下校する生徒にじろじろ見られたので慌てて車に乗りこむ。また変な噂を立てられてしまったら大変だ。

梶原さんははじめて会った時から変わらず丁寧な物腰で、紳士的で、車にふたりきりになっても安心して乗っていられる。担当になったのが梶原さんで本当によかったと、しみじみ思う今日この頃。

「どうですか、学校は。こちらのスケジュールがかなりタイトなので、学校の勉強と両立できているかと、気になっていたんです」

「ああ。大丈夫です。私もともとそんなに勉強するタイプじゃないので！」

「……それ、大丈夫なんでしょうか？」

梶原さんの苦笑いに、しまったと思う。これじゃあバカ丸出しだ。余計な心配をかけてしまいそうなので、授業をきっちり受けているから大丈夫だと弁解しておいた。成績は悪い方じゃない。まあ特別よくもないのだけれど、それはわざわざ言う必要はないわけで。

「では、例の甘い物が苦手な彼の方は？」

「あー……それは、うん。変わらずです」

梶原さんは私のブログを見ているので、私が先輩に恋をしているのももちろん知っている。そしてそれが、片想いだということも。

赤の他人、それも男の人に知られてるというのがなんだか恥ずかしいのだけれど、いまさらだ。ブログというのはそういう、不特定多数の人が見ている場所だから。だからこそおもしろいし、素敵な出会いがあったりするんだと思う。

梶原さんとの出会いも、そのひとつだ。

「告白はまだでしたよね。されないんですか？」

「そうですね……いまのところは」

「すみません。出すぎた質問でしたね」

運転をしながら梶原さんは謝ってきたけど、嫌な感じはしていなかった。梶原さんは私と適度に距離を作ってくれているので、いやらしさもないし全然平気だ。

「杏さんかわいらしいから、告白すればすぐにOKだろうにと思っていたので」

「そんなことはないです。……恋が叶うブログなんて言われているのに、管理人の恋はいつまでたっても片想いって、まずいですか？」

本にするにあたって、実はそれが気になっていた。なにせ実は、タイトルがタイトルだったりする。誇大広告というか、詐欺《さぎ》みたいにならないか心配だったのだ。

「それはないですよ。すみません、そんなつもりで言ったんじゃないんです。杏さんに慕われているその先輩が、うらやましいなと思っただけなんですよ」

爽やかな微笑みとともに、さらりとそんなことを言われ、素直に照れる。さすが編集者さん。持ち上げるのがうまい。でも梶原さんが言うとあからさまなお世辞という感じも嫌みもなく、悪い気はしなかった。

「いつか叶うといいですね」

「ありがとうございます……」

いつか、この恋が。

そんな日が来るだろうか。想像しようとしたけれど、何度やっても失敗した。期待する気持ち、悲観的な気持ち、見返りは求めないと強がる気持ち。私は最近このバラバラな気持ちのバランスをとることができず、まいりつつあった。

　始まりはたぶん、先輩に抱きしめられ、たくさんの口づけをもらったあの夜から。


「撮りまーす！」

「はい、杏ちゃんストップ！」

　ピカピカに磨かれたキッチンスタジオ。ずらりと並ぶ照明機材に、撮影に使うかわいいマットや花、コースターなどの様々な小物。そして皿やカトラリーなど食器類も、持って帰りたくなるようなものがたくさん。どれもこれもきらきら輝いて見え、自然と心が弾む。

　そんな現実から切り離された夢のような空間で、私はいつもの戦闘服、水玉のエプロンを身に着け立っていた。

　今日作っているのは、二週間くらい前に先輩に食べてもらった、ひと口かぼちゃのパイ。食感がよくて自信作のひとつだ。

　顔は写らないけれど、手や体の一部は写ってもOKということにした。私じゃない誰かの手を撮るくらいなら、自分で全部やりたい。だってこの本は、先輩への想いばかりを詰めこんだ、私の恋の本だから。

　予想していたよりもずっと、撮影回数が多く大変だった。おいしそうに綺麗に撮るために、ものすごい数の照明に照らされ目がチカチカ、頭がくらくらしてくる。次から次に指示が飛び大変だけど、〝本を作ってる〟と実感できて、楽しかった。

最初の撮影ではガチガチで、手も震えてひどかった。家のキッチンで作っているつもりでリラックスして、なんて言われたけど、うちのキッチンはこんなに広くはないし、ピカピカでもないし、道具も充実していないわけで。

でも、先輩にあげるんだという気持ちだけはいつもどおりにがんばったら、なんとかだんだんと慣れていった。さすが、先輩パワーはすごい。彼のことを考えている時だけは私も無敵になれた。

「はい、もういちまーい！」

この一瞬が、一枚一枚が本になる。大切に真摯に向き合っていきたい。いつか読み返した時、素敵な恋だった。恋をしてよかったと、そう思えるように。

どうしたの、先輩。

　バタバタと廊下を走り、階段を駆け下りる。放課後の掃除が長引いてしまった。急がないと部活に遅れてしまう。

　十一月に入り、作業も追いこみ時期になり部活に行けない日が続いていたけれど、今日は二週間ぶりに顔を出せる。朝からずっと楽しみにしていたのだ。

　浮かれていたのがいけなかったんだろう。階段を降りきったところで角から出てきた人に思いきりぶつかってしまった。

「す、すみません！」

「あ？　くるくるか」

「先輩！」

　ぶつかった相手は、これから帰るところらしい藤先輩だった。となりには宇佐美先輩もいる。相変わらず仲良しだ。

「なにそんな急いでんだよ」

「これから部活なの！　久しぶりに！」

「ああ、それで。杏ちゃんらしいけど、気をつけなよ〜」

「うん！」

じゃあまた、と手を振り調理室へ向かおうとして、その手をつかまれ驚いた。藤先輩の大きな手が、しっかりと私の手を捕えている。

「えっと……先輩？」

「あ。わりぃ」

「ううん。どうしたの？　なにか用事があった？」

「いや……お前さ」

「うん」

「……やっぱいい。なんでもない」

ぐっとなにかをのみ込むような顔で言うと、私の手を離した先輩。

なにそれ、気になる。全然なんでもないって感じじゃないのに。

じっと先輩を見上げていると、なんだか困ったような顔をされた。

「なんでもないってことはないんじゃないの〜？」

ニヤニヤと笑う宇佐美先輩のお尻を、藤先輩が苛立たしげに蹴った。仲がいいのはいいけど、階段を下りてくる一年生が怖がってるのでやめた方がいいと思う。

「うぜぇんだよ、テメーは」

「はいはい。俺、先に靴履き替えてるよ。杏ちゃんまたね」

「あ、うん。また」

あっさり玄関へと向かっていく背中。私への好意なんて微塵も感じさせない。それもきっと、宇佐美先輩の優しさなんだろう。

「……それで、先輩は？」

「いいんだ。気にすんな。部活とバイト、がんばれよ」

「え。う、うん。ありがと……」

いつものように私の頭をなでたあと、藤先輩も宇佐美先輩を追って玄関の方へと去っていく。なんだかごまかされた感じだ。

もやもやしたものが残ったけれど、のんびりしている暇はない。少し後ろ髪をひかれる思いで調理室へと走った。

「すみません！　遅れました！」

息を切らして調理室に飛びこむと、もう部員はそろって席についていた。

今日は調理日ではなく、次作るものを決める話し合いの日だ。一年のテーブルに行くと、山中さんは熱心に和食の料理本を開いて読んでいた。勤勉で真面目だ。三人でやっていた時よりもあきらかに料理に対して真摯になっている。

とことん私と相性が悪かったんだなあと、少し落ちこんだ。

「遅いぞ桜沢〜」

「ごめん須賀ちゃん。掃除でゴミ捨てに行った男子がなかなか帰ってこなくてさあ」

「あ、それもしかして竹本？　さっき二年の女子にへらへらしながら声かけてんの見たわ。フラれてたみたいだけど」

「竹本くん……」

どうりでしょんぼりしながら帰ってきたはずだ。

苦笑いしていると、準備室から神林先生が出てきて、ホワイトボードの前で軽く手を打った。

「よし、全員そろったね。じゃあ始めようか」

各班ごとに話し合いが始まってすぐ、部長が私の横に立った。思わず勢いよく立ち上がる。

「部長！　お久しぶりです！」

「ははは。元気いいね、桜沢。どうよ調子は」

「はい。なんとかやってます」

「そうかー。ま、無理しないでね。今日は須賀がどれだけ腕上げたか見てやってよ」

私たちの肩を順番に叩くと、部長は自分の席へと戻っていった。

私が休んでいる間は、部長が須賀ちゃんの相談相手になってくれていたらしい。こんなことを言うのは自分勝手だとわかっているけれど、須賀ちゃんがうらやましい。私も部長と、レシピについて語り合いたい。

「須賀ちゃん、上達したんだ?」

「うっわー。部長ハードル上げるとかなしだよ～」

「あはは。じゃあさっそくやろうか。なにを作るかもう決めてるの?」

うん。やっぱり私、部活が好きだな。独特の静かさと香りのする部室も好きだ。自分の部屋よりも好きかもしれない。なんというか、落ち着くんだよね。自分がいちばんいきいきできる場所な気がする。

ふと山中さんを見ると、必死な顔で料理本とノートを交互《こうご》に見てはペンを走らせていた。あまりに真剣な様子に、まじまじと見てしまう。それでも彼女は私の視線にすら気づかない。

もともと真面目な人ではあったけど、ここまで料理に対して真摯に向き合ってはいなかった気がする。ひとりだちしたことだけがきっかけとも思えない。いったいなにが彼女を変えたんだろう。

「山中さんは、なにを作る予定なの?」

なんだか微笑ましくなって声をかけてからはっとした。そういえば、私たちはいまだにケンカしたままのような状態だったんだ。

書き直したレシピをチェックしてもらった以外は、同じクラスにいてもまったくしゃべらないし、挨拶もほぼスルーされていた。もう仕方ないと半分あきらめていたし、最近は部活にもあまり顔を出していなかったから、すっかり忘れていた。

あの時はたしかに傷ついたけれど、時間は十分経った。私の方はもう、怒りや悲しみを引きずってはいない。でも山中さんの方は……。

「……桜沢さんには関係ないでしょ。話しかけないでくれる」

これ以上なく冷ややかな声に、思わず須賀ちゃんと顔を見合わせた。まだしっかり怒っていらっしゃるようだ。

どうしたものかなあ。たしかに前に言い合いになった時、ケンカ腰になった私も悪いのだけれど。

私たちはまだ一年生で、三年間このメンバーで同じ班で活動していかなければいけないのに、こんな状態で本当にやっていけるんだろうか。

「……どうせ部活なんてって、思ってるくせに」

ぼそりと、山中さんの口から漏れたつぶやき。

一瞬なにを言われたのかわからなかった。心が氷をぶちこまれたように冷えていく。

山中さんはノートに顔を落としたまま、こちらを見ようともしない。忘れかけていた怒りと悲しみが、感情の水底からふつふつと浮かび上がってくる。

「なに、それ……。私そんなふうに思ったことなんてないよ。今日だってすごく楽しみにしてたし」

「へえ。本当に？　実際桜沢さん、いくら忙しいからって二週間も部活に出ないとか、考えられないんだけど」

「それは……ほんとに申し訳ないと思ってるよ。でもあらかじめ神林先生や部長には許可をもらっていたし、山中さんも事情は知ってるよね」

「知ってるからって納得したわけじゃない」

ぴしゃりと言われ、唇を噛む。そんなこと言われても、それなら私はどうしたらいいのか。

山中さんが納得していないからといって、契約を交わした星創出版との仕事をサボるわけにはいかない。そんなことは山中さんだってわかるはずだ。それなのに、いまさらなんだって突っかかってくるんだろう。

あれからずっと、彼女はこうやって私への怒りを募《つの》らせていたんだろうか。

「仕事だなんて言って、また浮わついたことしてるんじゃないの」

ペンを止め、ようやく顔を上げた山中さん。眼鏡の奥の小さな瞳と目が合い、ぎくりとする。

私を見る時の山中さんの目が怖い。少しは強くなれたと思っていたけれど、どうしても、中学の頃を思い出してしまう。

手のひらに爪を立てるよう握りしめ、震えを抑えた。

「浮わついたことって、なに？」

「は？　また噂になってるの、知らないの？　あなたがよく、大人の男と車に乗って帰ってるって。略奪のつぎは援交かって」

バカにしたような笑いを浮かべる山中さんに、絶句する。

略奪なんてしようと思ったことはないし、援交なんてもっとありえない。そんなことを影で言われていたなんて、まったく知らなかった。

その大人の男というのは間違いなく、編集者の梶原さんのことだろう。気をつけていたはずなのに、噂になるくらい周りに見られていたなんて。

「須賀ちゃん、知ってた？」

「うーん？　私そういうの疎《うと》いからなあ」

「須賀ちゃんは疎いっていうか、興味がないんじゃ……」

「それは間違ってない！」

豪快《ごうかい》に笑う須賀ちゃんに苦笑いしながらほっとした。

女子の噂好きと情報のスピードには怖いものがある。私や須賀ちゃんのように、噂に疎いのはごく少数で、きっと他にもあることないこと言われているんだろう。

「あの、山中さん。それは編集の人で、全然そういうんじゃないよ。仕事で迎えに来てくれてるだけで……」

「どうだか。相手がどういう立場の人でも、いままでの桜沢さんの言動があるから、そういうふうに見られるんじゃないの」

結局私が悪い。山中さんはそう言いたいのだ。

たしかに私の言動が、そういう誤解を生んでいるのかもしれない。だとしても、どうして山中さんにそこまで言われなくちゃいけないのか。

山中さんはきっと、ただ私を攻撃したいだけだ。傷つけたいだけだ。私のことが嫌いだから。

悔しいのに、私は黙ることしかできない。言い返そう、やり返そうと思うのに、臆《おく》病《びょう》な虫が心の中で「やめておけ」とささやくのだ。

「桜沢……」と須賀ちゃんの呼ぶ心配げな声にもこたえられずにいると、不意に影が落ちた。

「山中さん」

「……！　か、神林先生」

降ってきた静かな声に、山中さんの顔が瞬時にこわばる。身を縮めて、怯《おび》えたように後ろを振り返る山中さん。

神林先生はいつもの穏やかな微笑みを消し、真剣な表情で彼女を見下ろしていた。

「友人を貶《おとし》めるような言葉を吐くと、それ以上に自分を貶めることになるんだよ」

調理室が、しんと静まり返る。

普段温和な神林先生だからこそ、諭すように紡がれた言葉はずしりと重く響いた。聞いているだけの私の心がそう感じるくらいだから、実際に言葉をかけられた山中さんはどれほどだろう。

「君は同じ調理部員として、班の仲間として、桜沢さんを応援してあげるべきじゃないのかい？」

「わ、私は……っ」

突然、山中さんは神林先生の手を払うと、調理室を飛び出した。

神林先生は困ったように彼女が出ていった扉を見つめ、ため息をつく。須賀ちゃんも先輩方も、みんな驚いて固まっている。

私も呆然としかけたけれど、すぐに山中さんを追いかけ廊下に出た。

「山中さんっ⁉」

ひんやりとした空気に満ちた廊下には、すでに彼女の姿はない。

とりあえず、すぐ近くの階段を駆け下りた。人けの少ない方を選んで進んでいくと、部室棟《とう》の一階の隅で、床にしゃがみこみ顔を隠している山中さんを見つけた。

震えている。もしかして、泣いているの？　あの山中さんが？

まさかと思ったけれど、すすり泣く声はしっかりと私の耳に届いてくる。信じられない気持ちで彼女のそばに立った。

「山中さん……？」

びくりと、山中さんの細い肩が揺れる。罵声《ばせい》を浴びせられる覚悟でいたけれど、他にはなんの反応もない。膝を抱えて小さくなったその姿は、雨に濡れて鳴く捨て猫のように見えて胸を締めつけられる。

私もしゃがみこみ、きっちり真ん中でわけられた彼女の髪をじっと見つめた。

「もしかして……。山中さんは、神林先生のことが好きなの？」

おそるおそる問いかけると、大げさなほど彼女の肩が跳ねた。

「なんなの!?　ほうっておいてよ！　私のこと、嫌いなくせに！」

顔を伏せたまま山中さんが叫ぶ。苦しげな、同情を誘うような声だった。いつもの迫力がまるでなく、逆に戸惑う。

「き、嫌いじゃないよ」

「嘘つき！　嫌いじゃないわけないじゃない！　あれだけひどいことを言ったんだから！　まだいい子ぶってるの!?」

「いい子ぶってるわけじゃ……」

「あんなにバカにされて、文句のひとつ言えないなんて、根性なし！　ぶりっ子！偽善者！」

「そ……そこまで言うことないじゃん！」

あまりにも棘《とげ》だらけの言葉を投げつけられて、限界が来た。不満や悔しさをつめこんで、パンパンにふくれていた弱虫の袋。それに棘が刺さり、破裂した瞬間だった。

「私は山中さんを嫌いたいんじゃないよ！　山中さんこそ、どうして私をそこまで嫌うの⁉　私はなにか、あなたを傷つけるようなことをした⁉　なにもしてないじゃん！」

「ほら、みなさいよ！　やっぱり私のこと、嫌いなんじゃない！　軽蔑してるんでしょ！　見下して笑ってるんでしょ！」

「だから嫌いじゃないってば！　嫌われようとしてるのは山中さんの方だよ！」

思わず山中さんの両肩をつかみ、顔を上げさせる。驚く山中さんと鼻先がくっつくような距離で叫んでいた。

私の勢いに、眼鏡の奥の瞳が丸くなる。呆然とする山中さんに、私も冷静さを取りもどしていった。

ドクドクと鼓動がうるさい。まるで全力疾走した直後みたいに汗をかいていた。

こんなに感情を爆発《ばくはつ》させたのは、はじめてかもしれない。誰かに怒鳴るなんてこと、一度もしたことがなかった。家族にだって、声を荒らげたことなんてなかったのに。落ち着けと自分に言い聞かせ、長く息を吐く。顔も全身も熱くなっていた。

「その……好きかって聞かれると、困るけど。本当に、嫌いだとは思ってないよ」

固まる山中さんの肩からそっと手を離し、握りこむ。本音をぶつけた自分自身に驚いていた。

「どっちかっていうと、わかり合いたいっていうか。仲よくなりたいなとは、思ってる」

私の言葉に山中さんは数度瞬いたあと、頭を振った。

眼鏡をはずし、うつむく。ぽたぽたと涙がいくつも、制服のスカートに落ちていった。

「……信じらんない。私はあなたが嫌いだわ」

「うん。それは知ってる。理由は……神林先生？」

ちらりと、私に目を向ける山中さん。涙と鼻水でぐちゃぐちゃな顔。鼻と頬がまっ赤でひどいことになっている。

でも、かわいいと思った。私の目には、とてもかわいく映ったのだ。

「なんで桜沢さんなんかに知られなきゃなんないの……」

濡れた眼鏡をぬぐいながら文句を言う彼女に、つい笑ってしまった。

「私なんかで、すみませんね」

「……あなたのそういうところが嫌いなの。もっと怒ればいいじゃん。責めればいいじゃん。こんなにバカにしてるのに、へらへら笑って気持ち悪い……って。そう思ってた」

そこまで言うか。正直すぎる山中さんに、笑いそうになる。でもここで笑ってしまえば、また彼女の怒りを買いそうなので我慢した。

「笑って流すのが、上手な人付き合いだと思ってたんだよ。山中さんと違って私は臆病だから。だから自分の本音を言わないように、ぶつからないように気をつけているはずなのに、山中さんにはどんどん嫌われていくんだもん。どうしたらいいのかわからなかった……」

そういう薄っぺらい付き合い方が、余計に山中さんに嫌われるのだと気づけなかった。これが正しいと、思いこんでしまっていたのだ。

「でも理由がわかったらさ、余計嫌いとか思えないよ。むしろ納得した。そういうことだったのかって」

「……やっぱり桜沢さんて、バカなんだ」

力なく私が笑うと、山中さんがあきれと感心を均等にまぜたような声でつぶやいた。

それから怒ったような、照れくさそうな顔で、話してくれた。

入学当初から、神林先生にひとめぼれして入部したこと。私ばかりが神林先生に頼られ、頼みごとも多く受けていて、嫉妬したこと。神林先生に気に入られているくせに、男子生徒とのほめられたものじゃない噂が流れて腹が立ったこと。

遠慮やごまかしがまるでない山中さんの言葉は、相変わらずぐさぐさと刺さったけれど、悲しい気持ちにはならなかった。

「それにあなたは私と違って綺麗だし、性格もいいから、鼻についたの」

「は、鼻についた……」

「桜沢さんにケチつけたって、どうなるわけでもないことはわかってた。でも止められなかったの」

「……わかるよ。片想いってしんどいもんね」

好きな人が誰かと仲よくしていたら、嫉妬する。特別な相手がいたら、その人をずるい、憎らしいと思う。そういう気持ちは、私にもよくわかった。

「なに言ってるの。あなたは両想いでしょ」

「まさか〜。彼女がいる人を好きになって、両想いなわけないよ……」

山中さんは意外そうな顔で私をまじまじと見る。そんなに驚くようなことを言っただろうか。

「桜沢さんが好きなのって、あの不良みたいな人でしょ？」

「うん」

「あなたの片想いには見えなかったけど」

「そ、そう？　でも実際は片想いだよ」

「……私、恋とかしたことなかったから、よくわからない」

そうつぶやく山中さんの横顔は、しっかり恋する乙女だった。

恋をすると、おかしなほど自分の気持ちがコントロールできなくなる。正常な判断ができなくなる。心が好きな相手のことでいっぱいになって、視界にはその人以外映らなくなる。自分のことすら、どうでもよくなる。なんて厄介な現象だろう。

恋に振り回される私たちは、もしかしたらよく似ているのかもしれない。

私は暗い顔をした山中さんに、右手を差し出した。

「……なに？」

「私、山中さんを応援するよ」

「応援？」

「だから山中さんも、私のこと応援してくれる？」

山中さんはしばらく私の手を見つめたあと、しっかりと握り返してくれた。かと思ったら、勢いよく立ち上がり、そのまま私のことも引っ張り上げる。

「わあっ！」

「応援って、具体的になにをするの？」

「え？　あ、ああ。ええと……励ますとか？」

「なにそれ」

彼女の眉間《みけん》に、深い谷のようなしわが戻ってくる。慌てて言葉を続けた。

「愚痴《ぐち》を聞く、とか。情報交換するとか！」

「……私、あの不良みたいな人の情報とか探りたくない」

そりゃそうか。でも具体的になにをするかは決めなくてもいい気がする。応援する気持ちがあれば、それだけで。たとえば話を聞いてもらうだけでも、支えられていると思えるんじゃないだろうか。

きっと女の子がみんな恋バナが好きなのって、そういうことなんだろう。

「私たち、仲よくなれるかな？」

「さあ。……努力はしてみる。ありがとう」

はじめて山中さんにお礼を言われた。「ありがとう」なんて言葉を、彼女の口から聞ける日が来るなんて。

それがとんでもなくうれしくて涙ぐむと、気持ち悪いから泣かないでと言われてしまった。

和解しても、山中さんは容赦がない。

でも、私にない彼女のそういう部分を、とても素敵だと思えた日だった。

また来年、先輩。


返ってきた答案用紙をひらりとかかげ、満面の笑みを浮かべた。

苦手な数学のわりに、赤マルの数がいつもより多い。こんなにいい点数をとったのは、小学校以来かもしれない。

「みてみて、山中さん！　山中さんのおかげで、七十四点も取れたよ！」

テストの答案が続々と戻ってきた教室内は、いつも以上にさわがしい。私のようにいい点が取れて喜ぶ人もいれば、赤点だと嘆《なげ》く人もいる。

山中さんはそんな中、淡々《たんたん》と答案用紙をまとめ、カバンにしまおうとしていた。ちらりと見えた得点は、どれも平均点以上。それどころか満点もひとつあった。さすがクラスきっての才女。

才女は私の答案用紙を見ると、器用に肩眉を上げてみせる。

「平均点ギリギリじゃない。私があれだけ教えてあげたっていうのに」

「いやいや。すごいことなんだよ。私いっつも、数学は赤点ギリギリなんだから。本当にありがとう！」

「あなたが満足なら、それでいいけど」

眼鏡を指で押し上げて、ぶっきらぼうにつぶやく山中さん。冷たく見えるかもしれないけど、ほぼムシされていた以前とくらべると、ずいぶん距離が縮まったと思う。

山中さんが神林先生に片想いしているとわかってから、教室でも普通に彼女ととおしゃべりができるようになった。ひとりでいることが多く、授業中以外ほとんど声を出すことがなかった彼女がしゃべっている姿に、周りがびっくりしていたのがおかしかった。

そのうち私と仲のいい友だちたちも山中さんに話しかけるようになり、山中さんも前より雰囲気がやわらかくなった気がする。いいことだ。みんなが仲よくできるのが、いちばんいい。

十一月末は、期末テストに向けて一緒に勉強させてもらったりした。というよりも、勉強を教えてもらった。レシピ本の作業が大詰めで、あまり勉強する時間がとれなかったから、かなりヤマを張ってもらったり。

おかげで十二月に入ってすぐあった期末テストの結果は、こうしてすべて平均をクリアできた。山中さんにはもう頭が上がりません。

無事二学期が終えられそうで、ほっと胸をなで下ろした。

教室の窓から見える木の枝から、最後の葉っぱが風に吹かれ落ちていく。

明後日は終業式。そしてクリスマスイヴだ。私は須賀ちゃんや他の女友だちと、家でパーティーをすることになっている。山中さんも誘ったけれど、クリスマスは毎年家族で過ごすらしい。来年また機会があれば、と言われうれしかった。

友だちとのパーティーは楽しみだ。けれどふとした時、先輩のことを考えてしまう。

クリスマス、藤先輩はきっと……。

「杏ちゃ～ん。クリスマスってどうするの？」

「えっ？」

SHRが終わり部活に行く準備をしていたら、クラスメイトの子が話しかけてきた。

友だちと過ごすよと答えようとすると、となりにいた子がそっと内緒話をするように耳打ちしてきた。

「やっぱり噂の年上の彼と過ごすの？」

ぎょっとして体を離す。すると周りにいた子もいっせいに声をあげた。

「きゃーっ！　今度いろいろ聞かせてね！」

「いいなあ年上！　包容力のある大人って憧れる～」

「え、えっと。ちょっと待って」

それはもしかしなくても、梶原さんのことだろうか。

山中さんに言われて以来、梶原さんから迎えに来ると連絡がきた時は、学校から離れた場所で待っていてもらうようにしていた。だから噂も消えたと思っていたのに。

「あのね。それ、ただの噂だからさ」

「またまたー！」

「隠さなくてもいいじゃん？」

「いや、隠してるわけじゃなくってね」

もう梶原さんと直接会うことは、たぶんない。レシピ本のことで、私ができる仕事はすべて終わっている。私の手を離れたのはテスト直前のことだった。あとは梶原さんたちが、きっと素敵なレシピ本に仕上げてくれる。

私はそれを待つだけだ。発売日に書店に並ぶのを夢見て、指折り数えるだけ。

「冬休みにでもさ、遊ぼうよ！」

「そうだね。その時詳しく聞かせて！」

「だからね、あの人はそういうんじゃなくて……」

「やだー照れちゃって！」

「相手社会人でしょ？　どうやって知り合ったのか気になってたんだ～」

「彼氏じゃないし、付き合ってもいない……って、みんな聞いてないね」

盛り上がる友人たちを前に困っていると、突然「桜沢さん！」と大声で呼ばれ、振り返る。廊下から、怒った顔の山中さんが仁王立ちでこっちを見ていた。

「なにやってるの。早く部活に行かないと遅れるよ」

「あ、うん！　そうだね！」

私はわたわたとカバンとコートを手に山中さんの元へと走る。そして話しかけてきていた友人たちに謝ってから教室を出た。

みんな少し不満そうだったけれど、興奮していて話を聞いてもらえていなかったから、逃げられてよかった。

「ありがと、山中さん。助かったよ」

「はっきり言ってやればいいのに。あんたたちには関係ないし、噂されるのは迷惑だって」

「とても山中さんらしいけど、私にそれを言う勇気はまだないです……」

「まだって、じゃあいつになったら言えるの？」

「ごめんなさい一生言えないです」

仲よくなれても、やっぱり山中さんは手厳しい。でも、こうして私を助けてくれたりするし、厳しく言ってもらえるのもありがたいと思えるようになった。

私はすっかり、真面目な彼女が好きになっていた。

「明日は部でクリスマスパーティーだねぇ」

「料理して皆で食べるって、やることはいつもと変わらない気がするけど」

「あはは、たしかにね。でもさ、やっぱりクリスマスって特別だよ。部屋を飾りつけるだけでも雰囲気が違うし」

一年のうち、イベントはたくさんあるけれど、クリスマスのそれは別格だと思う。ツリーもオーナメントも、ライトアップもなにもかもが、まばゆく輝き夜を彩る。イルミネーションは眺めているだけで幸せな気持ちになるし、わくわくする気持ちはきっと、子どもも大人も変わらない。

「そういえば、山中さんは神林先生になにかプレゼントしたりしないの？」

「はあ？　するわけないじゃん」

「なんで？」

「なんでって……クリスマスに生徒が先生にって、あきらかに変でしょ」

ぼそぼそと答える山中さんに、首をかしげた。

あきらかに変と彼女は言うけれど、そうだろうか。お菓子くらいなら、日ごろの感謝の気持ちをこめてということにすればアリだと思う。

「まあ、その、バレンタインはなにか渡したいとは思ってるけど……」

「ほんと!?　そっか！　そうなんだあ！」

「……なんで桜沢さんがそんなにうれしそうなの」

しまった。顔が笑っていたか。私の表情筋は、どうも素直すぎていけない。

自分でもよくわからないけれど、とてもうれしかった。

どうしてだろう。恋に奥手で消極的な山中さんが、積極的に動こうとしているからかな。それとも私にこうして、恋愛のことを話してくれるようになったから、応援できてうれしいのか。

「チョコのことなら、いつでも相談に乗るから。なんでも聞いてね！」

「ありがとう。桜沢さんのレシピ本っていつ発売だっけ」

「え……。一月、冬休み明けの予定だけど？」

「チョコレートのお菓子も載ってるなら、買おうかな」

気恥ずかしそうに、そうつぶやいた山中さん。胸がときめいてしまい、つい彼女を抱きしめたらひどく怒られた。

つっけんどんな才女は、意外と照れ屋さんだった。


白い息を、薄い灰色の空に向けて吐き出す。温かな日の光が恋しくなって久しい。

いつもの時間にいつもの電車、マフラーに顔をうずめるようにしていつもの車両に乗りこむと、藤先輩と宇佐美先輩が並んで座っていた。

宇佐美先輩は単位がギリギリらしく、最近は朝からきちんと登校している。半分眠っているような顔で、まったくやる気のない様子だけれど。

「おはよう、藤先輩！　宇佐美先輩！」

「おー」

「んー……」

藤先輩に続いて宇佐美先輩もかろうじて返事をしてくれたけど、いまにも前に倒れそうなくらい揺れている。こんなふうになるのなら、夜ふかししなければいいのに。そうは思っても口には出せない。いじわるを言われるのは目に見えている。

宇佐美先輩とは対照的に、藤先輩はしっかりと起きていて笑顔もなんだかさわやかだ。ファンが増えたら困るから、あまり笑わないでほしい。笑うならこっそり、私の前だけで。……なんちゃって。

「くるくる。鼻赤くなってんぞ」

「ほんと？　外寒かったから。やだなあ、恥ずかしい」

そういえば、古典で習った源氏物語にそんなお姫様《ひめ》が出てきたっけ。それとも時期的に赤鼻のトナカイか。

鼻を隠そうとした手の指先も赤く染まっていた。いま私の鼻は、こんな色をしているのかな。

「これやる」

となりに座った私に差し出されたのは、クリーム色の小さな缶《かん》。先輩の制服のポケットから出てきたそれは、もちろん未開封だ。

「カイロ代わりにいいぞ。まだ熱いから」

受け取ると十分温かく、頬がゆるむ。

「ありがとう！　でも先輩のは？」

「俺はこっちにもう一本ある」

反対のポケットを叩いて笑う先輩に、私も笑い返す。よく見ると手の中の缶はカフェオレだった。先輩はカフェオレなんて飲まない。コーヒーなら微糖かブラックだ。だからこれはきっと、私のために買ってくれたのだ。

どうしよう。うれしい。ひと足早いクリスマスプレゼントをもらったみたいにドキドキする。期待して、それから……ひどく切なくなる。

何度この気持ちの移りを経験すればいいんだろう。この恋が終わるまで続くんだろうか。そしてその終わりはいったいいつ訪れるのか。いまはまだ、見当もつかない。

「ぬるくなったら飲んじまえよ」

「……うん。ありがと、先輩」

「おー。そういやお前、今日部活でパーティーするんだっけ？」

「そうだよ。おいしいものいっぱい作って食べるの！」

「それ、いつもとなにが違うんだ？」

あ。ふふ、おかしい。先輩が山中さんと同じようなことを言ってる。まったく共通点のないふたりなのに。藤先輩が同じことを言ってたと山中さんに話したら、彼女はどんな顔をするだろう。

「全然違うよ～。だってクリスマスパーティーだもん。調理室を飾りつけして、音楽も流すの。メニューもクリスマスらしく七面鳥の丸焼きとか作るし、ケーキもいろんな種類を作るんだよ」

「ふーん……」

なにか言いたげにじっと私を見つめる先輩。黙って言葉を待っていたけれど、いくら待っても先輩は黙ったままだ。

まるで心の奥の奥まで見すかそうとするような視線に、目を反らせなくなる。

「せ、先輩？　どうしたの？」

「いや……」

「なに？　気になるよ」

「なんでもねぇよ」

急にむすっとして前を向いた先輩には、首をかしげるしかない。

頭にはてなマークを浮かべていると、眠っていたはずの宇佐美先輩が小さく噴き出した。

「……なんだ、宇佐美」

「ほーんと藤ってへたれだよね」

「ああ?」

「へたれにすごまれたって怖くないし～」

「てめぇ、ウザミ。ケンカ売ってんのか」

至近距離で睨み合いを始めた先輩ふたり。目立つふたりがやると、電車内の空気が凍るからやめてほしい。とくに藤先輩はシャレにならない。証拠《しょうこ》に目の前のスーツ姿のおじさんの顔色が、どんどん悪くなっていっている。かわいそうに。

「ふたりとも、ケンカは電車を降りてから……」

「杏ちゃん。終業式のあとってなんか予定あるの?」

「へ? しゅ、終業式?」

なぜ睨み合いのケンカから、終業式のあとの話になるの?

訳がわからないまま、友だちと家でパーティーする予定だと答える。宇佐美先輩は「いいね」とちっとも興味がなさそうに言った。全然そうは思ってないだろう。

宇佐美先輩がニヤニヤしながら藤先輩を見ていることに気づいて、私もとなりをじっと見つめた。まだむすっとしているけど、さっきよりちょっと機嫌がよさそうだ。

結局、藤先輩がなにを聞きたかったのかわからないまま、電車が駅に着いてしまった。すっきりしない気持ちで先に立ち降り口に向かう先輩に続こうとしたら、不意に左手をつかまれよろける。

「わっ」

「杏ちゃん。藤、彼女とうまくいってないみたいだよ」

耳元で、悪魔のささやきがした。

思わず振り返ると、綺麗な顔の悪魔がにっこりと微笑んでいた。

「え……？」

「イヴはクラスの仲間で集まるんだってさ」

イヴにクラス会？　先輩が……？

突然の情報に固まっていると、宇佐美先輩に手を引かれ電車を降りることに。

手をつないでる意識すらなかったのだけれど、ホーム待っていた藤先輩が、私たちのつながった手を見てみるみる怖い顔になっていくから、慌てて離れた。

「なにしてやがる、宇佐美」

「べっつにー？　杏ちゃんがぼんやりしてるから、引っ張ってあげただけ」

「嘘つけ。うぜぇぞ」

つかみ合いのケンカを始めたふたりだったけど、今度は止める余裕もなく、少し離れ黙って見つめる。宇佐美先輩の言葉の意味を理解するのに精いっぱいだった。

イヴにクラスの仲間で過ごすって、どうして？　麻美さんは？　クリスマスなのに彼女と一緒に過ごさないの？　麻美さんの方になにか用事があるの？　イヴじゃなく、クリスマス当日に一緒に過ごす予定とか？

大好きな人の横顔に、心の中でたくさん問いかける。そうやってぐるぐると考え続けていたけれど、答えなんて出るはずもない。

「くるくる？　どうかしたか？」

ぼんやりしていた私に気づき、藤先輩が顔をのぞきこんでくる。それに黙って首を振り、先に歩きだした。

なんだか、むしゃくしゃした気分だ。参観日に、弟が熱を出したせいでお母さんが来てくれなかった時の気持ちに似ている。

麻美さんと過ごさないなら……。どうして、私を誘ってくれないの？

なんてずいぶん自意識過剰《かじょう》なことを考えてしまって、自己嫌悪におちいった。

ただの後輩のくせに、誘ってもらえるわけがない。図々しい。

そうやって必死に自分をいましめるふりをして、予防線を張っていた。自分が傷つかないための、弱虫の予防線を。

イヴに雪が降ったら素敵だなと思う。けれど今朝の天気予報では、残念ながら一日快晴らしい。

終業式に出るために体育館へと向かう廊下で、少し前にいた山中さんの横に並んだ。お互いちらりと目を合わせ、微笑みを交わす。

「昨日は楽しかったねぇ」

「そうだね」

「また冬休みはしばらく部活ないから、寂しいねぇ」

「……桜沢さん、それからかってるの？」

じろりと睨まれ、私は「めっそうもない」とぶんぶん首を振る。

昨日のパーティーでは、山中さんの手を引いてたくさん神林先生に話しかけた。そのことを言っているんだろう。

ちょと山中さんに睨まれはしたけど、余計なことをするなとは言われなかったから、私のしたことはそれほどおせっかいというわけでもなかったんだと思う。あと私の応援する気持ちを、山中さんがくんでくれたというのもあるのかもしれない。

「冬休みが明けたら……」

「うん？」

「ば、バレンタインのこと、相談に乗ってくれる？」

「……もちろんだよ！」

恥ずかしそうに、消え入りそうな声で言った山中さん。視線がせわしなく動き、日焼けを知らない白い頬は赤く染まっている。

それを見て泣きそうになった。まさか山中さんの方から相談に乗ってくれと、頼ってくれる日がくるなんて。感動するなという方が無理だ。

「なにニヤニヤしてるの？　気味が悪い」

「……山中さん。それけっこうひどいよ」

頼りにされたかと思えば冷たくあしらわれる。こういうやり取りにも慣れてきて、いまは楽しむ余裕さえ生まれた。本当に、彼女との関係をあきらめずにいてよかったなあとしみじみ思う。

体育館に入ると、すぐに目立つふたり組みを見つけた。二年生の列の後ろの方で、並んでしゃべっている藤先輩と宇佐美先輩。ふたりとも背が高いからか、自然と目がいってしまう。

そのままクラスの列に並ぼうとした時、藤先輩がこっちを見た。目が合うと、びっくりした顔をする先輩。なぜか手招きをされ、私は迷いながらクラスの列を離れた。

山中さんに目配せすると、しっかりうなずいてくれたので大丈夫だろう。

こそこそと二年生の列に向かうと、ふたりが軽く手を上げ迎えてくれた。

「くるくる。来てたのか」

「杏ちゃん、おはよー」

「おはよう、藤先輩。宇佐美先輩」

「朝電車にいなかったから、休みかと思った」

気まずくなり、そっと目を伏せる。その先にあった私たちの上靴。一年生と二年生では上靴のラインの色が違う。私は赤で、先輩たちは紺。

ふたりの上靴と比べると、私のは子ども用のように小さく見えた。

「ちょっと今日は、寝坊しちゃって」

今朝はいつもより一本遅い電車で登校した。だから先輩とは今日はじめて会う。

寝坊をしたというのは嘘じゃない。イヴに麻美さんと過ごさない先輩の気持ちについて考えていたら、夜なかなか寝つけなかったのだ。

けっして、麻美さんと過ごさないのなら私を誘ってほしい、とふてくされたわけじゃない。断じてない。

「そうか。……あー、くるくる。冬休み、お前なにしてる？」

「……冬休み？」

「初詣《はつもうで》とか、行かねぇか」

それは、先輩と一緒にってこと？　ふたりきりで？　麻美さんとは行かないの？

それとも彼女と行ったあと、私ともう一度行くつもりなの？

気になるならそう聞けばいいのに、やっぱり私は疑問を口にできない。今日の予定を、改めて聞けないのと同じように……。

「冬休みは、熊本のおばあちゃんのところで過ごすことになってるから……」

質問するどころか断ってしまった。いつもの私なら、ぶんぶんと尻尾を振って喜ぶところなのに。

どうしてこんなにもやもやしているんだろう。どうしてこんなふうにわざと、先輩と距離を置こうとしているんだろう。

わかってる。今日このあと、先輩が過ごすイヴの予定を知っておもしろくないからだ。勝手に傷ついているからだ。

そう思うなら自分から誘えばいいのに、麻美さんの存在が頭にチラついてそれすらできない。また中途半端《ちゅうとはんぱ》な自分に逆戻りしている。

あの日、麻美さんたちに待ちぶせされたあの時からずっとこうだ。先輩といてうれしいのに、幸せを感じるたびに彼女への罪悪感が浮かんでくる。

これじゃあ山中さんに「またいい子ぶって」とあきれられてしまう。

「……そうか。じゃあ次会うのは冬休み明けか」

「そうだね……」

本当は、年明け二日にはこっちに戻ってくる。だから先輩と初詣だって、三日には行けるのに。正直にそれを言う気にはどうしてもなれない。

「じゃあ藤先輩、宇佐美先輩。メリークリスマス！　よいお年を〜！」

大げさに明るく言って、私は自分のクラスの列へと戻った。宇佐美先輩が不思議そうに私をずっと見ていたけれど、目は合わせないようにした。

短い冬休み。自分と向き合い、見つめ直す時間にしようと決めた。


その夜、私は早めに寝る準備をして自分の部屋の窓から外を眺めた。

雲ひとつない冬の空には、煌々と輝く白い月。ひんやりと冷たい窓に手をあてて、先輩を想った。

いま、どこにいますか。なにをしていますか。同じ月を、見ていますか。

本当は、一緒にあの月を見上げたかった。

「おやすみ、先輩……」

また明日、はしばらく出番がない。自分で決めたことなのにひどいショックを受けて、イヴの夜眠りについた。

片恋ベリーのザッハトルテ

丁寧に丁寧に
甘酸っぱいジャムを着せて
そっと優しく
プラリネクリームを挟んで
私のありったけの
〝好き〟を
慎重に慎重に
チョコレートの衣で包んだ
どうかこの想い
食べてもらえますように

ごめんね、先輩。

冬休み初日のクリスマスには、先輩に【メリークリスマス！】とメッセージを送った。お正月にも【明けましておめでとうございます】と同じように送った。メールに絵文字もデコ文字もいっさい使わない先輩の返信はどれもシンプルで。何度も電話して声を聞きたくなったけど、それも我慢した。

以前なら、ドキドキしながら自分からかけていたと思う。もちろん、先輩から電話がかかってきたら喜んで出ていただろう。けれど年明け二日にかかってきた電話は、藤先輩からじゃなく宇佐美先輩からのものだった。

『杏ちゃんあけおめ～』

がっかりしながらも、少しほっとしていた私の耳に、そんな軽い新年の挨拶が届き笑ってしまった。告白のようなものを断ったあとも、変わらない宇佐美先輩にはとても救われている。

「明けましておめでとう、宇佐美先輩。今年もよろしくです」

『こちらこそ、今年もおいしいお菓子よろしくね？　ところで最近藤と話したりした？』

　挨拶もそこそこに、直球で問いを投げてよこした宇佐美先輩。こういうところも相変わらずだ。

「メッセージは送ったよ……」

『ふーん？　どうしちゃったの、杏ちゃん。犬らしくないいんじゃないの』

「犬らしくないって、私はそもそも人間であって犬じゃないんですけど……」

　先輩に犬扱いされることもあるけど、一応人間だ。アンコちゃんがうらやましいと、何度も思ったりはしたけども。

『今日藤の家行ったんだけどさー。なんか寂しそうにしてたよ』

「寂しそうって……どうして？」

『さあね。寂しそうっていうのも俺の主観だし』

「またテキトーなこと言って……」

『でもさ。実際杏ちゃん、藤のこと避けてるでしょ？』

　油断させておいて、正面からぶすりと鋭いセリフを刺してくるのはさすがだ。

　やっぱり私の中途半端な行動は、藤先輩を避けていることになるのかな。先輩もそんなふうに感じているのかな。先輩を傷つけたかもしれないと、いまさら後悔した。

『藤のことあきらめたの？』

「そういうわけじゃ、ないんだけど……。ちょっと混乱してて。自分の気持ちを整理したかったんです」

『なにをそんなに混乱することがあんの？　素直に喜んどけばいいじゃん。藤は彼女とうまくいってない。おまけに初詣に杏ちゃんを誘った。これでなんで藤を避けるんだか』

「だから、避けてるつもりじゃなくて。私だって……初詣、藤先輩と一緒に行きたかったなあ」

断ったのは私なのに、なに勝手なことを言っているんだろう。

案の定、電話口からあきれたようなため息が聞こえてきた。

『じゃあ行けばいいじゃん。いまからでも誘って。藤は昨日俺と行ったけどね』

「えっ。宇佐美先輩と行ったの？　彼女は……？」

『だーかーらー。あのふたり、絶対にうまくいってないんだってば。なんでこのチャンスをみすみす逃すようなマネするかなあ』

「うまくいってないって、藤先輩が言ったんですか？　それとも麻美さんから相談があった？」

『藤がそんな格好悪いこと、俺にわざわざ言うわけないじゃん。麻美ちゃんもリンチ事件の時からいっさい連絡ないし』

つまり、うまくいっていないというのも宇佐美先輩の主観なわけだ。

たしかに宇佐美先輩は鋭いところがあるけれど、彼の考えをうのみにできるほど、私は単純でも能天気でもない。

『だからさ、杏ちゃんは犬らしくシッポ振って走って突進すればいいの。あたって砕《くだ》けたら、骨は俺がひとつ残らず拾ってあげるから』

「それ、全然うれしくない……」

応援しているんだか、やる気をそいでいるんだか。

相変わらず宇佐美先輩はつかめない人だけど、優しいってことはわかっているから、私も少し笑顔になれた。

「ありがとう……宇佐美先輩」

『気楽にいきなよ。フラれても俺がいるんだし。じゃ、またね』

最後に意味深なことを言って、さっさと電話を切った宇佐美先輩。

冗談、だよね？　通話の切れたスマホを見下ろし、やれやれと小さく息を吐いた。


そういうやり取りを冬休み中に宇佐美先輩としていたのもあって、朝電車で久しぶりに藤先輩を見つけた私は、素直な気持ちのまま彼に駆け寄った。

けっして、藤先輩の横にいた宇佐美先輩が、〝行けっ〟と目と表情で命令してきたからじゃない。

「先輩、久しぶり！」

「よお、くるくる。元気だったか」

「うん！　宇佐美先輩もおはよう！」

「おはよ、杏ちゃん。じゃ、俺眠いから寝るね〜」

気をきかせてか本当に眠いのか、宇佐美先輩はすぐに目をつむってしまった。もしかしたらこれまでもずっと、彼はこうやって私を応援してくれていたのかもしれない。

藤先輩のとなりに座り、彼の顔をうかがう。かっこいいのはもちろん知っていたけれど、ここまでかっこよかったかなあ。なんだか冬休み前よりも、さらに素敵になったような気がする。

先輩もじっと、私の顔を見ている。お互い久しぶりに会う相手の顔を、目に焼きつけようとするように。

「先輩」

「ん？」

「初詣、一緒に行けなくてごめんね？」

「ああ……気にすんな、バカ」

やわらかく笑った先輩が、私の頭にこつんと軽く、こぶしをあてる。

ついでとばかりに髪をぐしゃぐしゃにされ、くすぐったくてうれしくて、新学期早々幸せな気分にしてもらった。

やっぱり好き。大好きだ。この手にずっと、なでていてもらいたい。

「へへ。でも熊本で先輩のこと、神様に祈願してきたから！」

「へえ。祈願てなにを」

「えーとね。はい、これお守り」

カバンから紺色の守り袋を出し、先輩に差し出した。

「……交通安全？　俺、免許持ってねぇけど。お前ここは普通、学業成就とか、健康祈願じゃねえの？」

おかしそうに笑われ、頬をふくらませる。けっこう悩んで選んだのに。先輩はそれほど勉強に熱心なタイプじゃないし、まだ受験生でもない。体は健康そのものという感じだし、商売繁盛もおかしい。ということで、消去法で交通安全になったのだ。

「運転しなくても、交通事故とかあるじゃん」

「不吉なこと言うんじゃねぇよ。……くるくる、右手出せ」

「え？　なに？　右手？」

言われて反射的に出した右手に、かさりと乾《かわ》いた感触が乗る。ピンク色の小さな紙の包みには、おみくじの文字が。

「これって……」

開いてみると、出てきたのは〝大吉〟の文字。それから親指の爪くらいの大きさの、金色の板に彫刻されたかわいい今年の干支のお守りだ。

「初詣行った時、お前のぶんと思って引いたら、大吉だったんだよ。記念に見せようと思って持って帰ってきた」

「先輩……」

「でもその大吉の札は、やっぱ神社に戻して結んだ方がいいみたいだな。だから、その干支のやつだけ持っとけよ」

そう言って大吉の札を取ろうとした先輩の手を止めて、大事に握った。

うれしい。あったかい気持ちになった。それは大吉以上の素敵なプレゼント。

そして申し訳ない気持ちもまた、同じだけわいてくる。私が自分のことで手いっぱいで、勝手に距離を置いていた間、先輩は私のことを考えてくれていたんだ。

「ありがと、先輩。このおみくじ、私も一緒に神社に戻しに行ってもいい？」

「ああ。じゃあ今日行くか」

「うん！　行きたい」

今日はレシピ本の発売日だから本屋さんに寄る予定だったけれど、それは神社のあとにしよう。先輩が私にとっての最優先なのはいまも変わらない。

止めた先輩の手が、そのまま自然に私の手を握った。ごつごつして大きくて、あったかい。

電車の中でこっそりと手をつなぐ私たち。うれしくて、同じくらい切なくて、涙が出そうになった。

ずるいね、先輩。とってもずるい。そして、そう思ってしまう自分が嫌だ。たぶん私はどんどん欲張りになっていて、現状に満足できなくなっているのかもしれない。

好きという気持ちだけでいい。そう思っていた頃の自分は、どこか遠くに消えてしまった。冬休みだけじゃ、自分の気持ちをしっかりと定めるには短かすぎた。

私は先輩が好きだけど、先輩ももしかしたら、少なからず私のことを想ってくれているのかもしれないけれど。でも先輩にはちゃんと他に彼女がいる。

じゃあこの状況は、なに？

そう疑問に思った瞬間、私は先輩の手からするりと逃げていた。

どうして。この温かい手に触れられただけで、私は幸せなはずなのに。

先輩がどんな顔をしているのか、とても見ることはできずそっと目を伏せた。

期待して、悲しくなって、また期待して。私は少し、恋に疲れたのかもしれない。

閑散とした境内には、夏祭りのあとは見あたらない。それでも石畳《いしだたみ》の道を歩いていると、あの時の切ない気持ちを思い出してしまう。

となりを歩く先輩に気づかれないよう、さりげなく顔を伏せた。

放課後、気まずいまま先輩と学校を出て、神社まで来た。気まずくても断ろうという勇気はなかった。自分の中途半端さが、とことん嫌になる。

お祭りでは出店がずらりと並び、軽快な祭囃子が流れていた神社。今日は参拝客《さんぱい》も私たちしか見あたらず、冷たい風が遮るもののない道を吹き抜けていく。

「あそこだな」

先輩が私の寒さに凍えた手をとる。あったかい、ごつごつとした大きな手。今度は逃げずに握り返した。手を握る理由を考えることさえしないまま。

おみくじがたくさん結ばれている木の前で立ち止まる。朝もらったおみくじを改めて広げて見た。やっぱり最初に目がいったのは、恋愛運のところ。

【すれ違いが生じ、なかなか思いが通じない。良縁なので信じて待つこと】

すれ違い……か。いまの状況がそうなのだろうか。心に引っかかっていることも、本当はなんてことない話だったりするんだろうか。

「くるくる。どこに結ぶ？」

「え？　あ……ここ、空いてるから結ぶね」

少し背伸びをして枝を引く。なかなか結べず手間取っていると、後ろから先輩が手を伸ばし、私の手からそっとおみくじを抜き取っていく。

苦い煙草の香りと背中に感じるぬくもりに、うまく息ができなくなる。呼吸の仕方を忘れてしまったみたいに。

そのままじっと、くじを結ぶ先輩の手の動きを見ていると、彼はもうひとつおみくじを出した。そして結んだばかりの私のおみくじに、重ねてそれを結びつける。

「ねぇ、先輩。それは？」

「ん？　これは俺の。内容お前と一緒だった」

一緒だったから、重ねて結ぶの？　それとも私のだから重ねたの？

聞けないことが増えていく。どんどん増えていき、やがて私の心を埋《う》めつくしてしまうのかもしれない。その重さに動くこともできなくなった時私は、どうなってしまうんだろう。

ぼんやりとそんなことを考えていると、ふたつのおみくじを結び終えた手がゆっくりと降りてくる。そして私の体をためらいがちに、抱きしめた。

「せん、ぱい？」

「……もうちょっと」

首筋にかかる息が、耳元をくすぐる低音が、私の心臓をもてあそぶ。

鼓動がうるさい。破裂しそうだ。抱きしめてくる腕はこんなにも優しいのに、息もできない。

【信じて待つこと】

先輩が「待て」と言ってくれたら、私はいつまででも待てるのに。

この日も彼は、私のほしい言葉を口にしてはくれなかった。


結局本は、次の日書店に見に行った。

平積みで並んでいる自分の本には、喜びというより不思議な気持ちになった。たぶん直接目にしてもまだ、実感がわいてないいんだと思う。

ブログには出版祝いのコメントや「さっそく買いました」という報告が届いていた。たくさんの祝福の中、著者であるはずの私だけが、ぽつんと取り残されたような気分を味わっていた。


空っぽになったお弁当箱を片づけ、山中さんと教室の隅っこでノートを広げていた。ノートにはタッチの様々なお菓子の絵が描《か》かれている。

「やっぱり本命だからさ、手軽なトリュフとかよりケーキがいいよ～」

「でも本命！って感じなものって、重くない？」

「だからサイズを小さくして、ちょこんとかわいい見た目にすればさ！」

「サイズの問題なの……？」

「桜沢に賛成！　フォンダンショコラがいいと思うなー！」

「須賀さん。それはあなたが食べたいだけでしょ」

いつの間にか、山中さんの恋心は須賀ちゃんにもバレていた。やっぱり須賀ちゃんはよく人を見ている。私が知るより前になんとなく気づいていたらしい。

山中さんもそれを聞いて、ものすごくびっくりしていた。「あなたに知られていたなんて、なんとなく屈辱《くつじょく》的だわ」とずいぶん失礼なことを言っていたけれど、須賀ちゃんはちっとも気にした様子もなく笑っていた。

冬休みが明けてもうすぐ二週間。最近のクラスの女子たちの間では、恋とチョコレートの話題でもちきりだ。

「フォンダンはなぁ。温め直す必要があるから、ちょっとプレゼントには向かないかもね。おもてなしで出すなら私もおすすめするんだけど」

「そっか〜。うまいんだけどなあ」

「あなたそんなに食べたいなら、自分で作ればいいじゃない」

私たちも例に漏れず、バレンタインに渡すチョコレートをどうするかについて話し合っている。

山中さんが先生に渡すチョコレートの、レシピから調理までをサポートすることになったので、私はものすごく張りきっていた。

迷惑にならない程度にがんばるんだ。山中さんの恋を心から応援したい。

「そもそも神林先生ってチョコ好きなん？」

「それは私がリサーチ済み！　ビターチョコが好きだってさ」

「神林先生は大人だから……」

ほんのり頬を染めて言う山中さん。二月を前にすっかり乙女モードだ。

須賀ちゃんとその様子をしみじみと眺める。言葉にしなくても私たちの考えていることは同じ。〝山中さんも変わったなあ〟だ。

「桜沢さん。私やっぱりトリュフとか、つまめるものにしたい」

「そっか。重たく思われるのが嫌？」

「それもあるけど……。仕事の合間に、ちょっとつまんで食べてもらえたらいいなと思って」

いじらしいことをもじもじと言う山中さん。その姿に胸がぎゅーっと絞られる。

「山中さん……！　かわいい！」

「えっ⁉」

「かわいすぎるぞ山中～！」

「ちょっと、やめてよふたりとも！」

恥ずかしがって怒りだす山中さんに、私と須賀ちゃんはからかうつもりなんかなく、純粋にかわいいかわいいと繰り返した。だって本当にかわいいんだからしょうがない。

重たく思われたくないという気持ちもわかる。先生という存在は、私たち生徒にとって近いようで遠い存在だから、恋が叶うわけないとどうしても心にブレーキをかけてしまうのだ。だからせめて、ただの生徒として仲よくしていたいと願う。

私と同じだ。私の先輩に対する気持ちと同じ。彼女がいるからこの恋は叶わないけれど、ただの後輩として仲よくしていたい。

恋をすると臆病になるのは、きっとみんな同じなんだ。

「わかったよ、山中さん。じゃあさ、ファッジはどうかな。チョコファッジ」

「ファッジって？」

「んーとね。キャラメルみたいなお菓子のことだよ。ビターチョコやコーヒーを使えば大人向けになるし、ナッツを使うのもいいかも」

わりと簡単にできるし、これならレシピを考えれば、山中さんひとりで全部作れると思う。もちろん私も家で試作して、レシピの調整はするけども。

わくわくしてきて、さっそくノートにペンを走らせた。

「ありがとう、桜沢さん。でも桜沢さんは自分のこと、ちゃんと決めてる？」

「うん……一応ね。渡せるかどうかはまだ、わかんないけど」

実は私がバレンタインに作る予定のレシピは、発売されたレシピ本に載っていたりする。それは覚悟でもあった。私はバレンタインにこれを、絶対に先輩に渡すんだという覚悟。

渡すことはたぶん、できると思う。でも告白はどうだろう。

最近ずっと、先輩が優しい。とろとろに溶かされてしまいそうなほど優しい。つい夢見心地でうっとりしてしまうくらい。

でもその優しさに溺《おぼ》れてしまってもいいのだろうかと、どこか冷静に考える自分もいる。麻美さんのもの言いたげな顔と、かわいいスイーツデコのキーホルダーが、頭の中でちらつくのだ。

この恋に先はない。それがわかっていても、好きという気持ちは止められない。けれどこのままずっと、終わりの見えない片想いをし続けられる自信も勇気もなくて。

私は出口のない迷路に迷いこみ、途方にくれていた。


一月末。藤先輩たちは、スキー研修を兼ねた修学旅行で北海道へと旅立った。

ふたりともお土産《みやげ》に北海道のおいしいお菓子をたくさん買ってきてくれると言うので、笑顔で見送ったのだけれど。藤先輩とは、少し気まずいままお別れしてしまった。

気まずいと思っているのは私だけかもしれない。だって先輩の態度は変わらない。優しくて温かく、甘ったるい幸せをくれる。

それなのに私はずっと、その幸せから逃げるような態度をとってしまっていた。このまま溺れてしまうのが怖くて、たまらなく不安で。どうにかなってしまいそうで。

好きだという気持ちは変わらないのに。変わってしまったのは、私だった。


会うのは気まずいのに、会えないのは寂しい。なんてわがままなんだろう。

今日は部活が休みだけど、とくに予定もないし家に帰ってお菓子を作ろうか。バレンタインに向けて練習するのもいい。

そういえば、レシピ本は売れ行き好調らしい。私は先輩への片想いを形にしたかっただけなので、売れるかどうかについてはあまり気にしていなかったのだけれど。それでもたくさんの人がレシピ本を買って、誰かにお菓子を作りプレゼントしてくれるんだと想像すると、心がとてもほっこりした。

帰る準備をしながらふと窓の外を見て息をのむ。校門のところに、他校の制服を着た女子が立っていた。あれは間違いなく……。

迷ったのは一瞬。私はマフラーをしっかりと巻いて、教室を出た。

「あの……」

うちの生徒にじろじろと見られながら、居心地悪そうにうつむいている彼女に声をかけた。

はじかれたように顔を上げたのは、先輩の彼女の麻美さん。今日もカバンに、先輩とおそろいのキーホルダーをつけている。

「たぶん、知ってるとは思うんですけど。藤先輩は修学旅行で北海道ですよ」

言いながら、そっと辺りを見回したけれど、前にいたお友だちたちの姿はない。もしかして、ひとりで来たんだろうか。

麻美さんは私と向かい合い、あの小動物を思わせる大きな瞳で見つめてきた。少し顔色が悪く、それがまた彼女に儚げで守ってあげたくなるような魅力をプラスさせていた。

「大悟くんがいないのは知ってる。だから来たの。あなたに話があって……」

そうだろうとは思っていたので驚きはない。これから言われることも、だいたい想像がつく。

指先が冷えていくのを感じた。それはきっと、寒さのせいだけじゃない。

「……場所、移しましょうか」

「大丈夫。すぐに終わるから」

しっかりとした答えにひるみそうになる。ごまかすように、こちらを無遠慮に見ながら通り過ぎていく生徒たちを見返した。

「前にあなたに痛いことを言われたから、今日はひとりで来たの。だから聞いてくれるよね……？」

お友だちの後ろに隠れていた彼女はどこに行ったんだろう。今日の麻美さんは不安げな顔をしながらも、まっすぐに私を見て言葉を発している。ぐっと握りしめたこぶしから、彼女の意気込みを感じた。

彼女は強い決意でもってここに、私に会いに来たんだ。そんな相手に、まだなんの覚悟もできていない私。勝てる気がまるでしなかった。

「もう……大悟くんに近づかないで」

責める視線が突きささる。肌をつらぬき、心臓まで届きそうなほど。

どうしてあのあとすぐに来なかったのか。どうしていまになって言ってくるのか。牽制する機会なら、もっと前にあったはずだ。

「あなたが現れなかったら、大悟くんはあんなふうにはならなかった」

「あんなふうって……」

「だってそうじゃない！　前はもっと私を大切にしてくれたし、私のことだけ見ていてくれた！　すごくすごく、幸せだったんだから！」

声を荒らげ、目に涙を浮かべる麻美さんに、下校中の生徒たちの視線が集中する。

このこともきっと、すぐに噂になるんだろう。二年生がいない時で本当によかったと思う。

「私に嘘をついたり、隠れてこそこそするような人じゃなかった！　あなたのせいでしょ？　あなたが大悟くんをそうさせたんだよっ」

あなたのせいで。私のせいで。

その言葉に、鈍器《どんき》で頭を殴られたような衝撃を受けた。私のせい……？

息苦しい。麻美さんのまっすぐな視線と声に、喉をしめつけられているみたいに。

「大悟くんと仲よくするのはやめて。ふたりきりで会わないで。彼に、近づかないで」

「わ、私は……」

「あなたが大悟くんを好きになるのは勝手だとしても……彼女は私だから。そう言う権利はあるよね？」

まるでそれは死刑宣告のように、冷たく私の心に響いた。

そう、彼女はひとりだけ。目の前にいる麻美さんだ。だから横恋慕しているだけの、最初からずっと片想いな私には、疑問なんてぶつける権利さえない。

私に言えることはなにもなかった。先輩の彼女に〝やめて〟と言われたら……それで終わりだ。

「それだけ、言いたかったの。……この間はごめんなさい。さよなら」

麻美さんは小さな体をぴんと伸ばし、しっかりとした足取りで去っていく。

最後はどこか、すっきりとした顔をしていた。私の世界をバラバラに壊すのは、積み上げた積み木をくずす時のように、少し気持ちがよかったのかもしれない。

まぶしかった。心底彼女を、うらやましいと思った。

「そっか……」

先輩がいないこの時を狙ってここに来た理由がやっとわかった。後ろめたいのかと思ったけれど、そうじゃなかった。

麻美さんが責めたいのは、私だけなのだ。藤先輩のことは、変わらず好きなんだろう。責めたいのも、恨んでいるのも私だけ。だから先輩のいないこの日を選んだ。

ひとつ、気づいたことがある。

先輩をずるいと思っていた。ずっとずるいと、心のどこかで責めていた。でも彼をずるくさせているのは他でもない、私だったんだ。麻美さんの言葉で、ようやくそれに気づくことができた。

先輩が好き。好きになったのが、たまたま彼女のいる人だった。それだけ。

悪いことをしているつもりなんてなくて、ただ好きで、つらくても幸せだった。

彼を好きになったことに後悔はないけれど、それが正しいのかと聞かれると、答えられない。正しくない恋とは、そういうことなんだろう。その証拠が、麻美さんだ。

私は自分の気持ちで手いっぱいだった。奪うつもりなんかないと言い訳して、麻美さんを傷つけていた。

他校の彼氏が、その学校の後輩の女子と仲よくしていたら嫌だろう。おまけにその女子にお菓子をもらって、おいしいと食べていたら嫌でたまらないだろう。

夏休みに彼氏が、自分の知らない女の子とふたりきりで何度も会っていたら、ショックだろう。夏祭りに一緒に行ったのに、彼が自分を置いて違う女の子の名前を呼び追いかけていったら、どれだけ傷つくだろう。

そういう当たり前のことに気づけなかった。いや、あえて考えないようにしていたんだ。

自分ばかりが傷ついていたつもりだったけれど、本当にいちばん傷ついているのは、きっと麻美さんだ。

そろそろ私も見きりをつけて、前に進む時なのかもしれない。ぼんやりとそう、涙を流しながら考えた。

行きたかったよ、先輩。

「はーい！　杏ちゃんお土産～！」

朝の電車の中、同時に目の前に差し出された紙袋を反射で受け取る。ふたつとも大きく、そしてなかなかの重さで驚いた。

二月頭。修学旅行から帰ってきた藤先輩と宇佐美先輩。ふたりは約束どおり、たくさんお土産を買ってきてくれたようだ。

「あ、ありがとう、ふたりとも。でもこんなにたくさん……」

「だってさー。北海道の空港って、反則だよあれ。おいしそうなものいっぱいなんだよ」

「菓子見てるとくるくるしか思い出せなくてな。つい買いすぎた」

私しか思い出せなくて買いすぎるって、おかしくないかな？　でも、うれしいからツッコまない。北海道でも、先輩は私のことを考えてくれていたんだ。

「藤先輩、宇佐美先輩、ありがとう！　遠慮なくいただきます！」

北海道にはおいしいお土産がたくさんあるもんね。私はまだ行ったことがないけど、以前バターサンドをもらった時はおいしすぎて感動したっけ。お父さんが出張のお土産で買ってきてくれたチーズケーキもおいしかったなあ。

「スキーはどうだった？　すべれた？」

「あれ、言ってなかったっけ。俺と藤はスキー経験者だから余裕だったよ」

「えっ？　そうだったの？」

「そうだったの。ゲレンデでもモテちゃって困ったね」

「おい、ウザミ。お前と一緒にすんな」

「はあ～？　藤のかっこつけ。別の修学旅行生にナンパされてたくせに」

また私を挟んで攻防を繰り広げるふたり。いつもの光景が戻ってきたことにほっとする。

先輩のいない学校生活は、ひどく静かで寂しかった。見慣れた風景がひどく色あせて見えて、悲しかった。

でも先輩がとなりにいるだけで、世界はこんなにも輝きはじめる。いつもの電車の中でさえそうだ。窓からの朝日は白く私たちを照らし、満員電車の重たい空気を明るくしてくれる。

「そっかあ。藤先輩の黒のウエア姿、かっこよかったもんね」

きっと私がその場にいたら、そのかっこよさに見惚れたあと、やきもきしたことだろう。ナンパされるのもわかる。

「あれ？　杏ちゃん俺は？」

「宇佐美先輩もかっこよかったけど、チャラそうだった」

「レンタルウエアなのに⁉」

嘆く宇佐美先輩は、先輩とは対照的なまぶしい白いウエアだった。あまりに似合いすぎていて、クラス別の番号がふられたゼッケンがものすごく違和感だった。

笑っていると、不意に肩をつかまれ藤先輩の胸元に引きよせられた。そして耳にかすれた低音が触れる。

「なんで俺らのウエア姿なんて知ってんだ？」

「え……」

あ。しまった。宇佐美先輩と連絡先を交換したこと、まだ話していなかったんだ。

どう説明しようか考えていたら、反対側から宇佐美先輩が私の肩をつかんで助け出してくれた。

「そんなの、俺が写真送ったからに決まってんじゃーん」

「てめぇ宇佐美。いつの間に……」

「やーいやーい。出し抜かれてやんの。ざまーみろー」

「うぜぇ！　てめーのスマホ寄こせ！」

「絶対やだね。杏ちゃんのＩＤ消す気でしょ」

「ちげぇよ。まっぷたつに折る」

「うわ、野蛮人がいる！　おまわりさーん！」

まるで小学生のような言い合いをする高二男子たち。周りの人も迷惑そうというよりも、あきれた目で見ている。藤先輩が怖いからか、まともに目を合わせないようにしているようだけれど。

「ふたりとも、もうちょっと静かにしようよ」

「そーだそーだ。アドレスくらいでごちゃごちゃ言うなんて、器の小さい男だよねぇ、杏ちゃん」

「ウザミてめぇ降りたらわかってんだろーな」

「もう。宇佐美先輩も煽《あお》らない！　藤先輩もいちいち突っかからないの！」

ひとりで乗っていた電車はあんなに静かだったのに。ふたりがいるとこんなにもにぎやか。このにぎやかさが心地いい。ふたりの作る空気に包まれるのが好きだ。

「あ、そうだ。これお土産のお礼にあげる」

そういえばと思い出し、カバンからピンクのリボンで結んだ袋をふたつ取り出した。

昨日試作で大量に作った、いろんな種類のファッジだ。山中さん用に考えたもので、レシピもまだ改良の余地がある。

「ありがと杏ちゃん。これはなに？」

「チョコファッジだよ。チョコ好きな人にあげる用のやつだから、藤先輩にはちょっと甘いかもしれない。でもビターチョコだし、コーヒーやナッツを使ってるのもあるから、食べられると思うよ」

「……そうか」

「藤先輩……？　わっ」

なぜか先輩の表情がくもった気がして顔をのぞきこむと、髪をぐしゃぐしゃに乱された。

なんでもない、というように手が私の頭をなでて離れていく。これはごまかされたのだろうか。

「杏ちゃーん。チョコ好きって誰のこと？」

「え？　誰ってそれは……」

「俺も藤も、特別チョコが好きってわけじゃないじゃん？」

「えーと、秘密！」

これは私があげるものじゃない。山中さんが神林先生に渡すチョコの試作品だ。だから、勝手に相手の名前を言うわけにはいかなかった。

「ふーん。気になるねぇ、藤？」

「……べつに」

宇佐美先輩に横目で見られ、声が一段と低くなる藤先輩。なぜか機嫌を損ねてしまったみたいだ。

私は慌ててスマホを取り出した。

「ふ、藤先輩も！　雪の写真ありがとう。すごいね、これ。結晶までちゃんと写ってて、とっても綺麗」

修学旅行先の藤先輩から送られてきたのは、ホテルのベランダで撮ったという雪の画像だ。

絵文字も使わない先輩が、わざわざ撮って送ってくれたのが本当にうれしかった。

「私北海道行ったことないし、スキーもしたことないから来年楽しみだなあ」

できることなら、私も先輩と一緒に行きたかった。一学年の差をこんなに感じたのははじめてだ。それに先輩は当然、私よりも先に卒業していってしまう。先輩がいない間、もう一年早く生まれていたらと、何度考えただろう。

年の差は埋めることができない。それは仕方のないことだけれど、やっぱり寂しい。

「お前も……」

「え？」

「お前も一緒に行けたらよかったな」

ふと、眉間のシワを消してやわらかく笑った藤先輩。

私と同じことを考えてくれていたんだ。

うれしい。いまはそう、それだけを感じていたい。

「……ありがと、先輩」


私はこの日以降、先輩を避けはじめた。

朝は一本、余裕があれば二本早い電車に乗ることにした。学校でも必要以上は教室から出ないように過ごしている。部活の帰りは須賀ちゃんや山中さんと、寄り道をして帰るようにした。

そうやってできる限り先輩とは顔を合わせないよう気をつけはじめ、一週間が経つ。

廊下でばったり会うことは何度かあったけれど、世間話をする程度ですぐ別れるようにしていた。藤先輩はなにか言いたげな顔をして、宇佐美先輩はじっと私を睨むように見ていた。

そんなふたりを、私は分厚い笑顔の仮面をつけて避けている。

「もうすぐバレンタインだね」

食べ終えたお弁当を片づけながら、そうつぶやいたのは山中さんだ。

その声は緊張しているのか、少し固かった。

「そうだねえ。作るのどうする？　前の日私、一緒にやろうか」

「ありがとう。でも私、ひとりでやってみたい。練習もいっぱいしたし。」

「そっか、うん。がんばってね！」

「がんばってねって……あなたはどうするの？」

山中さんは、私が最近先輩を避けていることに気づいているようだ。

まさか山中さんが私の心配をしてくれるようになるなんて。うれしくて、心の穴が少し小さくなる。

「大丈夫だよ。私もちゃんと作るから」

「そうなの？　……あ、噂をすれば」

「え？」

「本命の方じゃないけど、ほら」

山中さんのさした指の先には、教室の入り口にもたれて立つ宇佐美先輩の姿が。思いきり不機嫌そうな空気を背負ってこっちを睨んでる。

いつか来るとは思っていたけれど。実際、鬼の姿を見ると足がすくんだ。怖い。行きたくない。でも行かなければ相手がもっと不機嫌になるのもわかっているので、仕方なく席を立つ。

「……宇佐美先輩。どうしたの」

いやいや宇佐美先輩の前に立つと、むんずと制服の後ろ襟《えり》をつかまれた。

「杏ちゃん。ちょっと来なさい」

笑顔なのに低い声でそう言った宇佐美先輩に、廊下をずるずると引きずられていく。

悪目立ちしながら着いた先は、人けのない部活棟の入り口だった。宇佐美先輩は壁に背中をつけ、私を高い位置から見下ろしてくる。

「で？」

「……で、とは」

「言い訳は？　あるならさっさと言う。十六文字以内で」

いきなりそんな意味不明な要求をされ戸惑う。本当にめちゃくちゃな人だ。

一応考えてはみたけれど、十六文字におさめるどころか、うまい言い訳自体見つからなかった。

「……あのねぇ杏ちゃん。この俺に対して沈黙が許されるとでも思ってんの？」

「オモッテナイデス」

「なんなの最近。杏ちゃんらしくない。そんなに俺にいじめられたいわけ？」

「メッソウモナイデス。いたっ」

思いきり鼻をつままれ、上を向かされる。本気だ。痛い。鼻がもげるかもしれないと不安になる頃、ようやく解放され一歩二歩と距離をとる。

涙目で鼻をさする私に、宇佐美先輩は長いため息をついた。

「なに？　藤をあきらめることにでもした？」

「……はい」

「……は？　本気で？」

宇佐美先輩のアーモンド型の瞳が丸くなった。信じられないと言いたげな顔に、なぜか少しすっとする。

「それ、どういう心境の変化？」

「うーん……ちょっとずつ、変わっていってはいたんですけど。……この間、麻美さんに会って」

「は!?　また性こりもなく来たのかよ、あいつら。いつ！」

「ち、違う違う！　麻美さんひとりで来たの！　修学旅行でふたりがいない時にね、学校まで」

まっすぐに私を見据《す》える彼女の瞳。あれが決め手だった。

私の終わりが見えず迷い続けていた片想いに引導を渡したのは、皮肉にも片想い相手の彼女だったんだ。

「ひとりで来て、彼女らしく堂々と私に言ったんだ。もう先輩には近づかないでって」

「バカだね、杏ちゃん。そんなの無視すればいいじゃん」

「うん……。でも、私にはできなかった。この人に面と向かってそう言われちゃったら、もうそうするしかないなって」

「そんなにいい子ちゃんでいたいの？」

宇佐美先輩にもそう見えるのか。私がいい子ちゃんに。全然そんなんじゃないのに。私はただ、臆病だっただけだ。言いたいことも言えず、欲しいものを欲しいとも言えず、こっちを見てくれないかな、私を見てくれないかなと、自分勝手に相手に期待していただけ。

親の気を引きたいけれどなにもできず、部屋の隅っこでものほしそうな顔をして、声をかけられるのを待っていた子どもの頃と、なにも変わっていない。

「なんていうか……いまのままじゃ、みんなしんどいから。私も麻美さんも、藤先輩も」

「藤も？」

「うん。だから私もそろそろ片想いを卒業して、前に進んだ方がいいのかなあって」

先輩を嫌いになったわけじゃない。心変わりをして避けているわけじゃない。

まだ彼が好き。大好き。本当は毎日会って、毎日しゃべって、毎日先輩に恋していたい。

これは、そんな自分へのいましめだ。私は先輩を想う自分に、さよならすることを決めたのだ。

「……いいの？　それで」

「うん。バレンタインにチョコを渡して、終わりにするの」

告白もしない。この気持ちは言葉にすることなく終わらせる。

私の〝好き〟はいつだって、彼に渡してきたスイーツたちの中にあった。言葉にできない想いを、いくつもいくつもこめてきた。

だから最後も、私はチョコの中に想いをこめる。

「そっか。じゃあバレンタインが終わったら付き合おうか」

「……誰と誰が？」

「俺と君が」

笑顔で私と自分を順番にさす宇佐美先輩。

冗談……だよね？　この人は本当に、言うことがいつも本気なんだか冗談なんだかわからない。

私を気づかって言ってくれているんだと思おう。そうじゃないと、なんだかおかしなことになってしまいそうだ。

「考えておきます」

「うわっ。杏ちゃんのくせに生意気～」

くしゃくしゃに髪をかきまぜられ、笑った。藤先輩の手とは全然違う力加減だったけれど、その優しい手つきがうれしかった。

おかしな人だけど、こうして私を笑わせてくれる。助けてくれる。支えてくれる。ありがとう、宇佐美先輩。

そのあと義理チョコ作るねと言ったら、わりと本気で怒られた。

それからも私は、藤先輩を避け続けた。

もう彼から心配するメッセージもこない。それが寂しいなんて、身勝手すぎるから思ってはいけないと、何度も自分を叱咤した。

廊下で先輩を見かけても、目が合う前に逃げていたから、彼がどんな目でいま私を見ているのかもわからない。きっと怒っているだろうな。こんなにあからさまに避けられて、気分がいいわけないんだから。

それでも夜眠りにつく時には、必ず先輩のことを考えた。もうそれは習慣になっていて、目をつむれば先輩のいろんな表情を思い浮かべてしまう。

「ごめんね、先輩。おやすみなさい……」

スマホの画面に映る先輩を抱きしめて眠る夜は、ひどく寒かった。

洗いたての戦闘服、水玉のエプロンを身に着けて家のキッチンに立っていた。

焼き上がったスポンジを横半分に切り、自家製のラズベリージャムを塗《ぬ》る。さらにプラリネクリームをはさんで、今度はスポンジ全体に薄めたジャムを塗る。

そして上から溶かしたチョコレートをスポンジに静かにかける。全体を艶《つや》やかなチョコレートの薄い衣で包み隠すように。ガタガタにならないようケーキの上面にはあまり触れないで、側面に流れたチョコを丁寧にならしていく。

「ふぅ……」

腕まくりした部分で額の汗をぬぐう。これで大変な作業は終わり。あとは仕上げだ。

溶かしたホワイトチョコレートででき上がりをイメージしながら斜線をすばやく描く。やり直しはきかないのでいちばん緊張した。あとはラズベリー、ブルーベリー、それからイチゴで飾りつければ。

「よし、完成！」

手のひらサイズのザッハトルテのでき上がり。

前から横から後ろから。あらゆる角度から出来を確認して、ひとりうなずく。

我ながら完璧。スマホで撮影したザッハトルテの画像は、加工しなくてもきらきらと輝いて見えた。

そっと冷蔵庫に入れ、エプロンをはずしながら緊張とともに息を吐き出す。疲労感以上に、大仕事を終えた達成感があった。

明日は保冷剤を入れて持っていこう。学校に着いたら、調理部の冷蔵庫で冷やしておけば大丈夫。でも家の冷蔵庫の中はたくさん物が入っているからちょっと心配だ。

「お母さん。冷蔵庫の中にケーキあるから、絶対にぶつけたりして崩さないでね」

リビングのソファにいるお母さんに声をかけておく。いざ持っていこうとしたらぼろぼろ、なんてことになったら、私しばらく登校拒否《きょひ》をする。

「あらぁ。今年はケーキなの」

「あ、ううん。皆には別に、トリュフとクッキー作ったよ」

お姉ちゃんはトリュフが好きだし、弟はクッキーが好き。ふたりとも別のものにすると文句を言うので、毎年それぞれに作っているのだ。それを手間とは思わない。食べたあとはいつも、ふたりが感想とお礼をくれるのが楽しみだった。

「あらあらぁ。じゃあケーキは誰用？　もしかして、あのレシピ本の先輩かしら？」

からかうようにお母さんが笑う。むっとして、エプロンをはずしながら母をじとりと睨む。

発売されたレシピ本は、もちろんお母さんもすでに読んでいて、当然すべて知られてしまった。私のこれまでの片想いを。

秘密にし続けられるとは思っていなかった。覚悟はしていたし、仕方ない。お父さんには見せずに秘密にしてもらったから、まあよしとした。

「べつに誰でもいいじゃん」

「ふふふ。この本を作るのに、あんなに一生懸命だったんだものねぇ。明日はがんばんなさいよ」

そう言ったお母さんの膝の上には、私のレシピ本がある。

はじめてお母さんに、ちゃんと応援された気がした。いや、きっとお母さんはいつだって、私をお姉ちゃんと弟と同じように見てくれていたんだろう。ただ、私が勝手にふてくされていただけだ。小さな子どものままの考えで。

それがわかってようやく「ありがとう」と素直に言うことができた。

エプロンを片づけ、寝る準備をし自分の部屋に向かった。ベッドに寝転び、パソコンの暗い画面をじっと見つめる。

最近更新できていないあのブログ。片想いを始めてからの『甘くないシリーズ』は明日で最後にして、また普通の、以前書いていたようなブログに戻さないとなあ。少し寂しいけれど、卒業の時が来たんだ。

【現役女子高生ａｎの片想いブログから生まれた】なんて帯がついた、ちょっぴり直視するのが恥ずかしい私のレシピ本。本当に素敵な、いい思い出の本になった。

これまでの気持ちのすべてをこめたザッハトルテが明日、私の手を離れたら。
すべて終わりにしよう。最後までがんばれ、私。
目をつむる。先輩の微笑みが、まぶたの裏に浮かぶ。
いまあなたは、誰を想って夜を過ごしていますか。
「おやすみ、先輩」
また明日。明日で、さよなら。

大好き、先輩。

廊下を歩いていると、女子の黄色い悲鳴がどこかから聞こえてきた。

二月十四日の今日は、学校全体が浮き足立っているように見える。生徒も教師も、女子も男子も、みんななんだかそわそわしていた。

あちこちで告白したとか、ダメだったとか、そんな女の子たちの話がちらほら聞こえてきたり。男子は男子でもらったチョコの数を競っていたり。みんな楽しそうだ。

この日をこんな悲しい気持ちで過ごしているのは、私くらいなんじゃないだろうか。

生徒の笑顔を見ていると、どんどん暗い気持ちになっていく。

ダメダメ、暗くなるな。今日で片想いを卒業して、明日から前向きに次へと向かっていくと決めたんだから。

周囲の笑い声と、迷いを振りきるように、顔を上げ廊下を駆け抜けた。

帰り仕度をして立ち上がると、前方の席で座ったままいる女子生徒の姿が目に入った。そっと近づき、かちこちに固まっている山中さんの肩を叩く。

「大丈夫？　山中さん」

「お、桜沢さん。……ダメかもしれない」

めずらしく弱気な声とセリフに驚いた。やっぱり山中さんでも、告白には相当の勇気が必要で、緊張してしまうものなのか。

今日は部活が休みなので、彼女はこれからひとりで神林先生のところに行き、チョコを渡す予定だ。先生はだいたい調理室横の準備室にいるので、きっとふたりきりになれるだろう。

チョコファッジはうまく作れたようだけれど、顔色がとんでもなく悪いので心配になる。

「い、一緒に行こうか……？」

「ううん、平気。もうちょっとここで心の準備をしてから、ひとりで行く。ありがとう桜沢さん」

あなたもがんばって。青い顔でそう言われ、私もつられて緊張しながらうなずいた。

相手は神林先生だから、きっと大丈夫。どれだけ山中さんが岩みたいにがちがちになっていても、神林先生なら優しく温かく迎えてくれるはずだ。

もう一度山中さんの肩を励ますように叩いて、私は廊下に出た。

直接渡せる山中さんがうらやましい。でもそうしないと決めたのは私だ。私の恋はここで終わるけれど、山中さんにはいい結果が待っているといいなと、心から思う。

調理室にザッハトルテを取りに行く途中、廊下の向こうから見知った背の高いシルエットが歩いてくるのに気づき、ぎくりとした。

思わず足を止めそうになったけれど、必死に動かしそのまま進む。

なるべく気づかれないよう人にまぎれ、目を合わせないように。そう気をつけていたつもりだったけれど、すれ違った直後、強く右腕をつかまれた。

「杏」

「あ……っ」

鼓膜を揺らすのは、かすれた低音。久しぶりに間近で見た大好きな人の顔からは、表情がいっさい消えていた。

先輩……。そんな顔で、ずっと私を見ていたの？

ズキズキと胸が痛み出す。無表情の下に先輩が隠しているものがある。それを私に見せないよう、耐えてくれているのがわかる。

先輩にそんな顔をさせたかったわけじゃないのに。痛い。心が痛い。

「俺は、遅かったのか」

「……え？」

「もう手遅れなのか」

手遅れってなにが、どういうふうに？　先輩がなにを言っているのか理解できず、ただ黙って彼を見上げる。触れ合った部分の熱と、苦い煙草の香りがひどく懐かしく感じた。

しばらくそうしていると、鋭い瞳が和らぎ寂しげに微笑んだ。胸の奥の痛みが増すような笑顔だった。

「なんでもない。忘れろ」

「先輩……？」

「今度は俺の番ってことだ」

よくわからないことをつぶやくと、先輩は私の腕を放し、廊下の向こうへと去っていった。

広い背中が見えなくなるまで見送り、つかまれていた右腕をさする。熱い。燃えるように熱い。そして甘い痺れが残っている。

どうかもう少しそのまま残っていて。この恋を思い出にできるまで。

静かな調理室の大きな冷蔵庫。ひんやりした白い冷気を浴びながら、そっと紙袋を取り出す。慎重に生徒玄関まで運び、先輩の靴箱の前に立った。

直接渡さず、ここに置いていく。手紙は添《そ》えてない。だから私からのものだと、先輩にはわからない。もしかしたら、と思うことはあるかもしれないけれど、証拠がなければ確信もできないだろう。

それでよかった。最後まで、私は〝好き〟と言葉にせずにこの恋を終わらせるんだ。

私の〝好き〟はいつだって、私の作るお菓子の中にあった。最後まで、それでいい。

どうかこのチョコレートを、先輩に食べてもらえますように。私の最後の気持ちを、彼に食べてもらえますように。……さあ帰ろう。

「もう帰っちゃうの？」

突然かけられた声に肩が跳ねた。

いつからいたのか、宇佐美先輩が後ろの靴箱に寄りかかってこちらを見ている。

「盗み見なんてよくないよ、宇佐美先輩」

「俺にチョコ渡さずに帰るのもよくないと思うよ、杏ちゃん」

ああ、そうだった。すっかり忘れていた。なんて正直に言うとまたいじめられそうなので、笑ってごまかしながら小さな箱を取り出す。

「はい、先輩。義理チョコ」

「ドウモアリガトウ。義理は余計だけどね」

微妙に笑顔を引きつらせながら、チョコの箱を受け取る宇佐美先輩に首をかしげる。

「宇佐美先輩なら、本命チョコたくさんもらってるでしょ？」

「まあね」

つまらなそうに掲げられた大きな紙袋に目を丸くする。いまにも底が抜けそうなほど、ぱんぱんにふくれた紙袋。もしかしてこの中身、全部チョコレートなんだろうか。モテるだろうとは思っていたけれど、ここまでとは。

改めて、どうしてこの人が私なんかを気に入ってくれたのか、不思議に思った。

「でも俺の本命は、義理チョコしかくれないんだよ。切ないね」

「バレンタインなんて、きっと半分は切なさでできてるんだよ」

「なんかどっかの薬のキャッチフレーズみたい。ま、いいけどね。来年は本命チョコもらえそうだし？」

また冗談なのか本気なのか判断できないようなことを言ってウィンクする宇佐美先輩。こんなにウィンクが似合う男の人は他にいないだろう。

いじわるに見えて優しい人だと、もう知っている。けれどこの人を本当に好きになってしまったら、きっと苦労が絶えないだろうなと思った。本人には絶対に言わないけれど。怒られるから。

「杏ちゃん。ちょっとお話していかない？」

「話？　どこかお店で？」

「いや、学校で」

なにを言っているんだろう。私も宇佐美先輩も、帰り仕度はどうみても整っているのに。

「どうして?」

「大好きな杏ちゃんと、もうちょっと一緒にいたいから」

「そ、そういうのはいいです。私は早く帰りたいし」

これ以上学校にとどまる理由も必要もなかった。藤先輩とも、今日はもう顔を合わせたくない。

早く帰って失恋の痛みにどっぷりひたり、泣いて、チョコレートを食べて、自分をなぐさめたかった。

「いいじゃん。ちょっとくらい」

「本当に、早く帰りたいんです。それに話しなら学校じゃなくてもできるでしょ?」

「はあ……わかったよ。じゃあ一緒に帰ろう」

あきらめたようにため息をつき、靴をはく宇佐美先輩。なんだか様子がおかしいなと思ったけれど、その理由はすぐにわかった。

校門の前に、見覚えのある小柄な他校の女子が立っていたから。

藤先輩の彼女、麻美さんだ。

ちらりと横を見る。彼はなんでもありませんという顔をしていた。

相変わらず、宇佐美先輩の優しさはわかりにくい。

校舎の時計を確認すると、まだ四時にもなっていなかった。ずいぶん来るのが早い。学校をわざわざ早退して彼を待っているのだろうか。

いまさら校舎に戻るわけにもいかず、のろのろと校門へと向かう。宇佐美先輩も黙って横を歩いてくれる。やがて麻美さんもこちらに気づき、目が合った。

声をかけるつもりはなかった。麻美さんに話すことはなにもない。そのまま彼女の横を通り過ぎる。

「謝らないから」

不意に固い声がして、思わず立ち止まってしまった。

バカだな、私。気づかないふりをして、そのまま帰ればよかったのに。

振り返ると、彼女はあの大きな目で私をじっと見つめていた。となりの宇佐美先輩になんて目もくれず。

宇佐美先輩は麻美さんを睨んでいたけど、口は開かなかった。

「あなたには、謝らないから」

もう一度言われ、眉を寄せる。

「なんのことを言っているのか、私にはわからないけど……。謝られても困ります」

私もあなたに謝るつもりはないんだから。

どこかでずっと、この人に対して罪悪感を持っていた。けれど謝ってしまったら、藤先輩への想いを自分で否定することになりそうで怖かった。誰に責められても私だけは、この恋を最後まで肯定《こうてい》してあげたかったんだ。

その気持ちを口には出さず、目線に乗せて。今度こそ彼女に背を向けて歩きだす。

もうきっと、会うこともない。彼女は以前の優しくて誠実な先輩を取りもどして、幸せになるんだろう。

先輩にも幸せになってほしいと思う。だから私は、謝らない。

そのあとずっとなにかを考えこむように黙っていた宇佐美先輩と、駅で別れ家に帰った。

ご飯はいらないと伝え、すぐに自分の部屋に閉じこもった。お母さんはなにか言いたげだったけど無視した。察してほしい。今日はバレンタインだったのだから。

自分用に作っておいたもうひとつのザッハトルテ。冷蔵庫から出してきたばかりのそれは、昨日と変わらない姿なのにどこか寂しげに見える。

まだブログにアップしていなかったので、写真を送り記事を書きはじめた。【甘くないシリーズ】はこれが最後だ。最後にふさわしいお菓子を作れたと思う。

今日で片想いが終わったことも一緒に書いているうちに、いつの間にか涙で頬が濡れていた。終わるんだ、これで。本当に。

とてもコメントは返せそうにないのでパソコンを閉じ、立てた膝に顔をうずめる。涙だけでなく鼻水までたれてきた。いいや。誰も見てないからたらしておこう。

「好き、だったなぁ……」

棚《たな》から自分のレシピ本を引きぬき、そっと開く。途端にあふれだす、先輩への想いの数々。勢いがよく真っすぐな、きらきらした思い出たち。

はじめて食べてもらったのは、レモンとチーズのシフォンケーキだった。

【甘い物が苦手な先輩が、こういうのなら食べられるって太鼓判をくれた、はじめのお菓子。忘れられない思い出のひと品です】

レシピ本にはお菓子の写真と、私の手書きの作り方の手順以外に、こんなふうに日記みたいなコメントを載せている。

好きな先輩がこんな感想をくれたとか、また食べたいと言ってくれて何度も作ったとか。ブログをそのまま本にしたような。私の恋のこれまでを、そのまま本にしたような。そんな内容に余計泣けてくる。

シフォンケーキを食べてもらったあの日から、この幸せで切ない片想いが始まった。あれから今日まで、先輩にはたくさんのお菓子を食べてもらってきた。

はじめから、ハッピーエンドなんてないとわかっていた恋。だから後悔はないし、あるのは先輩への感謝だけ。

たくさんたくさん、私のお菓子を食べてくれてありがとう。たくさんたくさん、おいしいと言ってくれてありがとう。

私の片想いをゆるしてくれて、ありがとう。

好きでした、先輩。本当に、大好きでした。

本を閉じ、代わりにフォークを持つ。ザッハトルテを小さくとり、口に運んだ。

パリッとした控えめな甘さ。胸をくすぐる甘酸っぱさ。しっとりとしたプラリネの香り。噛みしめて、味わって、飲みこむ。これが私の片想いの味。

「おいしい……」

ぼろぼろ涙がこぼれ落ちる。これじゃあせっかくのチョコの味がわからなくなってしまう。

顔を覆いながらずずっと鼻をすすった時、スマホが鳴りだした。なんて空気のよめない電話だろう。

無視しようかと思ったけれど、あまりにも長く鳴り続けるので仕方なく手に取った。

「え……。宇佐美先輩？」

画面に表示されていたのは、さっき駅でわかれたばかりの宇佐美先輩の名前だった。

どうしたんだろう。そういえば別れる時も様子が変だったっけ。

「もしもし？　宇佐美先輩？」

『あー、杏ちゃん。いま大丈夫？』

「全然大丈夫じゃないです。失恋タイム中」

『大丈夫だね。藤のことなんだけど』

大丈夫か聞いておいて、全然配慮してくれる様子がない。相変わらず勝手だ。

藤先輩のことならなおさらやめてほしい。できたての失恋の傷に、塩を直接ぐりぐりぬりこむ気か。この人はどれだけ鬼なんだ。

「聞きたくないから切る」

『待った待った。失恋したからってぴりぴりしないで。大事なことだから。杏ちゃんにとっても藤にとっても』

『……どういう意味ですか？』

私と藤先輩にとって大事なことって、なに。私たちは、私の恋はもう終わったんじゃないのか。

少しの間のあと、宇佐美先輩は静かにさとすように話してくれた。

『藤、ずっと別れようとしてたみたい。麻美ちゃんと』

「え？　藤先輩が……？」

『麻美ちゃんと同じ学校の子に聞いたんだ。藤本人から聞いたわけじゃないけど、その子は麻美ちゃんに直接相談されてたらしいから、間違いないんじゃないかな』

宇佐美先輩の話は、まるで予想もしなかったことで、すぐにはのみこむことができなかった。

彼が言うには、夏休みが明けてすぐ、藤先輩は麻美さんに別れを切り出したらしい。でも麻美さんは納得してくれず、それからずっと先輩は彼女を説得し続けていた。

『麻美ちゃん、別れるなら死ぬって藤に言ったらしいよ』

「し……っ!?」

『かわいい顔して過激なこと言うよね』

あの麻美さんが、そんなふうに藤先輩を脅していたというのか。信じられない。あんなおとなしそうな人が……。

恋は人にそこまでのことをさせてしまうものなのか。彼女がいるとわかっていながら、私が先輩に恋し続けてしまったように。

『実際麻美ちゃんに自殺とかできるわけないよ。そんな勇気あの子にはないでしょ。でもそんなことを口走っちゃうくらい、あの子は藤に依存してたんだよ』

「それだけ好きってことですよね……」

『そう言っちゃえば聞こえはいいけどね。藤だって麻美ちゃんの言葉を本気にしたわけじゃないと思うけど、無視もできなかったんでしょ』

それはわかる。先輩は見た目は少し怖いけれど優しい人だから。

麻美さんのことだって、始まりはひどいものだったのに大切にしていたらしいし、死ぬなんて言われてほうっておけるわけがない。

『それでも辛抱《しんぼう》強く、説得は続けてたみたいだよ。俺も知らなかった。ほんと藤ってかっこつけだから』

おもしろくなさそうにつぶやく宇佐美先輩。そこには実感がこもっていた。

そんな話、信じてもいいいんだろうか。私にとってあまりにも都合がよすぎる。だって先輩はそんなことひとことも……。

そこまで考え、ふと気づく。そういえば、何度か先輩が口にしていた言葉があった。その時は意味がわからず、不思議に思うだけだったけれど。

「もう少し待ってくれ」と、苦しげにささやかれた先輩の懇願。あれはこういうことだったのだろうか。

『藤って見た目あんな不良なのに、変なとこ真面目だからさ。麻美ちゃんのことも、別れようって言ったんだから、あとは無視して終わらせればいいのに、それができないんだよね』

「ほんとに……？」

『あれ。信じない？　ずるずると二股《ふたまた》かけてるより、よっぽど藤らしいと俺は思うんだけど』

だって、そんな。それが本当なら。私は……私がとってきた行動は……。固まった指からフォークがすべり落ちる。カランと音を立ててお皿にぶつかると、それはカーペットまで落ちていった。

『あ。変なふうに自己嫌悪するんじゃないよ。悪いのはなにもかも、はっきり口にしない藤なんだから』

「宇佐美先輩……」

『口にしたもん勝ちなのに。ちゃんと説明しておけば、杏ちゃんだって悩まずにすんだかもしれない。ほんと、藤ってバカだと思わない？』

あきれているような、それでいていとおしむような、そんな宇佐美先輩の声。いつもなら笑うところだけれど、いまはなにも返せない。

感情が、先輩への想いがうねりとなって胸の奥で暴れまわる。叫び出しそうになる口を手で覆えば、代わりに涙が滝のように流れ止まらなくなる。

嗚咽《おえつ》をこらえていると、遠くでププッと短い電子音が断続的に鳴りはじめた。これはなんの音だろう。ああ、そうだ。キャッチフォンの通知音だ。

「ご、めん、宇佐美先輩。キャッチ、は、入っちゃった」

こらえきれない嗚咽のせいで、言葉がとぎれとぎれになってしまう。

電話の向こうで、かすかに笑うような吐息が聞こえた。

『ああ、じゃあ切るよ。……ハッピーバレンタイン、杏ちゃん』

「え……？」

妙に発音よく言うと、あっさりと宇佐美先輩は通話を切った。最後のセリフに戸惑いつつ画面を確認すると、いま話題になっていた人の名前が表示されていて、あやうくスマホを落としそうになる。

嘘。どうしてこのタイミングで……。まだなにも心の準備ができてない。終わったはずの恋心とか、勝手にあきらめてしまった罪悪感とか、どうしようもないいとおしさとか。そういうものがまだ、ごちゃごちゃのまま頭の中でさわいでいる。

それでも指は無意識に、画面の通話ボタンに触れていた。

「……せん、ぱい？」

『よう。……いま家か？』

風の音がかすかに聞こえる。

先輩はいまどこにいるの？　麻美さんは？　一緒にいたんじゃないの？　それで彼女に、チョコレートをもらったんじゃないの？

聞きたいことはたくさんある。その中でもいちばんに聞きたかったのは、ザッハトルテの行方だ。私の作ったチョコレート、受け取ってくれた？　そう問いかけたくて、けれどぐっとのみこみ、質問の答えを差し出す。

「うん。家にいるよ……」

『外出てこられるか。さみーから、なんか着て』

「……いま、行く」

ダメだ。もうなにも考えられない。

頭は霞みがかったみたいにぼんやりしているのに、視界だけはやけにクリアで。早く行けと、誰かに言われている気がした。

急いでコートを羽織り外に出ると、先輩がいた。制服姿のまま、家の門の前に立っていた。

私を見て、ふっと笑う。その優しい笑顔を見ただけで、止まりかけていた涙がまたあふれそうになる。あきらめたはずなのに、もう終わったはずなのに。やっぱりまだ、どうしても、この人のことが好きなのだと思い知らされる。

じっと、先輩を見つめる。

そういえば、いつからだろう。先輩のカバンから、あのとんでもなく似合わないスイーツデコのキーホルダーがなくなったのは。三つあるピアスのうち、二つ変わったのも関係あるんだろうか。

思い返せば、サインはいくつも散らばっていた。私が自分のことで手いっぱいだったから、気づけなかったサイン。見のがしていたものもきっとたくさんあっただろう。

「ごめんね、先輩……」

「バカ。なんでお前が謝るんだよ」

目の前に立った先輩が、私の髪をくしゃりとなでる。

なんだか懐かしさすら感じる仕草だった。こうやってなでられるのが、私は大好きだったのに。いつだってこの手を求めていたのに。

離れていきそうになった大きな手を、そっとつかんで引きよせる。たえきれず、涙がアスファルトに次から次へと落ちていった。

「……俺の靴箱に、チョコ入れたヤツがいたんだ」

先輩の少しかすれた低い声が、優しく私の耳に届く。

それにまた涙を誘われながら、私は黙ってうなずいた。

「中見たら、手紙がねぇの。名前くらい書けよって思いながら箱開けたら、やたらこった小さいケーキが入ってた」

そうか。すぐに中を見てくれたんだ。差出人がわからないから、見ないで捨てられてしまう可能性もあった。開けてくれただけでもうれしい。

「で、学校出たら麻美がいて。チョコを渡された。断ったらあいつ泣きやがって。しょうがなく受け取った」

やっぱり麻美さん、泣いちゃうんだ。付き合いはじめもそうだったらしいし。ずるいなあと、あのかわいい人を思い浮かべた。

泣けば先輩を思いどおりにできると思っていたんだろう。そうやってずっと、先輩を縛りつけていた。ずるい。そんなのはずるい。

いや……そうじゃない。私はきっと、うらやましいんだ。素直に気持ちを訴えられる麻美さんが、うらやましかったんだ。欲しいものを欲しいと、嫌なものを嫌だと、泣いたりわめいたりしながら主張できる彼女が、心底うらやましい。

私にはできないことだった。ずっとずっと、本当はそうしたいのにできず、聞きわけのいい子のふりをしてきた私には、麻美さんがまぶしすぎた。

泣きながら唇を噛むと、なぐさめるように手を握り返される。

「そしたら、さっき見たのと同じようなケーキだったんだよ。名前聞いたら、ザッハトルテっつーんだと。やたら偉そうな名前じゃねぇ？」

ザッハトルテは、チョコレートケーキの王様と言われているくらいだ。歴史も古いし、えらいんだよ、きっと。

「で、そのふたつのザッハトルテが似すぎてたから、麻美に聞いた。これどうやって作ったんだって。そしたら本見て作ったたっつーんだよ」

「え……」

本というワードに、まさかと息をのみ固まった。

そんな偶然あるわけが……。

「あいつその本持ってきてて、なぜか得意げに見せてきた。こっちのケーキがかわいいだの、この手書き文字もかわいいだの。でも俺はそれどころじゃなかった」

だって載っているどれもが、食べたことのあるものだったから。

子どものいたずらを見つけた時のような、困ったような慈しむような、そんな目を向けられる。私はなにも言えず、そっと視線を足元に落とす。どうしたらいいのかわからなかった。先輩に見られることなんて、想定していなかったのだ。

先輩には知られずに終わるはずだった恋が、あのレシピ本には詰まっていた。それを本人に見られてしまうなんて。

けれどガサガサと音がしたあと、そのレシピ本が私の前に差し出され、覚悟をきめるしかなくなった。

「これ、お前だろう?」

【恋が叶う魔法のレシピ】

その表紙には、水玉模様のエプロンを身に着けたセーラー服の女子高生が、ザッハトルテの乗ったお皿を持って立っていた。

顔は口元までしか写ってない。セーラー服も、よくあるスタンダードなタイプだ。

こんな格好の女子高生は、日本にいくらでもいる。私だという証拠はない。

そのはずなのに、先輩はもう答えをしっているような顔をしていた。

「この水玉のエプロン、お前が部活でつけてるやつだろ。少し写ってる髪もくるくるだしな」

もうごまかしようがない。表紙はたしかに見る人が見れば、私だと気づくかもしれない。それに表紙はともかく、中身はすべて先輩に食べてもらったお菓子ばかりなのだから。人違いだと、これは赤の他人が作ったレシピだと主張しても、もう信じてはもらえないだろう。

見つかってしまった、私の片想い。口にしたことのないたくさんの想いを見て、先輩はなにを感じただろう。

「麻美とは別れた」

突然衝撃的な告白を落とされ、思わず顔を上げていた。

信じられない気持ちで、先輩の顔をまじまじと見つめる。

「え……？　わ、別れたって」

「頭下げて頼みこんだ。やっぱ泣いたけど、もう嫌だとは言わなかったよ」

ずっと先輩の手を放さなかった麻美さんが。別れたら死ぬとまで言ったあの人が。受け入れたのか。失恋の痛みを。

いまになって、どうして。しかもバレンタインの日に。それくらい、先輩が真剣に向き合ったからなのだろうか。

「あいつと別れてからさっきまで、この本読んでた」

「……全部？」

「全部」

状況に追いついていなかった感情があふれだす。みるみるうちに熱くなる頬。ぐにゃりとゆがむ視界。もうダメだ。心がもう、耐えられない。

「先輩……」

言ってもいいのかな。自分の気持ち。もう押さえつけることはできそうにない。心の蓋はヒビだらけで、いまにも壊れそうなんだ。だからもう、いいかな。

この想いを、言葉に。

「好き……」

涙で前が見えない。

でもきっと、先輩は優しく微笑みながら、私のことを見てくれているはずだ。

「ごめんね、先輩。好き。好きなの。大好きっ」

涙と鼻水で、きっといまの私の顔はひどいことになっている。でも止められない。はじめて表に出した想いと一緒に、もう止まらない。

ゆがむ視界の中で、先輩が腕を広げたのがわかった。

「杏。……抱きしめていいか」

そんなふうに、遠慮がちに許可なんて求めてくるから。たまらなくなって、私から先輩の広い胸へと飛びこんだ。そして背中に手を回してきつく、しがみつくように顔を押しつける。

ひさしぶりに感じる温かさ。苦い煙草の香りと、ほのかに甘いチョコレートの香り。涙が先輩の制服にしみ込んでいく。

「お前、どんだけ俺のこと好きなんだよ」

ぎゅうと強く、苦しくなるくらい抱きしめられながら、私は笑った。泣きながら、笑ってしまった。

「あのね。先輩がいちばん好き。甘いものよりもっと好き！」

そう叫んだ途端、先輩が噴き出して笑うから。なんだか少し憎らしくなり、背中をぽかぽか叩く。もちろん本気じゃない。先輩になら、笑われてもいじわるされても、なんでもいい。なんでもうれしい。だって、いちばん好きだから。

泣きながら笑っていると、不意にあごを持ち上げられ、いきなり深いキスをされた。

それはびっくりするくらい甘くて、ちょっぴり甘酸っぱい、ザッハトルテの味がした。

私の片想いレシピが両想いレシピに変わり、レシピ本第二弾が出ることになるのは、まだしばらく先の話。

とりあえず、私は明日も、ずっとずっと、先輩にたくさんの〝好き〟をこめたスイーツを食べてもらうんだ。言葉にしないと伝わらないことと、言葉では伝えきれないこと。その両方を大切にしていきながら。

先輩を想って眠る夜は、もう寂しくない。きっと夢の中で、先輩が会いに来てくれるから。朝になってもまた、必ず会えるから。

ね。そうでしょう、先輩?

【END】

書籍限定番外編

春風のワッフル

夢見が丘の駅を出ると、休日ということもあって駅前の広場はとてもにぎわっていた。

見上げた桜の向こうに広がる青空は、春らしく澄みきっている。

水色と桜色のコントラストはやわらかく、見ているだけで優しい気持ちになれた。

「こら、杏。上ばっか見てると転ぶぞ」

かけられた少ししゃがれた声にハッと前を向けば、大好きな人がこっちを振り返り微笑んでいた。

切れ長の瞳が冷たい印象を与えるけれど、笑うとくしゃっと目がなくなって、一気に親しみやすくなる藤先輩の笑顔がとても好き。

もっとずっと、この笑顔を近くで見ていたいと何度も思う。

けれど先輩は今月初旬、私の日常からひとり出ていってしまった。

在校生や父兄の並ぶ体育館。卒業証書を受け取る先輩を見つめながら、止めどなく流れる涙をぬぐうこともできずにいたあの日は、きっとずっと忘れられない。

卒業式が終わっても涙の止まらない私を、藤先輩は「しょうがねぇな」と笑いながら抱きしめてくれた。

「笑えよ、杏。じゃないと心配で、お前を置いて卒業できなくなるだろ」

そう語りかける低い声にも、優しく頭をなでてくる大きな手にも、私はイヤイヤと頭を振った。

「行かないで」とは言えなくて、それが精いっぱいの抵抗だった。

どんなに私が嫌だと言っても、どうしようもないことがある。

私を甘やかしてくれる藤先輩自身もどうにもできない、春の別れ。

あの日を境に、藤先輩は消えてしまった。

いつも一緒に乗っていた、朝の電車に先輩はいない。

校舎のどこを捜しても、やっぱり先輩は見つからない。

部活終わりの駅で、偶然先輩に会うことも二度とない。

あんなに楽しかった先輩中心の毎日から一転して、灰色の日々。

それでも、そんな私の寂しさに当然のように先輩が気づいてくれているからがんばれている。

朝、いつもの電車に乗っている時「寝過ごすなよ」とスマホにメッセージをくれる。

昼休みにも「食いすぎ注意」なんて送られてくることも。

学校帰りに家の最寄り駅を出ると、アンコちゃんを連れた先輩が迎えに来てくれる。

先輩が卒業してしまい、たしかに寂しい。

それでも私は、先輩のおかげでとても幸せだった。

「杏？　どうした？」

大きな手が差し出され、笑顔になって飛びついた。

「ううん！　なんでもない！」

「なんだよ。元気だな」

「だって、先輩と久しぶりのデートだよ？　わくわくしちゃって昨日あんまり眠れなかったくらい！」

「遠足前の小学生かよ」

おかしそうに笑い、私の頭をわしゃわしゃとなでてくる先輩も上機嫌だ。

私と同じように、先輩も楽しみにしてくれてたのかなと思うとうれしい。

「デートならたまにしてただろ？」

「あれはアンコちゃんのお散歩！　ちゃんとしたデートは久しぶりだもん。しかも遊園地だよ、遊園地！」

最近まで先輩の受験があったり、私もレシピ本第二弾の話が来たり、取材の依頼なんかもきたりして、お互い忙しくどこかに出かけることができずにいた。

それでも時間を見つけては連絡をとりあったり、顔を合わせたりはしていたけれど、きちんと待ち合わせをしてふたりきりで出かけるというのは本当に久しぶりで。

待ち合わせの駅に立つ先輩の姿を見つけた時は、胸がきゅんと苦しくなってどうしようかと思った。

夢見ヶ丘駅

「私、遊園地デートって夢だったんだぁ。楽しみだね！」

「そうか。今日は混んでると思うけど、迷子になるなよ？」

「ならないよ、もう。私のこといくつだと思ってるの？」

またわしゃわしゃと私の頭をなで、先輩が微笑みながら歩き出す。

私も手を引かれるまま、先輩のとなりを歩いた。

きっと先輩は遊園地デートなんて、何度も経験してるんだろう。

前の彼女、麻美さんとこの遊園地に来たこともあるのかもしれない。

でもいいの。私と先輩の遊園地デートは、今日がはじめてなんだから。

先輩もはじめての気持ちで、私とのデートを楽しんでくれるはずだ。

「わあ……！」

混み合うゲートをくぐると、そこはもう別世界だった。

流れる軽やかな音楽の合間に響く歓声《かんせい》。カラフルなアトラクションの数々と、にぎやかな看板のファンシーショップが立ち並ぶ。

かわいいマスコットキャラクターと写真を撮るために行列ができ、そのキャラクターに似せたかぶり物をした子どもが、キャラに風船をもらい駆けまわっている。

「先輩、先輩！　まずなにに乗る？」

入り口でもらったパンフレットを広げる。

藤先輩は私の手元をのぞきこむと、すぐさまある場所を指さした。

「……って、これ喫煙所《きつえん》！」

まだ来たばかりなのに、と私が唇を尖らせると、先輩は「冗談だって」と笑う。

先輩って、私をからかって遊ぶの好きだよなあ。そういうおちゃめなところ、私も好き。

「ちゃんと禁煙してるって。まずはあれだろ？」

あれ、と言った先輩の視線の先には、園内を縦横無尽に駆けまわる赤いジェットコースター。

いまもぐるりと大きく一回転し、乗客が楽しいのと怖いのを凝縮《ぎょうしゅく》させたような悲鳴をあげている。

「えっ。どうして私が乗りたいものがわかったの？」

「だってお前、行きの電車でもずっと言ってただろ。まずはジェットコースターに乗って〜って」

「……無意識だった」

「まじか」

笑い合い、さっそくジェットコースターの列に並ぶ。

それからの時間はあっという間だった。

どのアトラクションも行列ができていたけれど、並んで待つ時間も藤先輩と一緒なら全然苦にならない。

手をつないだままくっついておしゃべりし、見つめ合ったり、笑ったり。

会話が途切れても気まずくなんてならなくて、沈黙すら幸せに感じるという贅沢な時間を過ごした。

いつも落ち着いていてクールな印象の先輩だけど、今日はたくさん笑顔を見せてくれて、私の胸はときめきっぱなしだった。

これ以上好きになれないと思うのに、次の瞬間にはやっぱりもっと好きになっている。

好きという想いの上昇は、どこまでも続くものなんだ。

「ねぇ先輩。そろそろちょっと休憩しない？」

「そうだな。どっか座るか」

近くに空いているベンチを見つけて腰かけると、先輩が「飲み物買ってくる」と言うので慌てて立ち上がった。

「私も行くよ」

「いいから。座って待ってろ。なにがいい？」

「じゃあ、炭酸ジュース」

「了解。そこ動くなよ。待て、だぞ」

「もう、犬じゃないよ!」

　頬をふくらませる私に笑い、藤先輩はおもむろにかぶっていた帽子をとると、それを私にかぶせてきた。

「いい子だから、待てるな?」

「は……はい」

　目を細め、帽子の上からポンポンと私の頭をなでると、先輩は駆け足で離れていった。

　広い背中が人ごみの中にまぎれ、あっという間に見えなくなる。

「はー……かっこよすぎ。心臓がもたない」

　胸を押さえて熱い息を吐く。そうしないと体が火照ってしまいそうだった。犬じゃないとさっきは言ったけど、実際犬に近いかもなあと自分でも思う。彼女になってもう一年経ったはずなのに、まだ先輩を慕うワンコから抜け出せていない気がした。

「ご主人様、喜んでくれるかな」

　バッグから紙袋を取り出す。中には今朝焼いてきたワッフルが入っている。

　遊園地であそぶから、こぼれない、崩れないものと考えてこれに決めたのだけれど、なんだかちょっと物足りない。

でもソースやクリームは持ち運びに向いていないし、果物は汁がこぼれるかもしれないし、どうしてもシンプルになってしまった。

もうちょっとこりたかったなあと思っていると、となりのベンチのカップルの会話が耳に入ってきた。

「あ。雨夜、口の端にアイスついてるよ」

「えっ。どこ?」

「そっちじゃなくて、こっち」

ちらりと横をうかがうと、さらさらとしたストレートの髪が日の光を浴びて輝いていた。その向こうに、彼女とは正反対のクセっ毛のような黒髪の男の子が見える。

ふたりはそれぞれジェラートを手に持っていた。

「こっち?」

「だからそっちじゃないってば」

「そっちってどっちだよ。ここ? 取れた?」

「もう。しょうがないなあ。こっち向いて」

彼女はハンカチを取り出し、彼氏の口元をそっとぬぐった。

お互いに耳をほんのりと赤く染めている。

いいかもなあ、かわいいなあ。私も藤先輩と、ああいうことしたいなあ。

立場は逆でもいいなあ。私の口の周りについたアイスを、先輩がぬぐってくれるの。

でもハンカチより、先輩なら直接ぺろりと舌でなめとってくれたりなんかして。

そんないけない妄想をして、いまが休日の昼下がりであることを思い出し、罪悪感と羞恥心《しゅうち》で自分の顔を覆った。

「今日あったかいから、どんどん溶けちゃうね」

「那月のも溶けてる。コーンじゃなくて、カップにすればよかったか」

となりのカップルの会話をまた耳がキャッチした。

そして脳裏《のうり》にひらめいたそれに、思わず勢いよく立ち上がる。

「あ、あの！」

気づいた時にはとなりのカップルに話しかけていた。

驚きに目を見開き私を仰ぎ見るふたり。

同じくらいの年だろうか。ふたりとも整った綺麗な顔立ちのカップルだ。

デートの邪魔をしてしまったことを申し訳なく思いながらも、聞かずにはいられなかった。

「そのアイス、どこに売ってましたか⁉」

ジェラートがあるなら、ソフトクリームも売っているかもしれない。

これだと思った。これしかないと思った。

ふたりは顔を見合わせると、優しく笑って教えてくれた。

「向こうに見える、メリーゴーランドのそばにあるお店で売ってましたよ」

「メリーゴーランド……。教えてくれてありがとうございます！」

ふたりにぺこぺこと頭を下げていると、背中に「杏？」と大好きな人の声がかかった。

パッと振り向き、笑顔で駆け寄る。

「先輩！」

「どうした？　なにかあったのか？」

「ううん。あの人たちに、アイスの売ってるお店を聞いてたの。あっちのメリーゴーランドの方にあるんだって。行こ！」

「なんだ。ジュースじゃなくてアイスの方がよかったのか」

「そうじゃないんだけど、いいから行こう！」

先輩の広い背中をぐいぐい押して、メリーゴーランドの方へと向かう。

ベンチのカップルに頭を下げると、ふたりもにこやかに会釈を返してくれた。

素敵なカップルだったなあ。

いつか私たちもあんなふうな、お似合いなカップルになれるだろうか。

くるくる回るメリーゴーランドの前まで行くと、小さな子連れの列ができていた。

ゆっくりと上下する白い馬やキラキラした馬車に乗る子どもたちが、紅葉みたいなちっちゃな手を精いっぱい振っている。

さっき近くを通った時は大人だけで乗っている人がいなかったからスルーしたんだけど、せっかくなら全部の乗り物を制覇したくなってきた。

「先輩、あとでメリーゴーランド乗る？」

「お前が乗りたいなら乗ってきていいぞ」

「先輩は？」

「俺は見てる」

「えー。一緒に乗ろうよ。意外と楽しいかもよ？」

「俺みたいなのが乗ったら、周りにいるガキが怖がるだろ」

真顔で先輩がそんなことを言うから、想像して笑ってしまった。

たしかに先輩は体が大きいし、目つきが鋭くて顔がちょっと怖いから（私はかっこいいと思うけど）、小さい子は怯えてしまうかもしれない。

周りの子に泣かれて困る先輩、というのもかわいそうなので、メリーゴーランドは眺めるだけにしておこう。

「あ、先輩！　あった、あのお店！」

「待て待て、落ち着け。こぼれる」

ジェラートを持つ人の姿を追っていけば、お店はすぐに見つかった。

客足がちょうど途切れたようで、すんなりとメニューのボードの前に立てた。

思ったとおり、ジェラートの他にソフトクリームも売っている。バニラにチョコにイチゴの三種類。

イチゴも捨てがたいけど、やっぱりここは定番のバニラかな。

「ソフトクリーム買おうと思うんだけど、先輩はなに味にする？」

「俺も食うのか。……じゃあ、チョコで」

「私もそれがいいと思う！」

「なんだそれ。どういう意味だ？」

「んふふ。すみませーん！　ソフトクリームのバニラとチョコ、ひとつずつください。カップの方で！」

「コーンじゃないのか？　お前よく、アイスは絶対コーンだ。カップで食べるなんてもったいないって言ってただろ」

私とのなにげない会話を覚えてくれている先輩にきゅんとしながら「今日は特別！」と笑う。

ソフトクリームを受け取り、人の少ない場所を探して移動する。

ベンチは空いていなかったので、芝生の上に持ってきていたビニールシートを広げた。桜の木の下という特等席だ。

「用意がいいな」

先輩に褒めてもらえて得意な気持ちになる。

でも本当は、先輩とくっついて座りたいなというヨコシマな気持ちもあって持ってきていた。

小さいシートだから、ふたりで使おうとするとどうしても体が密着してしまうという、素晴らしいデートアイテムなのだ。

シートに腰を下ろすとにぎやかな遊園地の風景が一望できて、見上げると桜と青空が待っている。

となりからはかすかな苦い香り。

最近私のために煙草を減らしてくれている先輩からは、あまりこの香りがしなくなっていた。

片思いの時から、煙草の香り＝先輩だったのでなくなると少し寂しいけれど、先輩が禁煙して健康でいてくれればうれしい。

「気持ちいいな」

「うん。晴れてよかったね―

先輩となら、たとえ雨でも楽しいけれど。

でも遊園地デートはやっぱり晴れていた方がいい。

「先輩。実はこれ、作ってきてたの」

バッグから紙製のランチボックスを取り出す。

蓋を開けると、ふわりと甘い香りがして、中からこんがり焼けたお菓子が現れた。

「今日はワッフルです！」

「おお。また作ってきてくれたのか」

「お菓子作りは私の生きがいだからね！　先輩好みに甘さ控えめで、表面をガリガリッとさせてるよ」

「うまそう。いつもサンキューな」

大きな手に頭をなでられ、くすぐったくなり笑う。

「でもなにか物足りないと思ってたんだ。それでさっき、となりのベンチのカップルがこれを食べてるのを見て思いついたの」

カップに入ったトンガリ帽子のようなソフトクリームに、持ってきたワッフルを斜めに挿しこんだ。

「じゃーん。ソフトクリームのワッフル添え！　こうやって、ワッフルをスプーンみたいにして、アイスをすくって食べるの」

ワッフルを挿したチョコのソフトクリームを先輩に手渡す。

「へえ、考えたな。……うん。うまい。アイスと合うな」

「でしょ？　やった」

作る時、ごま風味とか抹茶味とかカフェオレ味とかいろいろ悩んだんだけど、プレーンにしておいてよかった。このシンプルさがまた、冷たいソフトクリームによく合う。

私も食べようとして、ふと思いつきスマホを取り出した。

先輩の方にカップを向けて、桜と青空をバックに写真を撮る。

「なに撮ってんだよ？」

「宇佐美先輩に送ろうと思って」

「宇佐美に？　なんで」

「だって先輩、今日のこと宇佐美先輩に言ってないんでしょ？　仲間はずれはかわいそうだから」

「お前なあ……」

宇佐美先輩とは卒業すればそう会うことはなくなるだろうと思っていたのだけれど、いまもよくSNSでメッセージはくるし、藤先輩と会う時に宇佐美先輩が一緒に待っていることもしょっちゅうだ。

相変わらず仲良しなんだなあと微笑ましく思っていたけれど、それを言うと藤先輩はとても嫌そうな顔をする。

先輩たちの友愛の大きさは、どうもイコールではないらしい。宇佐美先輩が藤先輩を好きすぎるというのもあるんだろうなあ。

でも大学も同じだし、これからもふたりの友情は続いていくんだろう。

藤先輩はため息をつくと、私からスマホを取り上げバッグに押しこんだ。

先輩の少し威圧感のある整った顔が近づいてくる。

キスをされる。そう思って慌てて目を閉じたけれど、しばらく待っても一向に唇にその熱が訪れない。

そっと片目を開いた時、ぺろりと唇の端をなめられた。

「……えっ⁉」

至近距離で目が合い、先輩がにやりと笑う。

「アイス、ついてた」

そう言って離れていく先輩の唇を、ぼんやりと目で追った。

これってさっき、ベンチのカップルを見ていて妄想した『直接私の口元についたアイスをなめ取る先輩』が現実化した……？

時間差で真っ赤になる私の耳に、先輩が唇を寄せささやく。

「ふたりの時は、あいつの話するの禁止」

わかったか？　そう確認され、私は夢見心地で「ふぁい」とうなずいた。

先輩はずるい。

恋人同士になってからも、先輩はどんどんかっこよくなって、どんどん私を夢中にさせる。

たまにまだ、釣《つ》り合っていないなと感じ不安になることがある。

先輩は高校を卒業して、もうすぐ大学生になる。

大学にはいろんな人がいて、もちろんかわいい人も綺麗な人もいっぱいいるだろう。

藤先輩のことを好きになってしまう人だってきっといる。私みたいに。その中で私より魅力的な人もいるかもしれない。

そういう人に迫られた時、先輩が私を選んでくれるという保証はない。

先輩を信じていないわけじゃないけれど、私にはまだ自信がなかった。先輩にずっと好きでいてもらえるという自信が。

それがどうやって身につくのかもわからない。もしかしたら一生身につくものじゃないのかもしれない。

それでも、だからって遠慮や我慢して本音を隠し、いい子でいてもダメなんだ。

好きな気持ちも不安な気持ちも、全部言葉にしていい。

それを教えてくれたのは、目の前の大好きな人だから。

「先輩も、よそ見しないでね？」

「ここまで俺を夢中にさせておいて、よく言うよ」

ワッフルにアイスをのせて先輩が笑う。

私の作ったお菓子を、大好きな人が食べてくれる幸せ。

私が作ったお菓子で、大好きな人が笑ってくれる幸せ。

それをこれからも全力で大切にしていきたい。こんな私のことも、先輩は全力で大切にしてくれるから。

私たちの上に、淡い色をした桜の花びらが舞いおちてくる。

白いソフトクリームにひらりと着地したそれは、まるでいまも出会った頃のまま色づいている私の恋心のようだった。

この想いをあますことなく目の前の人に伝え続けよう。

「先輩、大好き！」

これからも、もっともっと、ずっと。


【END】

あとがき

はじめましての皆様も、そうでない皆様も。この度は『おやすみ、先輩。また明日』をお手にとっていただき誠にありがとうございます。お楽しみいただけたでしょうか？　中高生の頃の片思いって、生活の大部分を占めていた記憶があります。朝起きたら、今日は彼の姿は見れるかなーとか。ちょっとでも話せるかなーなんて考えて。学校に行けばすぐに彼の姿を探して、目が合えばそれだけで舞い上がって。話なんかできた日には、夜そのことを思い出して興奮して眠れなくなったり。いま考えるとまあ疲れそうなものですが、当時は毎日がキラキラと輝いて楽しかった。その時の気持ちを思い出しながら書きました。

今回はじめての野いちご文庫ということで、より登場人物たちを魅力的に書こうと意識しました。口絵漫画を描いていただけることもあって、気合が入りました。

漫画家でイラストレーターの埜生さんに担当していただいたのですが、かわいい表紙の杏と先輩もさることながら、キャラ相関図の登場人物たちがもうイメージぴったりでびっくりしました。先輩コンビかっこよすぎる！　山中さんと須賀ちゃんがそのまんま！　麻美の守ってあげたくなる雰囲気がまさに！　特に須賀ちゃんはお気に入りです。須賀ちゃん主人公で物語を書きたくなったくらい。口絵漫画も挿絵も本当にかわいくて、担当さんと毎回かわいいかわいい連呼しておりました。埜生さん、本当にありがとうございます！

そしてイメージソング『恋するキモチ』を手掛けてくださった、シュウと透明な街さま。片思いの歌だけど、聴いていると元気が出てくる応援ソングには、編集作業中大変お世話になりました。ありがとうございます！　聴けば聴くほど「なんていい曲だろう！」と幸せな気持ちになります。皆さまもぜひ『恋するキモチ』を聴きながら今作を読んでみてくださいね。

今回も担当編集の飯野さまには大変お世話になりました。こんな面倒な作家に根気よくお付き合いいただき、本当にありがとうございます。ライターの佐々木かづさま、野いちご編集部をはじめとしたスターツ出版の皆様、すべての工程に携わってくださった関係各所に深く御礼申し上げます。

そしてずっと変わらず応援してくれる家族、大好きな読者の皆様にも、心より感謝を。藤先輩と宇佐美先輩、どちらがお好みでした？　よろしければご感想などお寄せください。皆さまの声がわたしの創作の支えです。

それでは皆様、メリークリスマス&良いお年を！　また来年お会いできますように。

二〇一八年十二月二十五日　夏木エル

本書は二〇一三年八月にケータイ小説文庫（小社刊）より刊行された『先輩』を改題し、加筆して再編集したものです。

この物語はフィクションです。実在の人物、団体等とは一切関係がありません。

一部、喫煙に関する表記がありますが、未成年者の喫煙は法律で禁止されています。

夏木エル先生への
ファンレター宛先
〒104-0031　東京都中央区京橋1-3-1　八重洲口大栄ビル7F
スターツ出版（株）　書籍編集部気付　夏木エル先生

おやすみ、先輩。また明日

2018年12月25日　初版第1刷発行

著　者　夏木エル ©elu natsuki 2018

発行人　松島滋
イラスト　埜生
デザイン　齋藤知恵子
DTP　朝日メディアインターナショナル株式会社
編集　飯野理美
佐々木かづ
発行所　スターツ出版株式会社
〒104-0031
東京都中央区京橋1-3-1 八重洲口大栄ビル7F
TEL 販売部03-6202-0386（ご注文等に関するお問い合わせ）
https://starts-pub.jp/

印刷所　共同印刷株式会社
Printed in Japan

ISBN 978-4-8137-0594-9　C0193